www.tredition.de

AF177033

Steffi Krumbiegel

Nadja

Der Wächterin Erbe

www.tredition.de

© 2016 Steffi Krumbiegel
Umschlag, Illustration: Katharina Hönow
Lektorat, Korrektorat: Jacqueline Kley

Verlag: tredition GmbH, Hamburg

ISBN
Paperback: 978-3-7345-4797-3
Hardcover: 978-3-7345-4798-0
e-Book: 978-3-7345-4799-7

Printed in Germany

Vorwort:

Ich möchte hiermit erklären, dass alle Namen, Personen sowie die Immobilien der Protagonisten absolut frei erfunden sind. Auch bei den Gemälden habe ich meiner Fantasie freien Lauf gelassen. Ähnlichkeiten oder Zusammenhänge entspringen ebenfalls meinen persönlichen Gedanken.

Nicht frei erfunden sind: Burg Stolpen, Gräfin Cosel, Schloss Pillnitz, Festung Königsstein, Moritzburg, die Dresdner Innenstadt (Semperoper, Zwinger, Hofkirche, Gemäldegalerie, Kasematten, Frauenkirche, Ahnenwand und das Grüne Gewölbe). Bei denen kann ich einen Besuch empfehlen.

Die geschichtlichen Zusammenhänge sind bei meinen Besuchen eigenständig recherchiert worden.

Ich hoffe, wünsche mir, ein wenig alte Geschichte wieder in Erinnerung rufen zu können. Erzählt in einer spannenden Phantasie-Erzählung. Damit wünsche ich viel Spaß beim Lesen. Auch über Rezensionen, Anmerkungen sowie Kritiken freue ich mich sehr und werde jede einzeln aufmerksam lesen.

Man findet mich unter:

www.facebook.com/SteffiKrumbiegel/

www.götterkinder.de

http://goetterkinder.blogspot.de/

Für Pearl

Wächtertagebuch

Vor vielen Jahrhunderten tobte ein Krieg über die Lande. Die kleinen Stämme in Europa kämpften gegeneinander und immer wieder durchbrachen Unruhen das wundervolle Land. Krankheiten, Armut und Hunger überwogen in dieser Zeit.

Der Vater sah auf seine Kinder hinab. Wusste sich keinen Rat und entsandte seine Söhne zur Erde. Die himmlischen Wesen vereinigten sich, ließen etwas von sich zurück. Nur ein Sohn liebte wirklich aufrichtig. Sein Herz brach, als sein Vater ihn zu sich rief.

Er weigerte sich, wollte nicht in den Pforten des Himmels verweilen. Doch sein Vater erwies sich als streng und hart und verbannte ihn auf die Erde. Er litt und sah, wie seine Liebe alterte, langsam das Leben aushauchte. Verzweifelt versuchte er, einen Weg zu finden, aber die Zeit lief ihm davon. Nichts konnte den Tod seiner Liebsten aufhalten. Sie hinterließ ihm eine Tochter. Aufopferungsvoll sorgte er für sie, aber auch sie wuchs heran, fand einen Jüngling, verließ ihn, alterte und starb.

Sein Herz ertrug dieses Leid nicht. Er entdeckte seine dunkelste Seite. Tobte über die Ländereien hinweg, bis sein Bruder Michael erschien und ihn mit seinem brennenden Schwert in die Unterwelt schickte.

Der Kampf der Engel ist längst vergessen. Hin und wieder findet man ein Bild aus der alten Zeit. Manchmal sehen

Menschen seltsame Erscheinungen. Doch der Krieg der Engel rückte in die Vergessenheit.

Er, der Liebende, verkroch sich in seine Unterwelt. Lange trauerte er, quälte sich und grübelte. Immer wieder sah er, wie dunkle Seelen sein Reich betraten. Sie veränderten sich. Sie wurden klüger, bösartiger, gefährlicher. Hin und wieder sprach er mit ihnen. Bücher erregten seine Neugierde und fortan sammelte er die niedergeschriebenen geistigen Erzeugnisse der Lebenden. Bis er sich gelegentlich hinauf traute.

Die Erkenntnis, dass seine Liebste keinen Platz mehr in der modernen Welt hätte, tröstete ihn. Diese Welt war so laut geworden, dass Grün verschwand, endlose graue Pfade zogen sich durch einst wundervolle Ländereien. Große Höhlen aus Stein und Glas boten den Menschen einen Unterschlupf. Kleine merkwürdige Gefährte rauschten laut an ihm vorbei. Seltsame Musik hörten sie. Er brauchte Zeit, um das Gesehene zu verarbeiten. Doch irgendwie faszinierte ihn dieser Trubel. Diese einfachen Wesen erschufen so viele wundervolle Dinge. Aber auch grausam konnten sie sein. Vollkommen das Abbild seines Vaters.

Irgendwann wunderte er sich. Wo blieben die Nachkommen seiner Brüder ab? Was wurde aus diesen besonderen Kindern? Er erkannte, dass sich diese im Verborgenen hielten. Sich vor dieser Zeit versteckten. Einst waren sie Könige, Kaiser, Prinzen und Prinzessinnen. Aber nun versteckten auch sie sich.

Nadja

Das Erbe der Wächterin

Kapitel 1

Ein eisiger Wind wehte, leichter Nieselregen sprühte mir entgegen. Ich zog meine Jacke enger um mich herum. Weißer Atem bildete sich. Obwohl der April sich seinem Ende neigte, ließ der Frühling auf sich warten. Jemand drängte sich an mir vorbei. „Müssen denn alle im Weg herumstehen?", knurrte mich ein Mann an. Ich zuckte erschrocken zusammen, erwiderte nichts. Darauf bedacht, dass mich nicht erneut jemand anrempelte, verließ ich die kleinere Haltestelle der U-Bahnstation. Viele schoben sich an mir vorbei. Sie alle wollten nach Hause zu ihren Freunden, Familien, zu ihren Liebsten. Nur ich wandelte einsam allein auf dieser Welt. Es gab niemanden, der in meinem winzigen Apartment auf mich wartete.

Ich bog in eine kleinere Anliegerstraße ab, schaute in die beleuchteten Fenster hinein. Kleine Familien beim Abendessen, ein streitendes Paar, zwei Frauen, die sich beim Kochen umarmten. In meinem Leben gab es Niemanden. Niemand der wartete, der nach mir fragte, sich um mich sorgte.

Nicht einmal in einem der vielen Heime, in welchen ich aufwuchs, fand ich Freunde. Nach meinem Schulabschluss verließ ich die letzte Station der gesetzlichen Fürsorge, begann eine Ausbildung zur Rechtsanwaltsfachgehilfin und suchte mir ein kleines Apartment bei München. Vor einiger Zeit nahm mich die ältere Dame auf - doch diese würde bald in ein Altenheim verlegt werden. Damit müsste ich mir sicherlich eine neue Bleibe suchen müssen, da ihr Sohn mein Mietverhältnis nicht gut hieß. Aber der wohnte woanders, wartete nur auf sein Erbe. Denn Immobilien in München waren ein absolutes Luxusgut.

Ich schloss die kleine alte Holztür auf. Sie öffnete sich mit einem leisen Knarzen. Ein enger Flur, eine winzige Kochecke und ein einfaches Bett nannte ich mein Eigen. Von oben erklangen keine Geräusche. Für gewöhnlich hörte ich die alte Dame. Ein wenig sorgte ich mich um sie. Sonst bekam sie ihr Essen um diese Uhrzeit geliefert. Die Wände des Hauses ließen jedes Geräusch durch. Ich entschied mich, abzuwarten. Vorher musste ich nach meinem Briefkasten sehen. Der Schlüssel hing in einem einfachen, rechteckigen Schlüsselkästchen neben der Tür. Meine Tasche hängte ich an einen winzigen Metallhaken. Drei verschnörkelte, abgewetzte Haken dekorierten meinen Flur. Ich mochte meine alte Wohnung, meinen Rückzugsort. Sie passte zu mir, zu meinem Inneren. So kaputt wie ich mir vorkam, so wirkte auch meine Wohnung. Die Küche musste sicherlich an die zwanzig Jahre alt sein, nur das schlichte Bett, mit dem schwarzen Metallrahmen, kaufte ich mir selbst. Der Rest bestand aus den ausgemusterten, abgenutzten Möbeln der alten Dame. Nicht einmal frische Farbe strich ich aus. So passte die Wohnung besser zu mir.

Draußen betrachtete ich den Briefkasten meiner Vermieterin. Diesen hatte man bereits geleert. Es musste also schon jemand da gewesen sein. Das beruhigte mich ein wenig. Manchmal befürchtete ich, dass ich sie irgendwann tot auffand. Allein der Gedanke ließ mir einen kalten Schauer über meinen Rücken laufen. In meinem Briefkasten lag Werbung, darunter erweckte ein Kuvert meine Aufmerksamkeit. Für gewöhnlich bekam ich nur Rechnungen.

Eine Windböe ließ mich frösteln. Meine Nackenhaare stellten sich auf. Neugierig sah ich die Straße hinab. Ein einzelner schwarzer Wagen parkte ein paar Häuser weiter. Die Scheiben abgedunkelt. Erneut zog ich meine Jacke enger. Schnell begab ich mich zurück in meine Wohnung. Für gewöhnlich verhielt ich mich nicht ängstlich. Dennoch verunsicherte mich das dunkle Fahrzeug. Zumal dieser den Schauer auf meinem Rücken verursachen musste. Womöglich bildete ich mir das auch nur ein.

Der alte Dielenboden gab bei jedem Schritt ein Geräusch ab. Auf Zehenspitzen schlich ich zu meinem Bett, setzte mich darauf. Neugierig betrachtete ich den seltsamen Brief. Allein das Papier wirkte sehr edel. Ein Rechtsanwalt erschien als Absender. Der Ort, von dem er herkam, sagte mir nichts. *Pirna*? Vielleicht sollte ich mal im Internet recherchieren? Immerhin hatte ich dafür einen alten Laptop.

Auf der Briefmarke zeigte sich ein Schloss, welches von Schnee bedeckt in einer Landschaft lag. Vor meinem achtzehnten Geburtstag bekam ich ein ähnliches Schreiben. Darin befand sich ein Gutschein für meinen Führerschein. Ein angeblicher Großonkel „von Bernstorff" musste diesen veranlasst haben. Die Recherche nach diesem Großonkel ergab nur sehr wenig. Trotzdem löste ich den Gutschein ein. Denn sonst hätte ich mir den

Führerschein nie leisten können. Meine Suche über diesen Mann ergab nicht wirklich viel Sinn. Zumindest fand ich heraus, dass es sich um ein mecklenburgisches Adelsgeschlecht handelte, welches zum deutschen Uradel gehörte. Was auch immer das bedeutete. Der letzte von Bernstorff lebte angeblich vor achtzig Jahren, damit konnte es sich nur um einen schlechten Scherz handeln.

Vor allem fand ich keine Informationen zu noch lebenden von Bernstorffs, also gab ich einfach auf. Da damals kein Absender darauf stand, konnte ich mich leider nie bedanken.

Ich vergewisserte mich noch einmal, dass der Brief wirklich für mich bestimmt war. Aber mein Name und meine Adresse stimmten. Seltsam fand ich es trotzdem - zögernd, aber auch neugierig öffnete ich den Umschlag.

Nur eine alte vergilbte Postkarte befand sich darin. Eine alte Burg tauchte darauf auf. Traurig strich ich mit meinen Fingern darüber. Ich verstand es nicht. Die Karte schien ein sehr alter Druck zu sein. Es handelte sich nicht um ein Foto, sondern um eine Tuschezeichnung. Ich mochte dieses Bild. Auch wenn es verwirrend war, dass sich jemand solche Mühe um mich machte. Die hohen Mauern der Burg, zwei Türme ragten in den Himmel empor. Zu gern würde ich in einem der Türme sitzen und auf die Welt hinabblicken. Doch solche Träume hatten keinen Platz in meinem Leben.

Ich war nicht einmal drei Jahre alt, als meine Familie bei einem Autounfall ums Leben kam. Der Kindersitz rettete mir das Leben. Zu meinem Achtzehnten informierte mich das Jugendamt, dass ich eine Mutter, einen Vater und einen älteren Bruder gehabt haben musste. Ich erfuhr, dass es keine weiteren Verwandten gab und ich ganz alleine auf der Welt wandelte.

Während meiner Ausbildung bekam ich eine winzige Waisenrente. Ansonsten gab es keine weiteren Belege, dass ich einmal eine Familie gehabt hätte. Nicht einmal ein Foto oder irgendetwas anderes besaß ich von ihnen. Man meinte, dass ich alles Weitere über das Jugendamt recherchieren müsste. Was ich sogar einmal versuchte, aber die Dame beim Amt benahm sich unglaublich unfreundlich. Sie fauchte mich an, warum ich nach Verstorbenen suchte. Da bekam ich es mit der Angst zu tun und lief davon. Anschließend traute ich mich nicht mehr.

Zögernd drehte ich die Karte um. Mit einer wunderschön geschwungenen Handschrift stand etwas darauf.

Vergiss nie deine Heimat, wo deine Wiege stand,

denn in der Ferne findest du kein zweites Heimatland.

Irgendwie fand ich es gruselig, aber auch angenehm, dass es jemanden gab, der sich für mich interessierte. Vielleicht handelte es sich auch nur um einen Stalker? Womöglich war ich doch nicht so allein, wie ich immer glaubte? Andächtig strich ich über diese schöne, geschwungene Handschrift. Nur gut, dass der Absender mich nicht kannte, da ich wirklich so einige Probleme mit meinem Leben hatte.

Ein Scheppern unterbrach meine Gedanken. Damit wusste ich wenigstens, dass meine Vermieterin noch lebte. Ich verschwand schnell unter der Dusche, machte mir etwas zu essen und kuschelte mich mit dem Brief in mein Bett. In dieser Nacht träumte ich von Grafen, Prinzen und prachtvollen Schlössern. Am Morgen stand ich dafür schlecht gelaunt auf. Mir wurde bewusst, dass mir so etwas nie widerfahren würde. Mein Leben war nicht dazu gedacht, etwas zu vollbringen, zu träumen oder glücklich zu sein.

Bei meinem morgendlichen Ritual sah ich an mir herab. Die Pflegefamilien hinterließen noch immer ihre Spuren auf meinem Körper. Oft las man von grausamen Männern, aber die Frauen konnten ebenso schrecklich sein. Langsam strich ich über die kleinen Punkte an meiner Brust. Achtzehn Stück. Ich konnte mich nicht daran erinnern, wie diese dahin kamen. Nur in einem der Berichte vom Jugendamt fand ich, dass ein Herr seine Zigaretten an mir ausgedrückt haben musste. Es handelte sich um meine erste Pflegefamilie.

Ich hastete zu meiner Bahn. An meinen gebrochenen Arm konnte ich mich erinnern. Ich fiel die Treppe hinunter, da war ich acht. Man brachte mich in ein Krankenhaus, dort holte mich eine Dame vom Jugendamt ab - ihre mitleidigen Blicke taten mehr weh als der Arm. Mit neun kam eine junge Familie. Sie schienen wirklich nett, ich hoffte, dort etwas Ruhe zu finden. Denn die Kinder in den Heimen waren, trotz der strengen Regeln, immer laut. Schlafen wurde zu einem Luxus.

Diese Familie fand mich aber zu verschlossen, verstand mich nicht und brachte mich zurück in die Obhut des

Jugendamtes. Obwohl ich es wirklich versuchte, aber sie sahen mich einfach nicht. Ich half damals im Haushalt, stellte nichts an, ging brav zur Schule. Meine schlechten Träume, mein Schweigen, das hielten sie nicht aus. Nachts wachte ich schreiend auf. Über meine Gefühle konnte ich nicht sprechen. Immer wieder fragten sie mich, was ich denken würde. Doch diese Dämonen kannte ich nicht einmal selbst. Deshalb brachten sie mich zurück.

Als Kind ist es schwierig, sich zu äußern. Vor allem wenn man immer wieder aus seinem Umfeld herausgerissen wurde. Außerdem entwickelte ich mit der Zeit einen gewissen Abstand zu meinen Emotionen. Lachen tat ich nie und nur selten bekam man ein Lächeln von mir zu sehen. Womit Menschen aber noch weniger klarkamen, war ein Mädchen, das einfach schwieg. Aber ich hatte wirklich nichts zu sagen, wollte nichts sagen.

Mit elf landete ich bei einer weiteren Familie. Sie besaßen ein schönes Haus. Zwei eigene Kinder lebten bei ihnen. Das Mädchen, sie war ein knappes Jahr älter als ich, wurde gemein und eifersüchtig. Während ich schlief, hielt sie mir ein Feuerzeug ans Haar. Ich brannte, wachte durch den Schmerz auf und schrie um mein Leben. Der Stoff des Nachthemdes brannte sich in meine Haut. Der Vater rettete mich. Wieder kam ein Betreuer vom Jugendamt ins Krankenhaus, holte mich dort weg und brachte mich in ein anderes Heim. Dort ging es sehr christlich zu. Man versuchte es mit Verständnis, mit Gesprächen. Aber ich sprach doch nicht viel. Ich verlor jegliches Vertrauen zu den Menschen, fürchtete mich schrecklich vor ihnen und vor allem Nähe konnte ich keine mehr zulassen. Ich hasste es, wenn mich jemand berühren wollte.

Mit dreizehn versuchten sie es erneut. Ich landete wieder bei einer Familie. Alles lief anfangs richtig gut. Sie ließen mir meinen Freiraum, bedrängten mich nicht. Ich half schweigend im Garten, im Haushalt. Ich fing gerade an, mich wohl zu fühlen. Dann wurde mein Pflegevater arbeitslos. Das Jugendamt hatte strenge Regularien und holte mich ab. Weil jemand aus der Nachbarschaft meinte, dass mein Pflegevater mich unsittlich anfassen würde. Ich sagte, dass es gelogen sei, doch niemand hörte mich, keiner hörte mir zu, keiner glaubte mir und wieder sah man mich mitleidig an, als man mich zurück ins Heim brachte.

Oft wunderten sie sich wegen meiner Schulnoten. Ich war wirklich gut, ich liebte die Schule, da ging ich gerne hin. Die anderen Schüler sahen mich nie. Sie sprachen mich nicht an und wegen meiner Narben brauchte ich am Sportunterricht nicht teilnehmen. Nur Teamprojekte wurden für mich zu einer Herausforderung. Aber auch damit lernte ich umzugehen. Schweigend brachte ich mich in der Gruppe ein, tat einfach das, was die anderen von mir verlangten. Sie bemerkten, dass ihre Noten dadurch besser wurden. Sie akzeptierten mich und ließen mich in Ruhe.

Mit fünfzehn schickte man mich zu einer weiteren Familie. Sie lebten in einer sehr ländlichen Gegend. Selbst die Schule musste ich zum dritten Mal wechseln. Das fand ich schade, da ich mich mit der vorherigen sehr gut arrangieren konnte.

Der Dreiseitenhof des älteren Bauerngutes lag wirklich sehr abgelegen. Man gab mir ein winziges Zimmer, in welchem nur eine alte Matratze lag. Einen Kleiderschrank, der fast umkippte, sobald man die Tür öffnete. Vor dem Fenster befanden sich Gitter und ich fand es einfach schrecklich. Die Pflegemutter war wirklich bösartig. Sie weckte mich jeden Morgen um drei, damit ich die Tiere fütterte. Die taten mir nichts, sie schienen wenigstens dankbar zu sein. Ich durfte mich nur mit kaltem Wasser waschen. An den Abenden säuberte ich die Ställe, wenn die nicht sauber genug wurden, was laut der Pflegemutter immer der Fall war, bekam ich kein Abendessen. Zu Essen bekam ich überhaupt sehr wenig, meine Noten wurden schlechter, da ich wegen der vielen Arbeit am Hof kaum Zeit zum Lernen fand. Ich schlief pro Nacht nur fünf Stunden und nach einigen Wochen kippte ich in der Schule um.

In einem Krankenhaus erwachte ich wieder. Man erklärte mir, dass ich mich verletzt hätte, kurz vor dem Verhungern und einer schweren Blutvergiftung stand. Ich musste drei Wochen in dem Krankenhaus verbringen, da war es wenigstens schön und sauber. Vor allem bekam ich genug zu essen und die Krankenschwestern lächelten mich freundlich an. Meine Pflegeeltern erklärten ihnen, dass ich mir die Sachen selbst zugefügt hätte. Der zuständige Sozialarbeiter brachte mich in ein betreutes Wohnen, wo ich dann mit Gleichaltrigen zusammenleben durfte. Zum ersten Mal ein wenig selbstbestimmtes Leben. Meine Mitbewohner mieden mich. Sie fürchteten sich vor mir, da ich nicht viel zu sagen hatte. In den letzten drei Jahren lernte ich wenigstens, wie ich jemandem die Hand geben konnte, ohne mich davor zu ekeln. Aber zu mehr körperlicher Nähe würde ich wohl einfach nie fähig sein.

Meine Schulnoten wurden wieder besser. Ich schloss mein Abitur recht gut ab, fand nur kein geeignetes Studium für mich. Nachdem ich keine Ahnung hatte, was ich mit meinem Leben anfangen sollte, machte ich eine Ausbildung zur Rechtsanwaltsgehilfin. Diese vermittelte mir sogar mein Sozialarbeiter. Am Anfang meiner Ausbildung sah er manchmal bei mir vorbei, erkundigte sich nach meinem Befinden und wie es so laufen würde. Doch das endete vor über einem Jahr.

Kapitel 2

Ein paar Tage vergingen. Die Karte legte ich zu dem ersten Brief. Mein Chef gratulierte mir an diesem Morgen zu meinem einundzwanzigsten Geburtstag. Damals, im Heim, versuchten sie diesen zu feiern, ich fand das unnötig. Ich wurde doch nur ein Jahr älter, rückte ein Jahr näher an meinen Tod. Auch wenn es seltsam, fast schon verbittert klang, doch genauso dachte ich. Mit neun versuchte ich, mir das Leben zu nehmen. Ich stand an einem Fenster im Kinderheim. Entschlossen öffnete ich es, blickte die vier Etagen hinab, bis ein Mädchen laut schrie und die anderen mich vom Fenster wegrissen. Danach ließ man mich nicht mehr hinauf. Ich bekam ein Zimmer unter Dauerbeobachtung sowie einen Psychologen. Mit dem ich einfach nicht sprach. Nur einen Satz brachte ich ihm gegenüber raus: *„Das mach ich nicht noch einmal."* Damit entließ er mich aus unzähligen Einzelsitzungen, bei denen wir uns nur anschwiegen. Ich recherchierte anschließend über weitere Selbstmordvarianten.

Die Pulsadern aufschneiden, das brachte ich nicht fertig. Vor allem weil ich keine Schmerzen mochte. An Tabletten kam ich einfach nicht ran, weil diese in einem Heim wirklich gut verschlossen wurden. Ertrinken in der

Badewanne bekam ich nach acht Versuchen einfach nicht auf die Reihe und irgendwann las ich einen Artikel, dass man bei Selbstmord in die Hölle kam. Obwohl ich glaubte, mich bereits dort zu befinden, gab ich diese Bemühungen schließlich auf.

Ich schrieb gerade ein paar Rechnungen an Mandanten, als mein Chef mich rief. Irritiert stand ich auf und schlich in sein Büro.

Ein dicker brauner Umschlag lag auf seinem Schreibtisch. „Das ist für Sie!" Ich runzelte meine Stirn. Ich mochte meinen Job, hoffentlich kündigte er mir nicht. Wobei die Arbeitsmarktsituation recht gut war. Nur, dass ich bei den Vorstellungsgesprächen viel reden müsste. Ich schaute zu meinem Chef auf. „Jetzt machen Sie schon." Dabei lächelte er mich freundlich an. Ich mochte meinen Arbeitgeber, sein rundliches Erscheinungsbild ließ ihn sympathisch erscheinen. Außerdem wirkte dieser durch sein hohes Alter eher gelassen. Er tat mir nie etwas, arbeitete stets schweigsam, stellte wenige Fragen. Nur, wenn er mir die Klageschriften diktierte oder etwas brauchte, sprachen wir notdürftig miteinander.

Zögernd zog ich den Umschlag an mich heran. Darauf stand ein seltsamer Name.

Von Hoym? Fragend sah ich auf. „Was ist das?" Meine Vermieterin hieß Neumayer. Der Name sagte mir absolut nichts. „Kennen Sie den Namen?", murmelte mein Chef nachdenklich. Ich schüttelte meinen Kopf. Er beugte sich leicht vor, dabei atmete er tief durch. Gern arbeitete ich für diesen ruhigen Mann. Nie setzte er mich übermäßig unter

Druck. „Dann erzähle ich Ihnen eine Geschichte." Gab es denn nichts Wichtigeres zu tun? Trotzdem nahm ich Platz und lauschte seinen Ausführungen.

„Die Familie Von Hoym wurde erstmals im zwölften Jahrhundert erwähnt. Selbst eine Burg in Sachsen heißt so und gehört damit zu einem der ältesten deutschen Adelsgeschlechter." Er zog ein Bild mit einem Wappen hervor. In der Mitte befand sich eine Maske, darüber ein stilisiertes Elchgeweih, zwei Tücher wehten an den Seiten. Nur, dass es in Schwarz-Weiß gehalten wurde. Neugierig musterte ich meinen Chef. „Ist das unser neuer Kunde?" Warum sollte er mir sonst eine solche Geschichte erzählen?

„Nein." Er schob mir einen alten Zeitungsartikel zu. Ich schaute auf das Datum. Der Artikel lag bereits achtzehn Jahre zurück. Aufmerksam las ich diesen.

Familie Von Hoym, schwer verunglückt. Bei einem Autounfall am letzten Donnerstag verlor der Fahrer Christian von Hoym die Kontrolle über seinen Wagen. Er, seine Frau sowie der Sohn Noah von Hoym starben noch an der Unglücksstelle. Ihre Tochter Christine schwebt in Lebensgefahr. Wir alle hoffen, dass dieses Mädchen überleben wird. Denn sonst stirbt ein ganzes Stück deutscher Geschichte aus.

Neugierig betrachtete ich meinen Chef. Doch er reichte mir einen weiteren Artikel.

Christine von Hoym verschwunden!

Nach zwei Jahren unerbittlichen Kampfes um das Sorgerecht von Christine, ist diese nun spurlos verschwunden. Adrian von Bernstorff leidet unter dem Verlust seines besten Freundes Christian von Hoym und nun verliert er dessen Tochter. Er wollte sich um diese kümmern. Leider hielt das Jugendamt sie versteckt und im Augenblick ist ihr Aufenthaltsort absolut unbekannt. Wir hoffen, dass es dem armen Mädchen gut geht. Adrian von Bernstorff leidet mit seinen Zwillingssöhnen und taucht seitdem zu keiner offiziellen Veranstaltung auf. Selbst die Zwillinge trifft man nur noch in der Schule an, auch sie wirken sehr verstört. Es gibt Gerüchte, dass auch die Leiche von Noah von Hoym spurlos verschwunden sei, wofür wir jedoch keine genauen Belege haben. Wir bleiben an der Sache dran. Da Christine nun ein schweres Erbe antreten muss. Sie ist mittlerweile fünf Jahre alt und spätestens zu ihrem einundzwanzigsten Geburtstag wird sie wieder auftauchen müssen.

„Wir sind doch keine Privatdetektive?" Ich wunderte mich über das merkwürdige Verhalten meines Chefs. Er atmete tief durch. Zögernd schob er mir eine Akte hin. Ich legte meine Stirn in Furchen. *Nadja Schmied, geboren am 28.04.1994.* Ich blätterte zwei Seiten weiter. DNA Abgleich?

Hiermit wird bestätigt, dass Nadja Schmied die vermisste Nadja Christine Annabelle Schmied von Hoym ist.

Schockiert betrachtete ich das Erstellungsdatum. 23.08.2012. Entsetzt sah ich zu meinem Chef auf. Ich überschlug schnell, wann man an mein Blut geraten sein musste. Damals sollte ich zu einem Arzt, weil mein Chef eine Tauglichkeitsbescheinigung von mir wollte, dabei nahm man mir Blut ab. Ich schüttelte meinen Kopf. „Nein … Das bin nicht ich!" Zitternd stand ich auf, brauchte dringend frische Luft. „Warten Sie doch bitte!", rief mein Chef mir nach. Doch ich stapfte aus der Kanzlei raus, schnaufte tief durch. Genervt lief ich hin und her. Das war bestimmt ein Fehler! Es konnte sich nur um einen Irrtum handeln! „Jetzt kommen Sie wieder rein!", schimpfte mein Chef. Ich schaute ihn grimmig an. „Geben Sie mir ein paar Minuten!" Er musterte mich und ging zurück in die Kanzlei.

Ich atmete ein paarmal tief durch. In meinem Kopf drehte sich alles. Nein, das war bestimmt ein Irrtum. Ich lebte alleine und selbst wenn ich eine verschollene Adelige sei, was sollte das bringen? Nichts, absolut rein gar nichts! Allein die Vorstellung! Nein, das ging nicht ... Totaler Schwachsinn!

Ich beschloss einfach, früher Feierabend zu machen und eine sehr lange Runde zu joggen. Vor allem half es, um einen klaren Kopf zu bekommen. Vielleicht bekam ich auch nur einen meiner merkwürdigen Tagträume und morgen sähe die Welt wieder besser aus. Bevor mein Chef noch einmal davon anfing, schnappte ich meine Sachen und setzte mein Vorhaben in die Tat um. Zu Hause angekommen zog ich mich um und rannte, bis meine Muskeln vor Überanstrengung brannten.

Nach einer schlaflosen Nacht machte ich mich erneut auf den Weg zur Arbeit. Kaum schloss ich meine Wohnungstür ab, entdeckte ich einen Krankenwagen vor unserer Hauseinfahrt. Schnell lief ich hin. Die alte Vermieterin schlief auf der Trage. Doch irgendetwas schien sich von ihr zu lösen. Ich beobachtete sie. Die Sanitäter schlossen sie an Kabel an. Ein feines Licht hüllte sie ein, als würde ihr Geist sich gerade von ihrem Körper lösen. „Gehen Sie! Wir glauben nicht, dass sie den Tag überstehen wird." Der Sanitäter prüfte ihre Werte. Zögernd begab ich mich dennoch zu ihr, legte behutsam meine Hand auf ihre. „Ich danke Ihnen dafür, dass Sie mir die Wohnung gegeben haben." Irgendwie hatte ich das Gefühl, dass sie lächelte. Ich drehte mich weg und lief zu meiner Bahnstation. Seltsam, war ich wirklich schon so verkorkst, dass ich nicht trauern konnte? Aber warum sollte ich trauern? Sie sagte einmal bei einem Kaffee, vor einigen Monaten, dass sie zu ihrem Mann wolle. Ich freute mich sogar ein wenig für sie. Immerhin erfüllte sich ihr Wunsch damit. Ich blickte nachdenklich in den Himmel. Würden meine Eltern da oben auf mich warten? Aber wer waren sie? Denn nach dem letzten Tag blieb ich fest entschlossen, dass mein Chef einem Irrtum unterlag. Für mich gab es keine Familie, keine Freude und keine Träume. Das sah mein Leben nicht für mich vor.

„Morgen!", rief ich in die Kanzlei hinein. Erst besorgte ich mir einen Kaffee, anschließend nahm ich hinter meinem Schreibtisch Platz. Nachdem ich am Vortag schon gegen Mittag gegangen war, stapelten sich bereits die offenen Aufträge.

„Morgen Nadja", knurrte mein Chef. Doch bevor er weiter sprechen konnte, kam ein Anruf rein. Ich verband ihm diesen und machte mich ans Werk. Da es Freitag war, brauchte ich nur bis zum Mittag arbeiten. Mein Chef erschien vor mir. Erneut legte er mir den braunen Umschlag hin. „Sie können nicht davor weglaufen. Sie werden Besuch bekommen", schnaubte er und stapfte davon. Wütend schaute ich ihm nach. Genervt steckte ich den Umschlag ein, erledigte meine Aufgaben und schloss dann doch erst gegen frühen Nachmittag die Kanzlei ab. Mein Chef hatte sich bereits vorher verabschiedet. Ich schaute nach oben, entdeckte an der Uhr der Frauenkirche, dass es bereits zwei Uhr ist. Die Sonne schien, noch immer wehte ein frischer Wind. Bevor es mich wieder in meine einsame Wohnung zog, bestellte ich mir in einem Café ein leckeres Stück Kuchen. Gelegentlich gönnte ich mir die kleinen süßen Freuden des Lebens, da ich ja sonst nichts Lebenswertes fand.

Schweigend beobachtete ich die Menschen vor dem Café, die ebenso einsam wie ich herumirrten. Die meisten waren doch sowieso nur gemeine Geschöpfe, also was interessierten sie mich? Ich warf einen Blick auf den Umschlag, schüttelte meinen Kopf. Vielleicht würden sich ja andere freuen? Aber ich mich bestimmt nicht! Was soll ich mit einem Adelstitel? Davon konnte man sich auch nichts kaufen. Womöglich würde ich ja etwas über diesen Bernstorff finden und könnte ihm danken? Nein, besser nicht. Ich schüttelte meine Gedanken ab, dabei sah ich auf den Marienplatz hinaus. Meine Fantasie ging wieder einmal mit mir durch, da gerade eine Pferdekutsche über den weitläufigen Platz huschte. Selbst das Getrampel der Pferde, die Hufen auf dem Asphalt, konnte ich mir lebhaft vorstellen. Ja, das waren meine kleinen Psychosen.

Ich zahlte meine Rechnung, schlich hinunter zur U-Bahn. Einmal besuchte ich das Schloss Nymphenburg, stellte mir vor, wie eine Prinzessin durch die unglaublich schöne Gartenanlage glitt. In alten Gemäuern ging oft die Fantasie mit mir durch. In einer Kirche sah ich einmal einen Mönch herumschleichen oder eine alte Magd, welche auf einem Platz ihr Obst verkaufte. Ich liebte alte Gebäude, alte Orte allein, weil ich mir solche Dinge darin ausmalen konnte.

Aber selbst eine Adelige zu sein? Nein, absolut unvorstellbar. Nicht denkbar. Leider fand ich in der vollgestopften U-Bahn keinen Sitzplatz und stellte mich an die Tür. Nur so, dass mich keiner berühren konnte. Weil ich es einfach schrecklich fand. Zu oft tat man mir in der Vergangenheit weh und auch mit Vertrauen hatte ich so meine Schwierigkeiten.

Ich erreichte das Haus, in dem ich wohnte. Wieder stand ein dunkler Wagen an der Straße. Gruselgeschichten wollte ich mir jedoch nicht ausmalen. Ein Brief klemmte in meinem Briefkasten, sodass ich ihn ohne Schlüssel herausfischen konnte. Ich schnaubte. OK, das war wirklich nicht meine Woche. Denn kaum schloss die alte Dame ihre Augen, wurde mir der Mietvertrag gekündigt. Genervt stapfte ich in meine Wohnung, die Stille fühlte sich merkwürdig an, aber mich störte sie nicht. Im Gegenteil, ich mochte es sehr leise. Aufmerksam las ich den Brief. Wenigstens ließen sie mir drei Monate. Natürlich könnte ich meinen Chef um juristischen Beistand bitten, aber ich wollte einfach keinen Ärger. Ich legte meine Sachen ab, schlüpfte zu meiner Küche.

Verwirrt rieb ich meine Augen. Ein Mann saß da und las etwas. „Ähm … das ist meine Wohnung?", stammelte ich nervös. Die Tür war doch abgeschlossen? Prüfend sah ich mich um. Einbruchsspuren hätte ich sicherlich bemerkt. Ich musterte den Mann genauer. Er sah zu mir auf. „Ich bin im Auftrag von Herrn Bernstorff hier. Ich soll Sie abholen." Ich prüfte meine Wohnungstür, aber die wies wirklich keine Einbruchsspuren auf.

Ich ging zurück zu meinem Einbrecher. „Ich bin Steve." Dabei lehnte er sich auf meinem einzigen Stuhl zurück und musterte mich streng. Ich entdeckte meine Unterlagen vom Jugendamt auf meinem Küchentisch. „Was soll das?" Ich riss meine Papiere an mich. Das ging niemanden etwas an. Vor allem wie kam er an die Sachen? Warum durchstöberte er meine Wohnung?

Er bückte sich, zog ein Paket heraus, welches er auf den Tisch legte. Ich runzelte erneut meine Stirn. Bestimmt bekäme ich bald Falten. Wobei meine Situation wirklich merkwürdig war.

„Das ist für Sie. Sie sollten sich hübsch machen. Heute Abend gibt es ein Bankett", gab dieser Steve freundlich ab. „Sind Sie verrückt? Hallo? Ich gehe auf keine Veranstaltungen!", zischte ich ihn an und deutete ihm die Wohnung zu verlassen. Das wurde ja immer schöner. Nun sollte ich auch noch auf ein Bankett? In was für einen merkwürdigen Film war ich denn gelandet?

Steve baute sich vor mir auf. Ich blinzelte, da er riesig wirkte. Dennoch schaute er mich freundlich an. „Du lebst hier alleine?" „Nein, mein Freund kommt gleich." Steve huschte ein Schmunzeln über seine Mundwinkel. Er versuchte nach meiner Schulter zu greifen, doch ich wich ihm schnell aus. „Du willst nicht berührt werden. Wie schlimm ist das?"

Die Frage würde ich ihm sicherlich nicht beantworten. Für einen Einbrecher verhielt er sich höchst seltsam. Da er sich auch noch Sorgen um mich zu machen schien. „Sehr schlimm. Würden Sie nun bitte gehen?" Steve schüttelte seinen Kopf. „Mein Auftrag ist es, Sie zu der Veranstaltung oder nach Pirna zu bringen. Entweder Sie kommen freiwillig mit oder ich muss Sie zwingen!" Ich riss meine Augen weit auf. „Ich will nicht nach … Wohin? Egal. Nein, Sie können mich mal! Vor allem was soll der Mist?"

„Entweder Sie kommen freiwillig mit oder ich werde Sie zwingen müssen", wiederholte er gelassen. Für eine solch heftige Drohung wirkte er vollkommen entspannt. „Das können Sie vergessen!" Ich verschränkte meine Arme vor meiner Brust. Doch bevor ich ein weiteres Mal zwinkern konnte, schnappte er nach mir. Ich spürte ein leichtes Stechen an meinem Arm, ein Schrei entfuhr meiner Kehle und schon fiel ich in eine tiefe, endlose Dunkelheit.

Kapitel 3

Mein Kopf dröhnte ein wenig. Vorsichtig öffnete ich meine Augen. Wurde ich wirklich entführt? Dazu fand ich das Bett aber dann doch zu schön. Ich lag auf rotem Stoff gebettet. Meine Sachen trug ich noch immer. Was wenigstens bedeutete, dass man mich nicht angefasst haben konnte. Nur, dass jemand mich hineingetragen haben musste. Obwohl mir das gar nicht gefiel, war es nun zu spät, um darüber zu schimpfen. Ich strich mir über meine Stirn, betrachtete beeindruckt die Holzdecke. Filigrane Linien zeichneten sich auf ihr ab und bildeten feine Muster. Dringend brauchte ich etwas, um richtig wach zu werden. Ich schaute auf meine Uhr. Neun Uhr? Der Blick nach draußen verriet mir, dass es bereits Samstag sein musste, da die Sonne schien. Verdammter Mist!

Nachdem ich bemerkte, dass ich nicht gefesselt war, setzte ich mich auf. Ich lag in einem riesigen Bett, welches aus einem dunkelbraunen, edlen Holz bestand. Der Boden glänzte in derselben Farbe. Ein rustikaler Bauernschrank und ein passender Sekretär befanden sich ebenfalls in diesem Zimmer. Das Fenster war wunderschön, das Glas erinnerte an alte Flaschenböden. Die Metallumrandungen mussten in feiner Handarbeit angefertigt worden sein. Hatte man mich in ein Museum gestopft? Ich schaute an mir herab. Da war noch alles dran.

Vorsichtig rollte ich mich zum Rand vom Bett und setzte mich auf. Zwei Türen führten aus dem Zimmer raus. Ich schlich auf Zehenspitzen zur ersten und fand ein schönes Bad. Auch da waren die Wände weiß gehalten und die Armaturen aus demselben dunklen Holz wie die Zimmermöbel. Eine großzügige Dusche stand darin. Flauschige Handtücher hingen an Haken. Selbst meine persönlichen Kosmetika lagen am Waschbecken. Ich warf einen verstohlenen Blick in den Kleiderschrank. Meine Sachen hingen fein säuberlich auf den Kleiderbügeln. Wenigstens umziehen konnte ich mich. Wenn eine Entführung immer so enden würde, dann fände ich es nicht so schlimm. Aber ich beschloss, besser schnell die Flucht anzutreten. Montag musste ich wieder zur Arbeit. Außerdem brauchte ich dringend eine neue Wohnung in München und hatte für so etwas absolut keine Zeit. Ich musste herausfinden, wo ich mich überhaupt befand.

Die kurze Dusche weckte all meine Lebensgeister. Ich ging meine Optionen durch. Irgendwie fühlte es sich ein wenig so an, als sei ich bei einer neuen Pflegefamilie gelandet.

Wobei ich dankbar war, dass ich keine neuen Pflegeeltern mehr brauchte und endlich ein eigenständiges Leben führen konnte. Bei meinen Erinnerungen lief es mir erneut kalt den Rücken runter.

Erzählte mir mein Chef nicht, dass dieser Herr Bernstorff der Freund meines Vaters gewesen sei? Ich grübelte. Ach, das stand in diesem Zeitungsausschnitt! Ich atmete tief durch. Mal sehen, wer da hinter der Tür auf mich wartete. Was befand sich eigentlich in dem braunen Umschlag? Vielleicht hätte ich ihn doch einmal öffnen sollen? Dafür, dass ich beschlossen hatte, dass alles ein Irrtum sei, saß ich nun wirklich in der Tinte. Na wenigstens würden die anderen bemerken, dass ich nicht zur feinen Gesellschaft gehöre und mich sicherlich gleich wieder hinauswerfen.

Meine Situation war echt mies. Ich empfand mich als so armselig. Jeder andere normale Mensch würde sich über eine solche Chance freuen. Nur ich weigerte mich. Nein, ich glaubte es nicht! Das konnte nur ein riesiger Irrtum sein!

Irgendwann musste ich aus dem Zimmer raus, herausfinden, wo ich mich überhaupt befand. Das übermäßige Grübeln half mir hier einfach nicht weiter. Vorsichtig öffnete ich die andere Tür und blickte hinaus.

Ich schaute nach links, dann nach rechts. Auf dem Boden befand sich ein langer, gemusterter Teppich, welcher sich den ganzen Gang entlang zog. Der Flur alleine musste bestimmt hundert Meter lang sein. Unzählige Türen reihten sich aneinander auf. Ich entschied mich, nach rechts zu gehen, da auf der anderen Seite der Flur früher zu enden schien. Ich lauschte, aber da war einfach nichts zu hören.

Mir fehlten bereits meine knarzenden Dielen. Lieber säße ich zu Hause auf meinem alten Küchenstuhl und studierte dort die Wohnungsanzeigen. Doch das blieb mir für den Moment verwehrt. Auf leisen Sohlen schlich ich voran.

An den Wänden hingen viele alte Bilder. Immer wieder tauchten alte Landschaftsgemälde auf. Sie zeigten Schlösser, Burgen oder Jagdszenen von vor vielen hundert Jahren. Ich mochte diese alten Kunstwerke schon immer lieber als moderne Kunst. Auch wenn ich sie nur durch den Schulunterricht kannte.

Ein Bild zog mich förmlich an. Ich blickte auf eine Festung, davor kämpften hunderte Menschen in einer Schlacht. Auch monströse Tiere konnte man entdecken. Sie rangen, schlugen aufeinander ein. Man sah, wie das Blut spritzte. Die Zähne von Hunden, welche wie die von Bestien aus ihren Mündern ragten und die Lefzen teilten. Neben der Burg brannte ein loderndes Feuer. Eine Frau konnte man auf einem Scheiterhaufen erahnen. Allein diese vielen kleinen Details raubten einem schier den Atem, als würde man hineinsteigen können, um daran teilzunehmen. Nicht einmal ein Foto konnte so gut gemacht werden. Der Rahmen fiel mir auf. Die anderen waren alle verschnörkelt und mit Gold verziert. Doch dieser Rahmen schimmerte tiefschwarz. Man bekam das Gefühl, als sei dieses Bild direkt an diesem schrecklichen Ort entstanden.

Ein Räuspern unterbrach mich. Ich schreckte hoch, schaute nervös in die Augen eines älteren Mannes. „Man erwartet Sie bereits." Dieser lächelte mich freundlich an. Er verneigte sich vor mir und zeigte auf den Gang. „Folgen Sie mir bitte." Damit drehte er sich um. Brav und total verwirrt lief ich ihm nach. Mein Herz hämmerte noch immer von dem Schrecken.

Wir erreichten eine Treppe. Er führte mich eine Etage nach unten. Weitere Flure folgten. An einer geöffneten Tür zu einem Arbeitszimmer blieb er stehen. Er deutete mir zu warten und klopfte an dem Türrahmen an. „Graf von Bernstorff - Ihr Gast ist da", murmelte der Herr höflich. „Lassen Sie sie doch bitte herein." Die Stimme des anderen Mannes klang irgendwie angenehm. Jünger, als ich sie mir vorgestellt hatte. Der Mann deutete mir einzutreten.

Zögernd, neugierig ging ich hinein. Hinter einem unfassbar großen, hölzernen Schreibtisch saß ein Mann. Seine Augen wirkten irgendwie ehrlich. Bei solchen Dingen irrte ich mich eigentlich nicht. Verlegen betrachtete ich ihn. Der Graf, ein schlanker Mann, sein dunkelblondes Haar wurde von grauen Strähnen durchzogen, eine dicke Brille saß tief auf seiner Nase. Er trug ein hellblaues Hemd. Seine grünen Augen musterten mich fast schon väterlich. Nur, dass ich seinen Blick nicht genau genug deuten konnte. Aber das Wort „väterlich" passte einfach gut.

Er rollte um seinen Schreibtisch. Wieso saß er im Rollstuhl? Irgendwie tat er mir leid. Seine Beine standen leblos in diesem Stuhl. Trotzdem wirkte er wie ein Mann von Welt. Jemand, der bereits vieles gesehen und erlebt haben musste. Seine Schultern, seine Körperhaltung wiesen auf ein sehr großes Selbstbewusstsein hin. Ich schätzte ihn auf etwas über fünfzig. Aber viel älter war er bestimmt nicht. „Setz dich!" Er blickte zu einem dunkelgrünen, ledernen Sessel.

Verstört ließ ich mich auf diesen nieder. Er schaute zu dem Mann in der Tür, nickte ihm zu und schon verschwand dieser. „Nenn mich Adrian", lächelte er mich an. „Nadja", zögernd reichte ich ihm meine Hand. Seine Augen strahlten mich liebevoll an. Kleine Fältchen bildeten sich, sobald er lächelte. Sie machten ihn sympathischer. „Entschuldige wegen meinem Fahrer ... Der bekam einen Schreck, nachdem er deine Adoptionsunterlagen las und wir warfen die ganze Planung um. Sonst wärst du noch auf einem Empfang gewesen. Wir wollten dir einige Bekannte aus den Adelshäusern vorstellen ... Ach wir waren einfach nicht darauf gefasst, dass du es so schwer hattest." Während er sich angespannt entschuldigte, strich er sich durch sein Haar. Bestimmt war er einmal ein richtiger Mädchenschwarm gewesen. Ich betrachtete das Büro. Verstört sah ich mich um. Wie kam ich plötzlich an diesen fremden Ort? Außerdem wo war dieser hier?

Adrian wirkte ein wenig nervös. „Kann ich dir irgendeinen Wunsch erfüllen?" Ich brauchte einen Moment, um mich zu sammeln ... Ja, da gab es einen Wunsch. Ich kaute verlegen auf meiner Unterlippe herum, dachte angespannt über meinen einzigen Wunsch nach. Konnte ich diesen wirklich äußern? Einen Versuch war es wert. Vielleicht half es mir, dass ich diese Geschichte womöglich glauben, begreifen konnte. „Mein Chef ... der meinte ... also du und Vater ihr ward Freunde?" Ich bekam ein Nicken zur Antwort. „Ich hätte gerne ein Bild ... Ich habe sie noch nie gesehen." Ich kam mir so erbärmlich vor. Wie sollte er ein Bild von ihnen auftreiben können? Erstaunt riss er seine Augen auf. „Nichts leichter als das", seufzte er nun auch noch besorgt. War das wirklich Sorge? Das glaubte ich nicht. Ich wusste intuitiv, ob Menschen gefährlich sind.

Aber aus Gefühlen, Blicken, Regungen wurde ich einfach nicht schlau.

Adrian rollte zu seinem Schreibtisch. Er holte einen silbernen Rahmen aus einer der Schubladen, legte ihn auf seinen Schoß und kam zu mir zurück. „Hast du noch nie ein Bild von ihnen gesehen?" Beschämt schaute ich auf meine schlanken Finger, schüttelte langsam meinen Kopf. Ich erinnerte mich, dass im Heim Kinder manchmal Besuch von ihren Müttern oder Vätern bekamen. Wobei diese oft furchtbar wirkten. Manche kämpften mit Alkoholproblemen, Drogenentzug oder psychischen Krankheiten. Diese Kinder freuten sich immer sehr, wenn ihre Eltern kamen. Auch wenn diese oft merkwürdig schienen. Dennoch liebten sie ihre Familien. Was ich nie nachvollziehen konnte oder am eigenen Leib erleben durfte.

Adrian reichte mir einen Rahmen. Die Rückwand schimmerte schwarz, vorsichtig drehte ich diesen um. Ich musste unter Schock stehen. Diese Familie auf dem Bild sah perfekt aus. Wie aus diesen Hochglanzmagazinen. Da gab es keine Krankheiten, Sorgen oder Probleme, sondern nur glückliche Menschen. Fassungslos betrachtete ich dieses Bild. Meine Mutter besaß dieselben blauen Augen wie ich. Sie trug ihr braunes Haar auf Schulterlänge. Ich erkannte weibliche Rundungen, welche durch ein hellblaues Kleid bedeckt wurden. Sie sah so glücklich aus. Ich griff nach einer meiner Haarsträhnen. Vaters Haar leuchtete in tiefem Schwarz, wie auch meines. Ein kleiner süßer Junge hielt ein Baby im Arm. Er küsste es auf die Stirn, seine Augen strahlten in die Kamera. Alle leuchteten glücklich in die Kamera. Das Baby trug ein weißes

Kleidchen mit einem weißen Häubchen. Den blauen Augen nach zu urteilen, musste es sich um mich handeln. Selbst ich lachte. Ich konnte mich nicht einmal erinnern, wann ich das letzte Mal gelacht hatte. Viel mehr als ein Schmunzeln bekam ich nicht hin und auch nur, wenn mich etwas wirklich beeindruckte.

Ich strich zögernd über das Glas. Hätte das mein Leben sein können? Es schien so unvorstellbar. Mein Leben war nicht so. Es fühlte sich an, als würde ich in eine andere Welt blicken. Einen Moment sehen, welchen es niemals gab. Adrian griff nach meiner Hand. „Es war meine Schuld", hauchte er kaum hörbar. Wieso klang er auf einmal so gebrochen? Meine Hand zog ich schüchtern an mich. Noch immer schaute ich auf das Bild. Nein, das konnte nicht echt sein.

Ich schüttelte meinen Kopf. „Nein." „Doch! Wegen mir saßt ihr in dem Wagen. Weil meine Frau sich trennte und ich mit den Jungs alleine blieb. Dein Vater wollte mir etwas Arbeit abnehmen und im nächsten Augenblick ward ihr weg ... Ich suchte dich, doch sie brachten dich in ein anderes Krankenhaus ... Ich lebte alleinerziehend und sie rückten dich nicht raus. Ich versuchte es mit Anwälten, aber sie ließen mich nicht einmal zu dir!" Tränen liefen ihm übers Gesicht. Er wirkte vollkommen verzweifelt. Ich schaute ihn an, spürte seine Sorgen. „Nein, es ist nicht deine Schuld. Ich kenne sogar die Rechtsprechung dazu." Etwas Besseres fiel mir im Augenblick nicht ein, da ich wusste, dass es nach deutschem Recht unmöglich war, ein Kind als Außenstehender zu bekommen. Zumal er seine eigenen Kinder versorgte und auch noch im Rollstuhl saß. Er sah mich unglaublich traurig an. Scheinbar dachte er über etwas nach. Mir half es, an Paragrafen und Schriftstücke zu denken, mich an etwas Vertrautes zu klammern. Damit verlor ich wenigstens nicht vollkommen den Boden unter den Füßen. Zwar kamen meine seelischen Zusammenbrüche sehr selten, aber ich spürte, dass sie auf eine Chance lauerten, um mich wieder aus der Bahn zu werfen. Adrian musterte mich.

Ich blickte weiterhin auf das Bild. Eine solch schöne Familie hätte ich in meinen kühnsten Träumen nicht erwartet. Am liebsten würde ich dieses Bild nie wieder hergeben. Aber bitten konnte ich ihn nicht. Zögernd strich ich über die Gesichter dieser glücklichen Menschen.

„Darf ich dir einen Vorschlag machen?", unterbrach er die Stille. Ich nickte verlegen. Adrian zögerte einen Augenblick. „Bleib eine Weile. Du darfst mich alles über deine Familie fragen. Ich habe sogar Fotoalben … Das Bild darfst du dir leihen. Denn wenn du so weit bist, dann kannst du in euer Haus und da sind noch ganz viele." Ich seufzte verlegen, doch dann schreckte ich auf. „Ich … ich muss Montag wieder arbeiten!" Adrian runzelte seine Stirn. „Nein, dein Chef weiß Bescheid. Du hast frei. Warte …" Er holte etwas aus einem Faxgerät und zeigte mir dies. Tatsächlich, ich hatte Urlaub bekommen, welchen mein Chef ausdrücklich gestattete. „Nimmst du dein Erbe an?"

Ich sah ihn vollkommen verwirrt an. „Bitte? Welches Erbe?" Adrian verdrehte seine Augen. „Du hast nicht in den Umschlag gesehen?" Ich schüttelte bei seiner Frage den Kopf.

„Ich weiß noch nicht einmal, ob ich es will oder überhaupt kann?" „Aus der Nummer kommst du nicht raus", schmunzelte er nun wieder. Er strich sich seine Tränen weg, rollte zurück zu seinem Schreibtisch. Erneut betrachtete ich dieses wunderschöne Bild. Fassungslos musterte ich meine Eltern. Stand ich unter Schock? Was wusste ich denn schon von Erbangelegenheiten? Vielleicht waren sie ja auch pleite gewesen? Ich erinnerte mich an einen Fall in der Kanzlei. Da glaubten die Erben ein großes Haus zu bekommen, doch am Ende lasteten viele Schulden darauf. Nein, das wollte ich nicht. Aber dieses Bild auf meinem Schoß gab mir schon mehr, als ich je zu träumen gewagt hätte.

Jemand klopfte an der Tür. Ohne eine Antwort abzuwarten, sprang diese auf. Zwei große, junge Männer betraten das Zimmer. „Sie war nicht da!", schnaubte einer der beiden. Adrian blickte erschrocken zu den beiden Neuankömmlingen. „Sie ist auch nur so eine Tussi! Sie wird ihr Geld durchbringen und all deine Arbeit ist futsch!", fluchte er weiter. Er ließ Adrian nicht einmal zu Wort kommen. „David, du siehst das alles echt zu eng. Dieses Vermögen bringt man nicht so schnell durch", murmelte der andere gelassener. Waren die beiden etwa Zwillinge? Sie trugen blondes gelocktes Haar, wirkten gleich groß und scheinbar stimmte meine Theorie. Umso mehr Muskeln, desto weniger Hirn. Ich glaubte mich zu erinnern, dass in dem Artikel meines Chefs etwas von Zwillingen stand. Wobei ich mir da gerade echt nicht sicher sein konnte. Die ganze Situation überforderte mich ein wenig.

Adrian hob beschwichtigend seine Hand. „Ich habe mich geirrt …" „Schön, dass du es einsiehst! Du hättest dich wegen ihr fast umgebracht!", fauchte der Erste. Adrian? Fast umgebracht? Wegen mir? Entsetzt betrachtete ich ihn.

Warum wollte man sich für mich fast umbringen? Ich war nichts, absolut nichts wert. „Lasst mich doch mal ausreden!", keuchte Adrian genervt. Die beiden verschränkten ihre Arme, funkelten ihn frustriert an. Erneut klopfte es, der Herr vom Flur erschien in der offenen Tür. Er musterte die drei. „Ähm … entschuldigen Sie, aber unsere junge Dame hat noch nichts gegessen." Dabei sah er entschuldigend zu mir. Ich zuckte nun restlos verwirrt mit meinen Schultern.

Wie in Zeitlupe drehten sich die beiden Typen zu mir um. Sie starrten mich an. Der eine belustigt, dieser David eher wütend.

Adrian sah zu mir. „Das sind meine Söhne David und Daniel." Es klang eher wie eine Entschuldigung, als nach einer Vorstellung. „Was macht sie hier?", zischte David. Okay, alleine wegen des Blickes würde ich sie auseinanderhalten können. David wirkte eisig, Daniel eher lebensfroher, soweit ich das in den paar Sekunden beurteilen konnte. Ich verkrampfte mich, da David ziemlich wütend wirkte und ich mich panisch vor solchen Menschen fürchtete.

Die beiden sahen zwischen ihrem Vater und mir hin und her. „Was soll der Mist? Warum ist sie hier?", fluchte David noch immer. „Du beruhigst dich erst einmal und anschließend unterhalten wir uns." Adrian fauchte seinen Sohn streng an. Trotzdem erkannte ich, wie viel er für seinen Sohn empfand. David machte einen Schritt auf seinen Vater zu. „Sie hat alle warten lassen!" „Hat sie nicht. Sie wusste nichts davon … Charles gibst du ihr das Geschenk? Wir kommen gleich nach." Charles hieß also der Mann vom Flur. Dieser nickte mir zu. Vorsichtig, mit wackeligen Knien, stand ich auf. „Behalte das Bild", rief mir Adrian nach. Ich drückte es an meine Brust und schlich hinter Charles her. „Darf ich es auf mein Zimmer bringen?", erkundigte ich mich verunsichert. „Natürlich." Charles lächelte mich freundlich an. In meinem Kopf drehte sich alles. Was passierte da gerade in meinem Leben? Ich verstand es einfach nicht.

Charles wartete auf mich. Er führte mich erneut durch die langen Flure des Hauses. Schweigend folgte ich ihm und zermarterte mir meinen Kopf. Vor allem verstand ich nicht, weshalb sich die beiden Jungs so aufführten. OK, ich wusste von dem Bankett, aber hatten wirklich alle auf mich gewartet? Warum? Ich erinnerte mich, dass ich die letzte Von Hoym sein solle. Dabei schüttelte ich meinen Kopf. Das konnte doch alles nur ein seltsamer Traum sein. Doch als ich mir in den Arm kniff, spürte ich das Brennen. Verdammt, das war also kein Traum. Da blieb mir nur noch die Hoffnung, dass alles ein riesiger Irrtum sein musste.

Kapitel 4

Ich fand mich in einem überwältigenden Speisesaal wieder. Ein Tisch, an dem bestimmt dreißig Menschen Platz nehmen könnten, nahm den ganzen Raum für sich ein. Türen gingen in alle Richtungen und ein einzigartiger Kamin gab eine wohlige Wärme ab. Der große Kamin wurde von steinernen Löwen gehalten.

Vier Gedecke befanden sich auf dem Tisch. Ich staunte über die vielen Köstlichkeiten. Kartoffeln, Hähnchen, Fleisch, Gemüse, Saucen und frisches Brot warteten darauf, genossen zu werden.

Leise Klaviermusik spielte aus unsichtbaren Lautsprechern. Die Sonne schien durch mosaikbesetzte Fenster hinein, zauberte ein traumhaftes Farbenspiel in diesen Raum. Eigentlich fühlte es sich wie ein Traum an, aber ich konnte von dem Essen nichts nehmen. Denn die Angst, dass man mich bestrafen würde, saß einfach zu tief. Die Familie mit dem Bauernhof hatte wirklich enorme seelische Wunden hinterlassen.

Mein Magen knurrte, doch das kannte ich schon. Ein falscher Schritt und ich würde bestimmt bestraft werden. Manche schimpften, schrien, andere schlugen einen. Im Waisenhaus machten sie sich einen Spaß daraus, jemandem das Essen wegzunehmen. Ich nahm den Duft des Mahls tief in mir auf. So etwas Köstliches hatte ich bis dahin noch nie gerochen. Deswegen lebte ich gern alleine. Es nahm mir keiner etwas weg und ich musste mich nicht vor Schlägen oder Bestrafungen fürchten. Traurig betrachtete ich den Tisch.

Ich entdeckte ein riesiges Bildnis einer Jagd, welches über dem Kamin hing. Wieder diese gefletschten Zähne eines Hundes, der sich auf ein Reh stürzte. Einen Landsitz erahnte man hinter den Bäumen, bewaffnete Männer liefen zu dem sterbenden Tier. Man konnte regelrecht sehen, wie es sein Leben aushauchte. Ich wand meinen Blick ab. Schaute an diesem langen Tisch entlang. Ein Mann in königlichen Gewändern saß am anderen Ende. Er schaute niedergeschlagen auf seine Hände hinab, als hätte er Blut vergossen. Ein anderer tauchte hinter ihm auf. Ich keuchte schwer, da dieser ein Messer zückte. „Töte mich, Sohn", hörte ich den König sprechen. Der andere ließ das Messer fallen, fiel auf seine Knie und schon lösten sie sich vor meinen Augen auf. Meine Fantasie spielte mir wieder einen Streich. Was nur an diesem Schloss liegen konnte. Vor allem wurde mir im Augenblick alles zu viel.

„Du hättest ruhig ohne uns anfangen können." Adrian tauchte neben mir auf. Ich schaute zu ihm. Schweigend nahmen seine Söhne Platz. Sie saßen mir gegenüber und Adrian zu meiner Rechten am Kopfende der Tafel. Ich hätte es mir denken müssen, da an diesem Platz der Stuhl fehlte. „Nadja, nimm dir", bot Adrian an. Ich nickte ihm schüchtern zu. Daniel und David musterten mich streng. „So eine Show hatten wir auch noch nicht", versuchte Daniel zu witzeln. Ich ignorierte ihn, da Adrian mir die Kartoffeln reichte. Ich nahm mir eine kleine Menge. Wie auch etwas Sauce, Gemüse und von dem Braten. Schützend zog ich den Teller an mich heran, damit man ihn mir nicht entreißen konnte. David funkelte in meine Richtung. Genauestens studierte er jede meiner Bewegungen. Das verunsicherte mich vollends.

Das taten sie damals auf dem Bauernhof auch. Sobald ich einen Fehler machte, würde er auf mich losgehen. „Was kannst du, Nadja?", versuchte Daniel mit gespielter Freundlichkeit. „Nadja hat ein sehr gutes Abitur und eine Ausbildung zur Anwaltsgehilfin", antwortete ihr Vater für mich. Das Essen schmeckte köstlich. Ich versuchte es einfach zu genießen. Obwohl die beiden mir wirklich Angst mit ihrem Blicken einjagten. „Hast du eine Privatschule besucht?", schnaubte Daniel abfällig. Ich schüttelte beschämt meinen Kopf, schob mir ein Stück Kartoffel in den Mund. „Kann ich ihnen erzählen, was dir zugestoßen ist?", erkundigte sich Adrian verzweifelt. Ich sah ihn traurig an. „Bitte nicht." Ich brauchte nicht noch mehr Leute, die von meiner schäbigen Vergangenheit wussten. Verlegen schaute ich auf meinen Teller. „Hast du Ahnung von Kunst?", knurrte Daniel. „Wir sollten froh sein … Sie kann sprechen", gab David voller Verachtung ab. Das Stückchen Kartoffel lag schwer in meinem Mund. Bedächtig kaute ich es. Dabei fühlte ich mich unglaublich gelähmt, angespannt, steif. Wie all die Jahre zuvor. Nie legte sich dieses Gefühl bei mir. Betreten betrachtete ich meinen Schoß. Das Essen verging mir, die Anspannung wurde immer größer.

„Hast du Ahnung von Kunst? Lohnbuchhaltung, Immobilienverwaltung? ... Finanzen?" Daniel schien sich über mich lustig zu machen, da ich jedes Mal mit meinem Kopf schütteln musste. Ich schluckte die aufkeimenden Tränen hinunter. Wann hätte ich denn so etwas lernen sollen und vor allem wozu?

Ich biss meine Zähne fest zusammen.

„Es reicht! Hört auf!", fluchte Adrian. Die Situation überrollte mich. Was würde gleich geschehen? Würde ich wieder drei Tage nichts zu essen bekommen oder würde man mich wieder schlagen? Ich verkrampfte mich vollkommen, spürte, wie ich zitterte. „Scheiße! Vater, was ist mit ihr?", hörte ich David aus der Ferne. Meine Gedanken drehten sich. Panik kroch in mir hoch.

Jemand stand neben mir. Schützend zog ich meine Arme über den Kopf. Ich befand mich nicht mehr in der Lage zu sprechen. Warum machte ich alles falsch? Warum konnte man es keinem Recht machen? Warum wollten sie mir wehtun? Innerlich schrie ich, doch da war niemand. Keiner war je da gewesen.

„Nadja, geh auf dein Zimmer!", hörte ich Adrian aus der Ferne. Nur schwer schaffte ich es, aufzustehen. Ich gehorchte seiner Anweisung, auch wenn ich mich vor dem, was folgen würde, schrecklich fürchtete. Aber wenn ich mich nicht beugte, würde es noch schlimmer werden. Ich schaute zu den Türen. Wie kam ich aus diesem Raum? Steve erschien. Er betrachtete mich besorgt. „Komm mit!" Wollte er mich betäuben und wegbringen? Töten? Schmerzen? Trotzdem ging ich ihm mechanisch nach. Alles fühlte sich dumpf an. Er brachte mich zu dem Zimmer, in welchem ich aufwachte. Wartend setzte ich mich auf das Bett. Ich griff nach dem Bild. Das Bild, was hätte sein können, das Bild, welches meine Familie zeigte und ich spürte, wie mir die Tränen übers Gesicht liefen. Ich drückte das Foto fest an meine Brust, klammerte mich daran. Tausende an schrecklicher Erinnerungen prasselten auf mich ein. Doch keine die die Existenz meiner Eltern belegte, keine die annähernd so schön war wie dieses einzelne Andenken. Schweigend, sitzend klammerte ich mich an diese Fotografie. Keiner meiner Gedanken, Rückblicke hatte etwas mit dieser perfekten Familie zu tun.

Ich spürte erneut die seelischen Schmerzen, die Einsamkeit, den Hunger, die Scham, die ich dabei immer empfand. Ich war nur ein Waisenkind. Mehr nicht.

Diesen Zustand kannte ich bereits. Der längste Anfall dauerte fast vier Tage, bis ich wieder sprechen konnte. Nur dieses lähmende Gefühl nervte einfach. Aber aus dieser Situation kam ich irgendwie nicht alleine raus. Immer wieder schoss mir durch meinen Kopf, dass diese Familie einfach nur schön war. Ein Traum, den ich nie gewagt hätte zu träumen. In der Ferne hörte ich Steve, welcher mir versprach, dass er für mich da sei. Aber das glaubte ich nicht.

David und Daniel tauchten auf. Sie schienen sich zu entschuldigen, doch ich klammerte mich nur an das Bild. Bis Adrian auftauchte. Ein Mann stand neben ihm. Diesen kannte ich noch nicht. Adrian übernahm das Sprechen. „Nadja, dir wird hier niemand etwas antun. Keiner schlägt dich, jeder wird dir deine Wünsche erfüllen. Wenn du etwas möchtest, sag es einfach …", seine Stimme brach. Ich war wirklich fertig und nun zog ich den armen Adrian auch noch mit hinein. „Wenn du joggen willst oder egal was … Dann tu es einfach … Bitte … Keiner nimmt dir etwas weg." Adrian weinte. Meine eigenen Tränen spürte ich nicht mehr.

Irgendwie schaffte er es dennoch, etwas tief in mir zu wecken. Ich weiß nicht, ein ureigenes Vertrauen oder so etwas. Zögernd schaute ich zu Adrian auf. „Nadja?" Seine Stimme klang wieder realer, als würde er mich zurückholen in die eigentliche Welt. Die ich irgendwie so gar nicht mochte.

„Ja?" Meine Stimme klang selbst für mich fremd. Sprach ich wirklich? Der andere Mann setzte sich zu mir. „Frau Schmied. Wie lange ist ihr letzter Anfall her?" Ich legte meinen Kopf schief. „Ein Jahr?" Damals schrie mich meine alte Vermieterin an. Auch wenn ich wusste, dass sie an Demenz litt, traf sie meinen wunden Punkt und schon glitt ich in diese Starre. Adrian blieb bei mir. „Ach, die Jungs sind manchmal zu hart. Sie wussten es nicht besser." „Warum sind sie nicht früher eingeschritten?", wunderte sich der neue Mann. „Ich bin so froh, dass sie hier ist. Ich kann es selbst kaum glauben ... Mir war nicht bewusst, wie schwer sie es hatte." Der Mann legte seine Hand auf

Adrians Schulter. „Sie wird wieder. Sie braucht jemanden mit viel Geduld und Liebe." Der Mann agierte wie ein Arzt. Er erinnerte mich ein wenig an meinen Psychologen, welcher mich lange begleitete oder anschwieg. Wobei er mir zwei Dinge mitgab. Sport und Primzahlen. Das half, damit ich mich wieder unter Kontrolle brachte. Gedanklich fing ich an. Zwei, drei, fünf, sieben, elf, dreizehn, siebzehn … Bei siebenundneunzig erreichte ich langsam die Realität. Der Arzt runzelte seine Stirn. „Wie haben Sie das gemacht?", erkundigte sich dieser. „Primzahlen und joggen", seufzte ich schüchtern. Schwerfällig löste ich meine Finger von dem Bild, stellte es ganz vorsichtig wieder auf das Nachtkästchen. Noch einmal strich ich über den Rahmen. „Wie weit schaffen Sie es?" „Ich glaube achttausendachthunderteinunddreißig." Der Arzt dachte über meine Antwort nach. „Sind Sie mathematisch hochbegabt?" Ich zuckte mit meinen Schultern. Mathematik war nie ein schwieriges Thema für mich gewesen. Aber hochbegabt? Wer sollte das denn wissen? Der Arzt schmunzelte. „Herr Bernstorff Sie werden Primzahlen lernen müssen … Besser als jedes Medikament." Ich blinzelte die beiden an. Adrian wirkte blass. „Ich bin eine Belastung ... Sie sollten mich wirklich besser gehen lassen." „Nein! Niemals." Ich schaute Adrian verwirrt an. „Du bist meine Nadja, die Tochter meines Bruders im Herzen. Nein, ich lasse dich nicht gehen." Seine Stimme klang unglaublich liebevoll. Auch wenn ich es einfach nicht verstehen konnte. Der vermeintliche Arzt lächelte mich an. „Magst du ein wenig spazieren? Ich würde mich gerne mit dir unterhalten", bot dieser an. Ich atmete tief durch. „Von mir aus." Die beiden wirkten zufriedener. Ich stand auf und ließ mich aus dem Gebäude führen.

Ich staunte nicht schlecht, als ich plötzlich in einem wunderschönen Park stand. Überall schmückten unbeschreiblich bunte Blumenbeete diesen Ort. Sie verliefen in gleichlaufenden, geometrischen Mustern, Kieswege führten um diese Blumenarrangements herum. „Kannst du über deine Vergangenheit reden?", erkundigte er sich. Ich schaute zu ihm auf. „Das bringt nichts." „Warum nicht?" Er legte seine Stirn in Falten. Was ihn irgendwie freundlicher wirken ließ. Dabei stellte er sich als John vor, er arbeitete wirklich als Psychologe. Das konnte ich mir bereits denken. Hinter dem abgetrennten Garten ragten hohe alte Laubbäume in die Luft. Doch John führte mich durch einen Irrgarten hinunter zu einem Fluss. Dieses unglaublich ruhige Landschaftsbild erhellte mein Gemüt ein wenig. Der Fluss schlang sich zwischen Feldern entlang. Am anderen Ufer erblickte man gepflegte Häuser, vereinzelte Weinberge erschienen in der Ferne. „Was wünschst du dir?", unterbrach John meine Betrachtungen. Ich überlegte einen kleinen Moment. „Träume, Ziele … Ich weiß nicht, was Liebe ist und verstehe keine Gefühle." Zum ersten Mal sprach ich darüber. Aber wenn ich es ihm, einem Arzt, nicht sagen konnte, wem dann? „Was passiert, wenn dich jemand berührt?" Seine Stimme klang fast ein bisschen hypnotisch. Ich fand es angenehm, dass er mich nicht unter Druck setzte. Ich folgte ihm zu einer Bank, auf welcher wir uns niederließen. „Weiß nicht. Ich habe immer Angst, dass man etwas von mir nehmen könnte." Richtig rational konnte ich diese Frage auch nicht beantworten. „Hat dich jemand vergewaltigt?" Ich schreckte bei der direkten Frage auf. „Nein." Ich musterte ihn entsetzt. Wir schwiegen uns eine Zeit lang an. Wir sahen zu dem Fluss hinauf. Folgte mit meinen Augen dessen Verlauf. „Warum warst du immer gut in der Schule?" In der Ferne stellte ich mir ein einfaches Fischerboot vor und einen alten Mann, welcher darauf für seinen Lebensunterhalt sorgte. „Da war ich sicher. Dort tat mir niemand etwas." Meine Stimme glich einem sanften Hauchen. „Wie lebtest du in den Heimen?", erkundigte sich John mitleidsvoll. „Ich lernte, wie man sich unsichtbar macht ... Ich las gerne Geschichten, machte meine Hausaufgaben und tat das, was man von mir verlangte. Aufräumen, Pünktlichkeit, beim Kochen helfen. Ich sprach nur selten ... Manchmal fürchtete ich mich vor ein paar Kindern. Aber die schlimmen verschwanden schnell wieder ... Ich wollte nicht von dort verschwinden." Während ich leise sprach, schaute ich betreten auf meine Finger. John betrachtete mich, anschließend ließ er seinen Blick schweifen. „Du bist klug. Das wird schon. Alles andere braucht einfach Zeit." „Glaubst du das? Ich ... ich glaube nicht mehr daran, dass es ein richtiges Leben für mich gibt." Ich musste richtig verzweifelt geklungen haben, da er mich besorgt ansah. „Glaube mir. Wir finden einen Weg für dich. Bleib bei Adrian, er kann dir helfen und ihr werdet euch guttun." Damit stand er auf und ließ mich alleine zurück. Ich blickte in den hellblauen Himmel. Nur kleine Wölkchen durchbrachen das perfekte Blau. Eine sah ein wenig wie ein Herz aus. Ich beobachtete, wie sie langsam zerfiel, ihre Form veränderte und sich teilte. Wie fühlte sich ein gebrochenes Herz an? Wann merkte man, dass man geliebt wird? Könnte man jemanden wie mich überhaupt lieben?

Seltsam, irgendwie verbrachte ich den restlichen Tag auf dieser Bank und überlegte, was ich tun sollte. Bis jemand nach mir rief. Gemächlich machte ich mich auf den Weg zum Schloss. Wobei ich noch immer damit beschäftigt war, meine Gedanken zu sortieren. Ich atmete tief durch. Steve empfing mich, brachte mich zu dem Speisesaal. Die anderen warteten bereits. Aber ich fühlte mich noch nicht bereit dazu, mich mit ihnen auseinanderzusetzen. Wortlos nahm ich mein Abendessen ein. Die Jungs versuchten mit mir zu sprechen, doch ich grübelte noch immer über diese seltsamen Wege, die mein Leben gerade einschlug. Viel zu früh ging ich zu Bett. Nach diesem Tag, meinem Nervenzusammenbruch, dem Bild meiner Familie und dem Gespräch mit John, fühlte ich mich vollkommen ausgelaugt.

Am Morgen stand ich viel zu früh auf. Nachdem nirgendwo Geräusche erklangen und ich niemanden stören wollte, erkundete ich die restliche Parkanlage. Ich erreichte einen Teil, der eher an den Englischen Garten in München erinnerte. Hohe, sehr alte Bäume ragten empor, umgeben von gepflegtem Rasen. Ein kleiner Bach schlängelte sich durch den Teil des Parks. Die Gänseblümchen blühten bereits. Die Bäume erstrahlten in frischem Grün. Ich mochte den Frühling, wenn alles aus einem langen Schlaf erwachte. Der Bereich vor dem Schloss war kunstvoll angelegt. Die Blumenbeete in runden Mustern angerichtet. Es erinnerte mich ein wenig an den Park im Schloss Nymphenburg. Ich schlenderte an den Kieswegen entlang, betrachtete die kunstvoll arrangierten Blumen.

Bis ein Stöhnen die Stille unterbrach. Selbst die Vögel hörten auf zu zwitschern. Neugierig folgte ich den Geräuschen. Schweres Keuchen erklang. Ich erreichte ein abgelegenes Areal. Dort wirkte die Natur etwas unberührter, nicht ganz so gepflegt wie der Rest des Parks.

Ich versteckte mich neugierig hinter einem Baum. Die Zwillinge kämpften gegeneinander. Ich kletterte auf eine Bank, zog mich an einem Ast hoch, setzte mich in die Baumkrone einer alten Eiche. Ich lehnte mich an den Stamm, schaute den beiden zu. Ihre nackten Oberkörper glänzten. Konzentriert, geübt und schnell rangen sie miteinander. Es musste sich um eine Mischung zwischen asiatischer Kampfkunst und Boxen handeln. In dieser schönen Umgebung sah es fast wie Kunst aus. Anmutig trainierten sie zusammen. Ihre fließenden Bewegungen, die Ruhe, die sie dabei ausstrahlten, man könnte fast meinen, dass sie miteinander tanzten.

Ich selbst musste mal einen Karatekurs besuchen, da mein Psychologe mir dies empfahl. Ich stellte mich nicht schlecht an. Doch meine Berührungsängste machten das Training unmöglich. Im Heim schaute ich mir Videos im Internet an und machte diese Übungen nach. Etwas Thai Chi, Yoga und Karate. Keine Ahnung, ob ich es richtig übte, aber es half. Oft ging ich abends joggen. Das Brennen der Muskeln tat mir gut, ließ mich etwas fühlen und es war besser, als sich selbst weh zu tun. Etwas, was andere Mädchen im Heim oft taten. Sie schnitten sich selbst mit Messern, ritzten sich. Am Ende verschwanden auch sie und ich wollte nie verschwinden. Also lief ich oder trainierte, bis mir jeder Muskel schmerzte.

Steve, der Fahrer, kam angerannt. „Hat jemand Nadja gesehen?" Die beiden schreckten auf. „Nein, wo sollte sie hin sein?" Steve japste angestrengt. „Weiß nicht. Sie ist weg." „Hier!" Ich wollte nicht, dass er wegen mir Ärger bekam. Die drei schauten nach oben. Ich hielt mich an dem Ast fest, ließ mich hinunterfallen, klopfte meine Hände an

meiner Hose ab. „Wie bist du da rauf gekommen?",
wunderte sich Daniel. David funkelte mich bereits wieder
finster an. Vielleicht konnte er nur böse schauen?
„Klettern?" Ich drehte mich um, sah den Baum hinauf.
„Eine Dame klettert nicht auf Bäume!", schimpfte Daniel.
„Sieht hier jemand eine Dame?", schnaubte ich und stapfte
in Richtung des Hauses. Steve folgte mir. „Warte!" David
tauchte neben mir auf. Er versuchte, nach meiner Schulter
zu greifen. Schnell wich ich aus. David runzelte prüfend
seine Stirn. Er setzte zu einem weiteren Versuch an. Doch
auch da drehte ich mich weg. „Kannst du kämpfen?",
wunderte er sich. „Nein." Daniel stand hinter mir. Ich
sprang zur Seite. „Oh doch, das kann sie." David
verschränkte seine Arme vor seiner Brust. „Kommst du auf
den Baum? Der da!" Er deutete auf einen der großen
Bäume. Ich verdrehte meine Augen. Nahm Anlauf,
sprintete auf diesen zu und mit drei Sätzen saß ich auf dem
dicksten Ast. Daniel hockte plötzlich über mir auf einem
anderen Ast. Er grinste mich an. „Nicht übel für ein
Mädchen." Ich ließ mich hinunterfallen und landete auf
meinen Füßen. David baute sich streng vor mir auf, erneut
funkelte er mich an. Allmählich fragte ich mich, was denn
sein Problem war.

Ich wollte zurück zum Schloss. Zum ersten Mal nahm ich
dieses Bauwerk bewusst wahr. Das Schloss war
atemberaubend schön. Ein prachtvoller Bau, auf drei
Etagen erhob es sich vor meinen Augen. Zwei Seitenarme
umschlossen es. Die hellen Mauern unterstrichen den
Prunk der Anlage. Vor dem Gebäudekomplex funkelte ein
Teich. Eine Wasserfontäne sprühte nach oben. Ich konnte
mir richtig vorstellen, wie früher die Damen mit ihren
Perücken und den weiten Kleidern herumspazierten.

Diesen Anblick einfach genossen, mit anderen plauderten, sich so ihre Zeit vertrieben. Bewundernd ging ich auf das prächtige Gebäude zu. Wunderschöne Ornamente verzierten die Fenster. Hohe Säulen ließen es noch majestätischer wirken. „Gefällt es dir?", sprachen die beiden gleichzeitig. Sie schienen mich beobachtet zu haben, da sie es nahezu hauchten. Ich nickte verlegen. „Es ist wie in einem Märchen", flüsterte ich und lief rot an, da es ziemlich naiv klingen musste. „Macht euch frisch! Es gibt gleich Mittagessen", knurrte Steve streng, trotzdem schenkte er mir ein Lächeln. Ich atmete tief durch und lief zu meinem Zimmer.

Kapitel 5

Adrian wartete bereits auf mich. Die beiden Jungs erreichten unmittelbar nach mir den großen Speisesaal. Erneut standen köstliche Speisen auf dem Tisch. Ich roch Fisch, dieser duftete köstlich. „Setz dich! Du hast noch immer dein Geschenk nicht geöffnet." Ich entdeckte diese kleine Schachtel neben meinem Teller, die mir Adrian am Vortag gegeben hatte, bevor ich meinen Anfall bekam. Obwohl es gerade einmal einen Tag her war, fühlte es sich an, als seien Wochen vergangen. „Ist das wirklich für mich?" „Hast du nie Geschenke bekommen?", wunderte sich Daniel, als er sich setzte. „Sie haben einen Kuchen gemacht. Im Heim … Alle freuten sich auf die Geburtstage, nur ich … Ach ich hatte das Gefühl … Ist doch egal." Ich ärgerte mich über mein Gestotter. „Nein, das ist es nicht. Sprich weiter!", forderte mich Adrian auf. Ich schaute traurig zu ihm. „Ein Jahr älter werden, ein Jahr

näher daran wegzukommen, ein Jahr näher zum Sterben."
Ich schluckte, als ich es aussprach. Ich wusste, wie
verbittert das Klingen musste. Adrian musterte mich
unglaublich betrübt. „Mach es auf", bat er mich im
Flüsterton. Zögernd strich ich über das Papier. Ein
schlichtes helles Papier, nur eine kleine Schleife machte es
als Geschenk erkennbar. Ich zog an dem Band,
beobachtete, wie der Knoten sich löste. Ein kleines dunkles
Kästchen erschien vor meinen Augen. Ich klappte es auf.
Eine Kette mit einem silbernen Herzanhänger lag in dem
Kästchen. „Du kannst es öffnen." Adrian deutete auf einen
winzigen Mechanismus. Ich fand den kleinen Verschluss,
das Herz klappte auf und da erschien wieder ein Bild von
meiner Familie.

Alles ist vergänglich, doch die Liebe deiner Eltern wird
immer bleiben.

Stand auf der Innenseite des Herzens. Ich schluckte, wie
gerne hätte ich diese Menschen kennengelernt. Einmal
wenigstens. Einmal von einem Vater getröstet worden zu
sein oder eine Mutter, die einen in den Armen hielt. Einen
Bruder, der einen beschützte. Doch all das durfte ich nie
erleben. „Was geht in deinem Kopf vor?", hörte ich Daniel
leise. Ich schaute auf, spürte, dass eine Träne über meine
Wange lief. „Ich habe mir nie vorstellen können, wie es ist,
eine Familie zu haben. Nie habe ich gewagt zu träumen.
Andere dachten sich Geschichten aus. Aber ich … Nein,
ich sah immer nur diese Pflegeeltern …" „Was war bei den
Pflegeeltern?" Erneut redete Daniel behutsam auf mich
ein. Ich schüttelte meinen Kopf. „Jungs, das reicht. Setzt
sie nicht noch einmal unter Druck! Nadja, wir lassen dir

Zeit", unterbrach Adrian sie. David entschuldigte sich leise und verschwand. Verwirrt schaute ich ihm nach. „Habe ich etwas falsch gemacht?" „Nein. Ich weiß nicht, was er hat." Selbst Adrian sah ihm fragend nach. Wieder reichte er mir das Essen.

So satt wie an diesem Tag fühlte ich mich noch nie zuvor in meinem Leben. Das Essen schmeckte köstlich und der Schokoladenkuchen zum Nachtisch war ein absoluter Genuss. Zufrieden lächelte mich Adrian an. David tauchte erst am Ende wieder auf. Er setzte sich zu mir, behielt jedoch einen gesunden Abstand zwischen uns. „Nadja, also …" Ich hatte ihn bis dahin noch nicht nervös erlebt. Er schien etwas verlegen zu sein. Neugierig musterte ich ihn. „OK. Das wird jetzt seltsam …", fuhr er fort. Ich wartete ab. „Damals waren wir Kinder befreundet. Du warst unser kleiner Engel, wir haben auf dich aufgepasst und nach dem Unfall fand ich deine Puppe im Krankenhaus wieder. Wir suchten nach dir. Aber du warst bereits weg. Ich hob die Puppe auf, weil ich sie dir geben wollte. Ich behütete sie wie einen Schatz." Er reichte mir eine Stoffpuppe. Sie sah ziemlich schmutzig aus. Ihre Augen bestanden aus Knöpfen, die Haare aus Wolle und das Kleid besaß ein Blumenmuster. Eingehend betrachtete ich sie, drückte die Puppe fest an meine Brust. Eine Erinnerung flackerte auf. Noch nie zuvor konnte ich mich an etwas erinnern.

Ich bekam diese Puppe an dem letzten Weihnachten und sie war in weihnachtlichem Geschenkpapier eingewickelt. Auch ein kleiner Wagen stand unter dem wunderschönen Weihnachtsbaum. Mein Bruder strahlte mich an. Er hielt ein Feuerwehrauto in der Hand. Mutter trug das Essen zum Tisch und Vater half uns mit den Geschenken.

Ich weinte laut los. „Was ist Nadja?", sorgten sich die anderen. Ich brauchte ein paar Minuten. „Weihnachten … Ich … ich erinnere mich … Irgendwie." Ich spürte die verzweifelten Blicke der drei. „Hast du noch nie Erinnerungen gehabt?", sprach David sanft. Ich schüttelte meinen Kopf. Adrian stieß seinen Atem laut aus.

„Kann ich deine Unterlagen anfordern lassen? Ich meine die nach dem Unfall und auch die von dem Psychologen?", erkundigte sich Adrian. Ich nickte, da ich es auch wissen wollte. „Warum Psychologe?", keuchte David aufgewühlt. Adrian sah mich bittend an. „Weil … Ach …" Wie sollte ich es ihm erklären? Konnte ich wirklich darüber sprechen? Aber ich musste es irgendwie tun. „Bei einer Familie wäre ich fast gestorben." „Bei einer? Du hast wirklich oft Pech gehabt!", schnaubte Adrian wütend. Ich warf ihm einen finsteren Blick zu, welcher ihn zum Schweigen brachte. David und Daniel sahen mich schockiert an. Ich fing wieder an meine Primzahlen zu zählen. Dieses Mal flüsterte ich sie vor mich her. „Zwei, drei, fünf …" Adrian erklärte den beiden, was ich tat und warum ich das machte. Sie warteten schweigend ab, bis ich mich wieder sammeln konnte.

„Danke, David." Ich hielt noch immer die Puppe im Arm. „Ich lasse sie dir reinigen." Aber ich wollte mich nicht von ihr trennen. Irgendwie gab sie mir etwas zurück, was ich wirklich nie erwartet hätte. Vor allem genoss ich diese winzige Erinnerung, welche sie auslöste. Auch wenn es mich unglaublich traurig machte. Da es wirklich Menschen gegeben haben musste, die mich einst liebten und ich mich kaum daran erinnern konnte. „Komm, wir zeigen dir etwas", kam nun von Daniel. Ich trocknete meine Tränen, folgte den beiden schüchtern. Sie leiteten mich in eine riesige Bibliothek. Ein Flügel befand sich in dieser. David setzte sich dran und spielte eine fröhliche Melodie. Ich ließ mich auf einem ledernen Sofa nieder, lauschte gespannt seinem Musikstück. Daniel holte sich ein Buch. „Du darfst hier gerne lesen, wenn du magst." Ich sah die beiden dankbar an. David verschwand vollkommen in seiner Musik. Er schien in einer eigenen Welt zu versinken. Es klang einfach unglaublich schön. Ich schloss meine Augen, nahm jede einzelne Note in mir auf, welche er spielte.

„Magst du heute Abend mitkommen? Wir gehen auf eine Veranstaltung", erkundigte sich Daniel leise. Ich schüttelte meinen Kopf. Zum einen hätte ich nichts zum Anziehen und zum anderen gab ich bestimmt keine passende Begleitung ab. Ich konnte mich nicht unterhalten, konnte nicht tanzen und meine Berührungsängste machten es noch komplizierter. David schaute zu mir auf. Seine grünen Augen schienen mir plötzlich die Luft zum Atmen zu nehmen. Sie hüllten mich förmlich ein. Mein Herz setzte aus, mein Atem stockte und es fühlte sich an, als seien wir alleine. Nur wir beide existierten noch.

Er unterbrach den Moment, indem er seinen Blick abwandte. Ich zog scharf Luft ein. Was war das denn auf einmal? Ich sollte mich doch noch mal mit John über meinen Gesundheitszustand unterhalten. Vermutlich wäre eine Anstalt besser für mich, als irgendein Erbe. Vollkommen verwirrt und zweifelnd begab ich mich in mein Zimmer. Mein Herz schlug noch immer seltsam, es brauchte sehr lange, bis es sich beruhigte.

Kapitel 6

Wieder viel zu früh erwachte ich am nächsten Morgen.

Ich beschloss etwas Joggen zu gehen. Den Park mochte ich. Er musste riesig sein. Damit konnte ich ungehindert eine Stunde lang laufen. Nur meinen Atem und das Zwitschern der Vögel konnte ich hören. Währenddessen entschied ich, mir die Sache mit dem Erbe nun doch einmal genauer anzusehen. Vielleicht fand ich noch ein paar Erinnerungen, welche tief in meinem Unterbewusstsein schlummerten.

Steve wartete rauchend auf mich. „So früh schon auf?" Er drückte seine Zigarette aus. „Sie doch auch." „Es gibt bald Frühstück." Ich hob meine Augenbrauen. „Bin ich eine Gefangene?" „Nein, ich soll mich nur um Sie kümmern. Wenn Sie etwas brauchen oder irgendwohin wollen, dann müssen Sie es mir nur sagen. Besitzen Sie ein Handy?" Ich schüttelte meinen Kopf. Wen sollte ich denn anrufen wollen? Steve gab ein Schnauben ab und verschwand. Ich huschte unter die Dusche, zog mir etwas Bequemes an und wunderte mich, wohin meine Sachen vom Vortag verschwanden.

„Adrian, wohin verschwinden meine Sachen?", jammerte ich, nachdem ich den Speisesaal betrat. „Guten Morgen, Nadja", grinste dieser glücklich hinter seiner Zeitung. War es wirklich schon Montag?

„Morgen", murmelte ich verwirrt. „Unsere Angestellten kümmern sich um alles", informierte er mich. „Womit verdient ihr eigentlich euer Geld?" Ich nahm neben ihm

Platz. „Wir verleihen Kunst, Bilder, Schmuck, Möbel ...
Die Immobilien sind teilweise öffentlich zugänglich.
Durch Eintrittsgelder finanzieren wir deren Erhalt.
Außerdem verwalten wir unser Geld ganz gut." Ich
lauschte ihm gespannt. Das klang zumindest recht
interessant. Neugierig musterte ich Adrian. Er legte seine
Zeitung weg. „Dein Vater und ich haben uns damit
beschäftigt, dass wir alles, was unseren Vorfahren gehörte,
wieder zurückholen. Durch Kriege und politische
Besatzungen verschwand vieles. Wir wuchsen in Italien
auf. Nachdem die Grenzen sich vor fünfundzwanzig Jahren
öffneten, fingen wir an, alles zurückzuholen." Interessiert
lauschte ich seinen Erzählungen. Ich hörte in der Schule
vom Kommunismus der ehemaligen DDR, habe aber nie
richtig verstanden, was daran so schlimm gewesen sei. Ich
erinnerte mich, dass Adelige enteignet wurden, man
anschließend ihre Schlösser und Burgen verfallen ließ.

„Wir haben drei Schlösser zu Hotels umbauen lassen. Die
bringen gutes Geld ein. Du hast auch eins", fuhr Adrian
fort. Er schien meine Gedanken lesen zu wollen, da er
ständig meine Reaktionen abwartete. „OK ... Darf ich mir
meine Sachen ansehen?" Ein Lächeln huschte über sein
Gesicht. „Natürlich. Aber nun frühstücke erst einmal."

David tauchte auf, nachdem ich fast fertig gegessen hatte.
Er wirkte einmal mehr schlecht gelaunt. Ich wartete ab,
traute mich nicht, aufzustehen. Er erzählte streng, dass ihm
eine anstrengende Woche bevorstand. Die beiden
unterhielten sich über einige Orte, von denen ich noch nie
gehört hatte. Nur Budapest verstand ich und dass er dort
ein Problem lösen müsse. Am Donnerstag sei er wieder da.
Ich fand es schade, dass er ging. Doch was bildete ich mir

ein? Für ihn war ich sicherlich auch nur ein Hindernis. Ich beschloss, mich einfach mit meinen Sachen zu beschäftigen. Vor allem machte mir seine mürrische Art zu schaffen und auch ein wenig Angst.

Am Nachmittag verabschiedeten sich die Brüder von uns. „Nadja, warte." David reichte mir ein kleines Päckchen. „Es ist alles eingerichtet." Ich öffnete es und entdeckte ein Handy darin. Erschrocken sah ich auf. „Das kann ich nicht annehmen." „Doch! Nenne es eine Entschuldigung für unseren ersten Auftritt." Ein Schmunzeln huschte über sein Gesicht. Das stand ihm gut. Fast besser als dieser böse Ausdruck. „Süße, ich würde dich echt gerne drücken", beklagte sich Daniel und riss mich aus meinen Gedanken. David gab ein leises Knurren ab. Ich reichte den beiden verwirrt meine Hand. „Bleib hier!", seufzte David, als er mit seinem Bruder aus der Tür hinausging. Sie ließen mich alleine, vollkommen verunsichert in der Bibliothek zurück. So richtig wurde ich aus David nicht schlau. Mal ist er nett und dann wieder mürrisch. Das sollte mal einer verstehen.

Ich nutzte den Moment. Staunend betrachtete ich die vielen Bücher. Nachdem ich mich aber lieber mal mit meinen Sachen beschäftigen sollte, suchte ich besser nach Adrian. Ich fand ihn hinter seinem riesigen Schreibtisch, tief versunken in seinen Papieren.

Er zeigte geistesabwesend auf eine weitere Tür. Zögernd öffnete ich diese. Dort befand sich ein kleineres Arbeitszimmer. Dieses durfte ich sogar benutzen. Ich ging leise hinein, setzte mich an den Arbeitstisch und blätterte die Unterlagen durch.

Ach herrje, da tauchte eine Liste mit Kunstwerken auf. Diese war nach Epochen sortiert worden. Gotik, Renaissance, Barock, Romantik, Realismus und Impressionismus? Ich keuchte entsetzt. Hätte ich meine Kunstlehrer nur ernster genommen. Immer saß ich im Unterricht und fragte mich, wozu man diesen unnötigen Mist brauchte. Nun fühlte ich mich unglaublich dämlich. Anschließend folgten Schmuckgegenstände. Die meisten wurden im Grünen Gewölbe in Dresden ausgestellt, ein paar andere auf der Welt verteilt. Alleine die Versicherungssummen raubten mir den Atem. Ich schlug die Hände über meinem Kopf zusammen.

Verstört stapfte ich in mein Zimmer, suchte nach meinem alten Laptop. Immerhin musste Steve bei meiner Entführung gleich meine ganzen Sachen mitgenommen haben. Mit diesem unterm Arm schlich ich zurück in das kleine Arbeitszimmer. Ich fragte vorsichtig nach dem Internetzugang. Leider kannte nur David diesen auswendig. Ich ächzte und versuchte mich an dem Handy. Wenigstens das hatte Internet, auch die Nummern der Jungs erschienen. Ich schrieb David an.

Nadja: Entschuldige bitte die Störung. Aber wie komme ich ins Internet?

David: Du störst nie. Ich schicke dir das Passwort.

Die Antwort kam erstaunlich schnell. Eine andere Nachricht ging ein und ich fuhr meinen Rechner hoch. Eigentlich wollte ich mir einen kaufen, doch leider kam mir meine Entführung dazwischen. Ich flehte meinen Laptop an, dass er nicht gleich das Zeitliche segnen würde.

Aber mein Flehen half nichts. Er gab seinen Geist restlos auf, ein blauer Bildschirm deutete dessen Untergang an und mein Handy gab ein belustigtes Piepen ab. Schmollend sah ich auf das Handy.

David: Hat es geklappt?

Nadja: Nein, mein Laptop hat soeben das Zeitliche gesegnet. Werde Steve dazu nötigen müssen, mit mir morgen einen neuen zu kaufen.

David: Frag Vater. Er übernimmt das bestimmt.

Nadja: Nein! Ich kann auch ganz gut für mich selbst sorgen. Immerhin habe ich die letzten Jahre etwas gespart und vor allem gearbeitet.

David: In Daniels Zimmer liegt noch einer. Den kannst du dir borgen.

Nadja: Lass gut sein. Ich schau mir die anderen Unterlagen an.

David: Was wolltest du denn recherchieren?

Nadja: Kunstepochen, Maler und das Grüne Gewölbe.

David: Das Museum zeige ich dir gerne. Ist nicht weit weg von dir.

Nadja: Kann Steve mich nicht hinfahren?

David: Bitte. Ich würde es dir gerne zeigen.

Mein Herz schlug aufgeregt bei seiner Bitte. Ich starrte mein Handy an. Aber vielleicht … Ach nein … Für mich interessierte man sich nicht. Ich steigerte mich da in etwas hinein, was bestimmt nicht gut enden würde.

Steve tauchte in der Tür auf. Verwirrt schaute ich ihn an. „Sie brauchen ein Notebook?" Er reichte mir eins. „Das von Daniel?" Er zuckte gelassen mit seinen Schultern. „Sie bekommen morgen ein neues." „Warten Sie! Wegen der Bezahlung ... Ich wollte ein bestimmtes Modell." In München hatte ich mich bereits wegen eines neuen Laptops beraten lassen. Die Situation ärgerte mich. Außerdem wollte ich nicht, dass sie noch mehr für mich taten. Immerhin hielten sie es bereits mit mir aus. Na gut, sie entführten mich, aber ich konnte dennoch ganz gut für mich selbst sorgen. Eifrig notierte ich das Modell auf einem Zettel. „Wo ist der nächste Bankautomat?" „Wenn sie das zahlen will, kette sie fest!", rief Adrian aus dem Nachbarzimmer. Wer von uns war hier verrückt? Ich stand auf, stapfte zu Adrian. „Hallo? Ich bin zwar ein Psycho, aber das bekomme ich selbst hin." Adrian funkelte mich wütend an. Wenigstens wusste ich nun, woher David das hatte. „Nichts da! Mein Haus, meine Regeln!" Ich schmollte, verschränkte meine Arme vor meiner Brust. Adrian lachte laut auf. Damit nahm er mir den Wind aus den Segeln. „So sah deine Mutter auch aus, wenn sie sich etwas in den Kopf setzte." Er hielt sich den Bauch vor Lachen. Ich fand es absolut nicht witzig. „Darf ich nun meinen Rechner zahlen?", zischte ich und erschrak über meinen eigenen Tonfall. „Nein. Darfst du nicht." „Warum nicht?" Ich flehte schon fast. „Weil du mein Patenkind bist und ich dir jeden Wunsch erfüllen werde. Selbst wenn du ein Auto haben möchtest." Ich schaute entsetzt in seine Richtung. Nie Wünsche äußern! Speicherte ich entschlossen ab. „Steve, helfen Sie mir doch!" „Er ist mein Chef. Ich halte mich da raus", schmunzelte dieser und überließ mich meinem Schicksal. Gemein! Leise fluchend nahm ich wieder hinter dem Schreibtisch Platz.

Charles betrat den Raum. Noch immer überlegte ich, wie ich mich Adrian entgegenstellen könnte. Doch Charles erinnerte uns an das Abendessen. Verärgert nahm ich dieses ein und kam einfach zu keinem anderen Entschluss, als mich letzten Endes zu ergeben. Ich würde schon noch meine Chance bekommen, es irgendwie zurückzugeben.

Am Dienstagmorgen lag bereits ein vollkommen neuer und bespielter Laptop auf meinem Arbeitstisch. Ich schüttelte genervt meinen Kopf.

Nadja: Zaubern könnt ihr jetzt auch noch. Wem muss ich wegen des Rechners zu ewigem Dank verpflichtet sein?

Ich erwartete keine Antwort. Doch schon piepte mein Telefon.

David: Niemandem. Schon wach?

Nadja: Ich schlafe nie lange, es sei denn man verabreicht mir Drogen.

David: Merke ich mir.

Nadja: Ich werde in Zukunft einfach keine Wünsche oder Bitten mehr äußern.

David: Viel Glück. Ich wünsche dir einen schönen Tag. Muss zu einem Meeting.

Nadja: Dir auch einen schönen Tag. Wollte nicht nerven.

David: Ich mag deine Nachrichten.

Ich stieß meinen Atem aus. Schrieb aber nicht weiter, da ich ihn wirklich nicht stören wollte. Also widmete ich mich erneut meinen Unterlagen. Immobilien, lautete der nächste Teil. Das mit den Kunstwerken verschob ich lieber. Da ich mir erst ein paar Grundlagen schaffen musste.

Erstaunt blickte ich auf die Burg. Es handelte sich um die gleiche wie von der Postkarte, welche mir Adrian geschickt hatte. Sie war unglaublich schön. Ein Vermerk deutete darauf hin, dass diese ausschließlich der Familie diente und keine öffentlichen Zugänge besäße. Es folgte ein kleines Schlösschen, welches ein Hotel beherbergte. Die Pachteinnahmen waren wirklich mehr als ordentlich. Eine weitere Burg sowie vier Herrenhäuser tauchten auf. Diese befanden sich in Norditalien, England, bei Budapest und eines in Bayern. Die in Norditalien bräuchte dringend eine Renovierung. Zumindest den Bildern nach zu urteilen. Ich huschte zu Adrian. „Sag mal, wie organisiert man eine Renovierung?" Wartend setzte ich mich auf den Sessel. „Am besten man schaut sich das Objekt vorher an", murmelte er und schien selbst an etwas zu arbeiten. „Mmh … Die ist in Norditalien. Da bräuchte ich ein Auto."

Außerdem musste ich erst einmal genau herausfinden, wie viel Geld ich wirklich besaß. Nicht, dass es doch irgendwo Schulden gab.

Ah ja. Da waren sie. Die Konten. Ich blätterte diese durch und fand einige Tabellen. Einnahmen und Ausgaben fein aufgeschlüsselt. Die Ausgaben summierten sich bei knapp siebenhunderttausend pro Jahr. Ich schluckte heftig. Welcher Mensch konnte sich das denn erlauben? Ich fand Aufwendungen für Versicherungen, Transporte, Instandhaltungen, Steuern und Personalkosten. „Ach du meine Güte!", fluchte ich geschockt. Ich schaffte es nur mühsam zu den Einnahmen, da mir immer schwindeliger wurde. Vor allem bei den Steuerausgaben wurde mir noch mulmiger zumute. Einnahmen. OK ... Augen zu und durch. Konnte man ein Testament nicht ablehnen? Ich schaute darauf. Pachteinnahmen. Vermietungen? Gab es da noch mehr Immobilien? Egal. Insgesamt brachten die dreihunderttausend. Dann folgten die Bilder, die Schmuckstücke und ... Wer lieh sich einen antiken Schreibtisch oder einen Schrank? Na ja, wie auch immer. Die brachten auch einiges ein. Zinseinnahmen. „Oh mein Gott!", schrie ich, da es sich weit über eine Million fixer Einnahmen handelte. Vor allem starrte ich auf die Summe, aus der heraus die Zinsen kamen. Ich brauchte dringend frische Luft.

Adrian fing mich ab. „Was ist los?" Ich zeigte auf die Papiere. „Worum geht es?", kam sanfter von ihm. Ich rang noch immer um Atem. „Nadja. Langsam ... Tief durchatmen. Wie war das mit den Primzahlen?" Leise fing er an zu zählen. Gar nicht übel. Aber bei einundvierzig blieb er hängen. „Die ... die Einnahmen und Ausgaben", presste ich noch immer schockiert hervor. Allein der Gedanke an diese vielen Zahlen ließ mich erschaudern. Adrian zog sich meine Akten ran. „Ja, aber da kommt noch das Privatvermögen dazu." Mir wurde schwarz vor Augen. Ich kippte um.

John erschien über mir. Ich lag in meinem Bett, fühlte mich, als hätte ich einen Schlag auf meinen Kopf bekommen. „Geht es wieder?" Ich nickte, obwohl sich noch alles um mich herum drehte. „Sie sollten etwas langsamer an die Sache herangehen." Blinzelnd sah ich auf. Wie war John so schnell gekommen? „Ich muss das Erbe doch verstehen, bevor ich es annehme", gab ich angestrengt ab und setzte mich vorsichtig auf. Adrian saß in seinem Rollstuhl vor meinem Bett und musterte mich besorgt.

Kapitel 7

Bereits am Mittwoch kam Daniel zurück. Dieser erklärte mir die Mieteinnahmen. Einige Objekte gehörten unseren Vätern gemeinsam und wurden zusammen veranlagt. Vor allem schien er sich darum zu kümmern. Davids Aufgabe war es, die Kunstobjekte zu verwalten. Daniel konnte mir die Dinge richtig gut erklären. Ich musste am Ende alles nur beobachten und überprüfen. Damit blieb mir Zeit für öffentliche Projekte. Was auch immer das bedeutete.

Am Donnerstagnachmittag besuchte mich mein Erbverwalter sowie Anwalt Orlovski. Angeblich war dieser bereits der Anwalt meines Vaters gewesen, wie auch der von Adrian. Er hielt eine Bestätigung in der Hand, welche belegte, dass ich - ich war. Außerdem sprach er drei Stunden auf mich ein. Bis ich aufgab und all seine Dokumente unterschrieb. Ich erfuhr, dass wenn ich das Erbe nicht antrat, alles an den Staat fallen würde. Dieser Gedanke gefiel mir nicht. Außerdem fand ich das Gefühl schön, dass ich einmal eine richtige Familie gehabt haben musste, welche mich einst liebte. Ich fand den Gedanken erschreckend angenehm, dass ich ein anderes Leben hätte führen können.

Trotzdem stand ich noch immer unter Schock. Alles ging mir zu schnell. Allein die Tatsache, dass ich auf einmal eine Adelige mit einem beachtlichen Vermögen abgab, kam mir absolut irrsinnig vor. Nachdem mich Orlovski verließ, besaß ich über Sechzigmillionen. Das war einfach absolut irreal, unfassbar und irgendwie verdammt merkwürdig.

Verzweifelt starrte ich später das Abendessen an und bekam einfach nichts runter. Adrian und Daniel musterten mich. Doch in dem Fall brachten sie Verständnis für mich auf. Außerdem erfuhr ich meinen vollen Namen. Mein richtiger Name lautete wirklich: Nadja Christine Annabelle Schmied von Hoym. Gut, dass ich keine Autogramme verteilen musste. Den Namen Annabelle bekam ich von meiner Mutter. Christine von meinem Vater, nachdem dieser Christian hieß.

Am schrecklichsten fand ich die Liste in den für mich bereitgelegten Unterlagen. Eine Liste mit Namen und potentiellen Ehemännern. Nein, Zwangsheirat gab es keine. Aber eine interne Liste geeigneter adeliger Ehemänner. Ich schüttelte genervt meinen Kopf.

„Was habt ihr mit Nadja gemacht?", knurrte auf einmal David neben mir. Ich freute mich ihn zu sehen, aber der Schock saß noch immer tief. „Sie hat ihr Erbe heute unterschrieben", informierte ihn Daniel. David huschte ein zufriedenes Schmunzeln über seine Lippen. „Das ist doch gut." „Ihr steht auch auf der Liste", schmollte ich genervt und stocherte in meinem Reis herum. „Welche Liste?", wunderte sich Adrian. „Die der potentiellen Ehemänner." Adrian lachte laut auf. „Tja Jungs, meinen Segen habt ihr." Ich funkelte ihn finster an. „Du stehst auch drauf!" Adrian wurde blass. Nun lachten seine beiden Söhne darüber. Mir war überhaupt nicht zum Lachen zumute. „Ich bin doch viel zu alt", beklagte sich Adrian. „Aber scheinbar noch potent." Dabei verdrehte ich meine Augen. Daniel bekam sich nicht mehr ein vor Lachen. „Wie war denn die Reihenfolge auf der Liste?" Gab es da ein Ranking? Ich überlegte. „Prinz Harry auf eins, gefolgt von einem … aus Tschechien … glaube ich. Dann kam ein älterer Herr aus Russland und anschließend ihr drei." Ich legte meine Stirn entsetzt auf den Tisch. „Ich bin raus", murmelte Adrian. „Ich habe eine Freundin!", lachte Daniel noch immer. „Jaja … Wer ist denn so blöd und lässt sich mit mir ein? Hallo? Ich habe noch nicht einmal geküsst! Mal abgesehen von meinen …" Berührungsängsten wollte ich sagen. Doch die drei husteten laut los. Ich schaute auf. MIST! Ich lief knallrot an. Hatte ich ihnen gerade meine Jungfräulichkeit gestanden? Ich musste dringend mit John sprechen.

Die drei warfen sich unglaublich besorgte Blicke zu, bis David und meine sich trafen. Wieder raubte er mir den Atem. Gott, war ich erbärmlich. „Ich passe gut auf dich auf", schwor er mir. Seine Stimme erzeugte ein angenehmes Kribbeln. „Brauchst du nicht. Ich vertrage kein Mitleid." „Nein. Mitleid bestimmt nicht." Er funkelte mich merkwürdig an. Ich verstand nicht, was da gerade passierte. Adrian lehnte sich entspannt zurück. Ich kratzte mir verwirrt an meinem Kopf. Irgendwie wurde meine Situation immer seltsamer.

„Sag mal, glaubst du an Geister?", kam kauend von Daniel. Ich hob meine Augenbrauen. „Sind wir nicht zu alt für solche Gespräche?" Dabei fiel mir auf, dass der König wieder am Tischende saß. Ich schaute besser schnell zu den anderen. David runzelte seine Stirn. Sprach jedoch seine Gedanken nicht aus. OK, vielleicht konnte Irrsinn doch ansteckend sein? Daniel musterte mich mit zusammengekniffenen Augen. Er verriet mir aber auch seine Ansicht nicht.

Nachdem wir uns weiterhin anschwiegen, beschloss ich, mein Bett aufzusuchen. Da ich noch immer nicht verstand, was da gerade mit meinem Leben geschah. Auch wenn mir die Tage bei Adrian wirklich guttaten. Wir unterhielten uns jeden Abend und ich lernte menschliche Nähe zu genießen, Gesellschaft zu haben. Vor allem fürchtete ich mich nicht vor ihnen. Zum ersten Mal in meinem Leben entspannte ich mich ein wenig. Es fühlte sich an, als würde ich ein kleines bisschen von innen heraus heilen.

Es klopfte an meiner Tür. Ich trug bereits meinen Pyjama. Schnell zog ich mir meine Decke über und ließ den Gast eintreten. Die beiden Jungs standen vor mir. Sie setzten sich an mein Fußende. „Ich würde dich gerne morgen mit in die Stadt nehmen. Muss aber ein wenig arbeiten", fing David leise an. Daniel beobachtete mich neugierig. „Ähm … Ja gerne." Ich wunderte mich über ihren Auftritt. „Am Samstagabend ist eine Veranstaltung. Nur für Adelige. Eigentlich langweilig … Kommst du da mit?" Ich nickte David zu. Er schien erleichtert zu sein. Daniel stand auf und ließ uns alleine. Fragend sah ich ihm nach. „Er hätte mir geholfen, dich zu überreden", schmunzelte David verlegen. „Ist schon in Ordnung." Irgendwie wurden meine Situationen immer merkwürdiger. „Deine Nachrichten … Ich mag sie." Ich schaute zu ihm auf. Wir schrieben uns täglich. Er schaffte es, dass ich immerhin ein kleines Lächeln hinbekam. „Ich … ich mag deine auch", gestand ich schüchtern. Da war ich einundzwanzig und kam mir vollkommen dämlich vor. Am besten wir fingen an, kleine Briefchen auszutauschen. David stand auf. „Ich meinte das ernst. Das mit dem Aufpassen." Damit ließ er mich alleine. Super. Ich ließ mich zurück ins Bett fallen. Meine Gedanken kreisten um grüne Augen, Nachrichten von David und Schlössern. Ich bekam nur schwer ein Auge zu in dieser Nacht. Trotzdem stand ich um Punkt sieben Uhr auf, um mit meinem morgendlichen Lauf zu beginnen. Denn bei diesem verdammt guten Essen musste ich da nun wirklich täglich durch. Auch wenn mir das Joggen mal nicht half, einen klaren Kopf zu bekommen. Denn noch immer schwirrten tausende Dinge durch meinen Geist. Hauptsächlich drehte es sich dabei um David.

Ich zog mir eines meiner Kostüme an, welche ich sonst zur Arbeit trug. Steve musste bei meiner Entführung meinen gesamten Kleiderschrank eingepackt haben. Ich drehte meine Haare zu einem einfachen Knoten und legte ein leichtes Make-up auf.

Ich wollte wenigstens keinen schlechten Eindruck erwecken. Außerdem sollte David sich nicht für mich schämen müssen. Ich schaute mich in dem Spiegel an und empfand mein Werk als ganz passabel.

Ein paar bequeme Pumps vollendeten das Bild.

Klar würde ich neben einem David von Bernstorff immer wie ein Mäuschen wirken. Aber man durfte die Hoffnung einfach nie aufgeben.

Ich freute mich sehr auf den Tag mit David, mehr als ich mir eingestehen wollte. Schnell huschte ich in den Speisesaal. Ich kicherte leise, da die drei Herren lesend hinter ihren Zeitungen saßen. Das Bild war einfach zu witzig. Doch sie schreckten alle auf. Sie sahen mich mit offenen Mündern an. Hatte ich etwas falsch gemacht? Ich erkannte, dass David einen Anzug trug. In Schwarz. Selbst mein schwarzes Kostüm passte. War mein Lippenstift verschmiert?

David stand auf. Er kam mit langen Schritten auf mich zu. „Mach das noch mal", raunte er leise. „Was?" Ich war vollkommen verwirrt. Vor allem kribbelte es seltsam in meinem Bauch. Das war echt mies. Wie konnte er nur so unverschämt gut aussehen? „Dein Lachen. Es klang schön." Er griff nach meiner Hand, hauchte einen Kuss auf diese. Ich spürte, wie ich errötete. Anmutig führte er mich zu meinem Platz. Dabei ließen mich seine Augen nicht los. „Du siehst wirklich wunderschön aus", hauchte er und zog mir den Stuhl zurecht. Mir verschlug es vorerst die Sprache.

Daniel unterbrach uns. „Also meine Freundin … Sie heißt Isabelle und arbeitet für uns." Doch Adrian und David hatten nur Augen für mich. Wobei Adrian erstaunt zwischen seinem Sohn und mir hin und her sah. „Ich würde sie gern morgen mitnehmen", fuhr Daniel fort. Die anderen beiden gaben ein zustimmendes Knurren ab. „Ihr wisst, dass sie schwarz ist?", kam erneut von Daniel. Wieder knurrten die anderen beiden. Ich runzelte meine Stirn und schaute zu Daniel. Er blickte verschwörerisch, fast flehend in meine Richtung. „Fahren wir gemeinsam?", versuchte ich. Da ich dringend von mir ablenken musste. „Ach Nadja, das ist nett, dass du das anbietest", grinste Daniel frech. Ich schaute zu David. „Wollen wir sie nicht abholen?" David nickte sprachlos. Daniel prustete laut los. Doch irgendwie standen die anderen beiden unter Schock.

Während des Frühstücks sprach keiner ein Wort. Nur Daniel und ich futterten brav unser Essen.

David stand auf, kam um den Tisch herum, griff nach meiner Hand. Er führte mich zu seinem Wagen. Ein schwarzer Ford Mustang. Ich musste gestehen, dass dieser Wagen richtig zu ihm passte.

Wir fuhren durch ein paar ältere Ortschaften hindurch. Entlang an schönen, alten, sanierten Häusern. Immer wieder erhaschte ich einen Blick auf den großen Fluss, der uns folgte. David lächelte mich an. Ich wunderte mich, da er vorher immer grimmig wirkte. Wir fuhren entlang der Elbe. „Die Brücke nennt man blaues Wunder. Weil sie durch Umwelteinflüsse diese Farbe erhielt." Ich staunte über das verwinkelte Ungetüm aus Metall. Wir rollten sogar direkt über diese Brücke. Er steuerte den Wagen an einigen modernen Häusern vorbei. Bis wir unmittelbar vor der Semperoper hielten. David parkte in einem gesonderten Bereich. Plötzlich befand ich mich mitten in Dresden. Es fühlte sich an, als sei ich angekommen, als würde ich zu diesem Ort gehören.

Ehe ich mich versah, öffnete er mir die Tür und reichte mir seine Hand zum Aussteigen. Ich betrat das gepflegte Kopfsteinpflaster, entdeckte vor dem Opernhaus eine Statue. Ein Pferd mit einem Reiter oben drauf. Es war unglaublich. Man konnte sich richtig die Pferdekutschen vorstellen. Wie sie einst über diese Wege holperten. Ein Dampfer pfiff laut. Man erhaschte einen Blick auf die Elbe. Es wirkte einfach fantastisch. David griff nach meiner Hand. Er verschlang seine Finger mit meinen. Es fühlte sich gut an. Auch wenn ich noch immer all die Dinge, welche ich kaum in seiner Gesamtheit erfassen konnte, bestaunte. „Gefällt es dir?" Ich schaute in seine grünen Augen. „Ja." Denn zu mehr Worten war ich in dem Augenblick einfach nicht fähig. „Ich brauche zwei Stunden. Dann zeige ich dir die Stadt." Ich lief neben ihm her. Folgte ihm. Er ließ mich keinen Augenblick lang los. „Das ist der Dresdner Zwinger. Er entstand siebzehnhundertneun in der Barockzeit. Matthäus Pöppelmann und Balthasar Perlmoser haben ihn errichtet. Die Glocken sind aus echtem Meißner Porzellan." Er zeigte mir den Park inmitten des Komplexes. Leider konnte ich ihn nicht ausgiebig begutachten, da er mich hinter sich herzog.

Wir gingen in die Gemäldegalerie hinein. Eine Dame kam auf uns zu. Sie begrüßte uns sehr freundlich. „Sie sind Frau von Hoym?", flüsterte sie ehrfurchtsvoll. Ich nickte verlegen. Doch sie knickste vor mir. Verwirrt sah ich zu David auf. Er schenkte mir ein Lächeln. „Christine möchte sich gerne umsehen. Wir besprechen in der Zeit alles Geschäftliche." Dabei klang er wieder so unterkühlt, unnahbar wie am Anfang. Ich wunderte mich nur, dass er meinen zweiten Vornamen benutzte. Leider konnte ich ihn vor der Dame kaum danach fragen.

David hauchte mir einen Kuss auf meine Hand. Erneut kribbelte es. Nur, dass sich dieses warme Gefühl langsam meinen Arm hinaufzog.

David reichte mir ein Heft. „Darin sind einige Grundlagen erklärt. Es hilft dir." „Danke." Er führte mich zu den ersten Bildern. „Kommst du klar?" Ich nickte. Vor allem wollte ich keine Belastung für ihn sein. Er hob seine Hand. Zog sie aber gleich wieder zurück. Sein Blick wirkte für einen Bruchteil einer Sekunde gequält, als würde er wegen meiner Berührungsängste Qualen leiden. Ich atmete tief durch, blickte beschämt zu Boden. Irgendwie musste ich es für ihn auf die Reihe bringen. Für IHN? Nein, das konnte nicht sein, dass so ein Mann mich wollen würde. Den Gedanken an das Ranking der reichen Adeligen verdrängte ich lieber sofort.

Nachdem er verschwand, schlenderte ich durch die Galerie. Unzählige Bilder erschienen vor meinen Augen. Eins schöner als das andere. Auch ganz kleine befanden sich darunter. Porträts, Landschaftsbilder, Blumen, christliche Abbildungen. Einfach alles konnte man entdecken. Ich fand die alten Bildnisse schön. Impressionismus und Kubismus waren nicht mein Fall. Ich empfand die getupften Bilder und die alten Ölmalereien viel schöner. Aber über Geschmack brauchte man sich eben nicht zu streiten. An einem sehr alten Blumenbild blieb ich hängen. Selbst die Maserung der Blütenblätter konnte man genau erkennen. Ich schloss meine Augen, stellte mir den Duft dieser Rosen vor.

Ich drehte mich um und sah direkt auf eine alte Folterszene. Sie wirkte unglaublich echt, sodass ich erschrak. Trotzdem liebte ich die Bilder, da sie richtige Gefühle in mir weckten. Auf dem Folterbild hingen im Hintergrund Männer auf Stäben, im vorderen Bereich wurde einer durch einen Schraubstock gedreht. Es wirkte furchteinflößend, aber auch irgendwie beeindruckend.

Dann stand ich endlich vor ihr. Raffaels Sixtinische Madonna. Sie raubte mir förmlich den Atem. Klar kannte ich dieses Bild aus dem Schulunterricht. Doch sie in echt zu sehen? Das hätte ich mir nie erträumt. Sie wirkte so verletzlich, so blass. Auf den Fotos fand ich die Engel immer eher witzig. Doch hier ... Sie sahen erschöpft aus. „Sie ist unglaublich", raunte David neben mir. Ich zuckte ein bisschen zusammen, da ich mit ihm nicht gerechnet hatte. „Sie ist wunderschön." Er griff vorsichtig nach meiner Hand. Einen Moment lang verharrten wir schweigend vor diesem prächtigen Kunstwerk.

Er drehte sich zu mir. „Zeig mir das Bild, welches dir am meisten gefallen hat." Ich kaute nervös auf meiner Unterlippe herum. „Du lachst nicht?" Er schüttelte seinen Kopf. Ich drückte entschlossen seine Hand etwas fester und zog ihn hinter mir her. „Eigentlich sind es zwei", seufzte ich und blieb vor dem Rosenbild stehen. Er schaute es mit einem verlegenen Schmunzeln an. „Dreh dich um." Er tat mir den Gefallen, riss erstaunt seine Augen auf. Nun musste ich wegen seiner Reaktion kichern. Da ich irgendwie hoffte, dass es ähnliche Empfindungen bei ihm auslöste, wie bei mir.

Verwirrt betrachtete er mich. "Ich mag es, wenn du lachst. Es klingt schön." Er dachte über etwas nach. „Das Blumenbild gehört uns. Also meiner Familie. Das andere dir." Nun war ich diejenige, welche ihre Augen aufriss. „Na ja, besser als andere." Ich würde es bestimmt in keinem meiner Häuser aufhängen. Dabei erschrak ich über den Gedanken, dass ich Häuser besaß, atmete tief durch und schaute zu David auf. „OK. Jetzt das hässlichste." Sein Lächeln raubte mir fast den Atem. Ich zog ihn zu den kubistischen Bildern. Das eine war in Schwarz-Weiß gehalten, das andere stellte Musikinstrumente in seltsamen

Vierecken dar. David lachte. „Auch unsere. Deins ... Vaters." „Nein, bitte nicht!", jammerte ich, da das schlimmste auch mir gehörte. „Soll ich dir ein Geheimnis verraten?" Ich nickte neugierig. „Deswegen hängen sie auch hier", grinste er verschwörerisch. Erneut musste ich lächeln. Seine Augen strahlten mich an. Ich hätte es mir nie so schön und vor allem einfach mit ihm vorstellen können. „Kann ich die Rosen gegen das Folterbild tauschen?" David lachte. „Hm, das wäre mein Deal des Jahrtausends. Das Folterbild ist viel mehr wert." „Blöd aber auch."

David zuckte mit seiner freien Hand, als würde er mich umarmen wollen. Wieder sah ich diesen leicht traurigen Blick. „David?" Er führte mich aus der Galerie hinaus.

„Ja, Nadja?" „Warum hast du mich Christine genannt?" „Weil wir in der Öffentlichkeit andere Vornamen benutzen. Das macht es einfacher Privates von Beruflichem zu trennen." Ich nickte ihm verstehend zu. Nachdem wir wieder vor der Oper standen, löste ich mich von ihm. Er sah mich verwirrt an. Ich schluckte meine Scham hinunter. Denn ich musste einfach wissen, woran ich bei ihm war. „Ist es wegen der Liste? Ich meine ... wie du meine Hand hältst?" Er machte einen Schritt auf mich zu. Ich widerstand dem Drang zurückzuweichen. „Magst du es?" Ich nickte schüchtern, spürte, wie er erleichtert durchatmete. „Ich ... ich habe keine Ahnung was das mit dir ist. Ich habe dich nie vergessen. Verdammt Nadja, ich war acht Jahre alt und habe dich verloren. Selbst damals konnte ich nicht genug von dir bekommen. Wollte dich immer beschützen ... Letzte Woche benahm ich mich wirklich gemein. Ich hatte Angst, dass du eine dieser oberflächlichen, habgierigen Mädchen bist. Obwohl ich all die Jahre auf dich wartete." Er wirkte unglaublich gebrochen. Sein Geständnis trieb mir die Tränen in die Augen. „Es tut noch mehr weh, dich so leiden zu sehen." Auch bei ihm entdeckte ich, wie sich Tränen in seinen Augen anbahnten. „Ich habe nie ein Mädchen in mein Herz gelassen. Ich konnte es nicht." Seine Augen wirkten unendlich traurig, verletzt, verzweifelt. So wie ich mich selbst die letzten Jahre fühlte. Ich sah ihn verzweifelt an. Würde ich ihn berühren können? „Beweg dich nicht." Ich streckte meine freie Hand nach seiner Brust aus. Sein Herz schlug schnell durch sein dunkles Sakko hindurch. Ich spürte seine Wärme. Tief atmete ich durch, machte einen Schritt auf ihn zu, legte vorsichtig mein Gesicht an seine Brust. Ich fühlte die aufkeimende Angst, doch ein mir unbekanntes Gefühl schien viel stärker zu sein. War das etwa Geborgenheit? Es fühlte sich gut an. Seine Wärme ging auf mich über. Er sog den Duft meines Haars ein. Ich spürte, wie er sich allmählich entspannte. Unsere Hände fanden sich, hielten sich fest. Es war einfach schön. Nur die Angst versuchte ich krampfhaft zu unterdrücken. Ich schluckte sie hinunter. Wie ein dickes Geschwür fühlte sie sich an. „Was hat man dir angetan?" Ich hörte seine Qualen heraus. Vorsichtig trennte ich die körperliche Verbindung. „Wirst du mich verabscheuen, wenn ich es dir erzähle?" Er schüttelte energisch seinen Kopf. „Niemals. Nadja …" Ich deutete ihm mir einen Moment Zeit zu geben. „Eine Geschichte und die anderen nacheinander", bat ich ihn. „Okay." Ich zögerte einen Augenblick. „Ich kann mich nicht erinnern. Aber nach dem Unfall, dem Krankenhaus kam ich zu der ersten Pflegefamilie. Der Mann musste Alkoholiker gewesen sein. Was auch immer. Zumindest benutzte er meinen Brustkorb als Aschenbecher … Achtzehn kleine Narben." Dabei tippte ich auf mein Dekolleté und meinen Bauch. David schluckte. Er brauchte ein paar Minuten, um meine Geschichte zu verdauen. Ich selbst hatte es noch immer nicht geschafft. Was sollte ich da von ihm erwarten? Er zog meine Hand an sich heran. Küsste diese. „Darf ich eine Frage stellen?" Ich nickte. „Bei wie vielen Familien warst du?" Ich überlegte kurz. „Sieben und genauso viele Heime." David zuckte zusammen. Ich spürte, dass er für mich stark sein wollte. Erneut küsste er meine Hand. „Ich schwöre dir eines. Ich werde dir nie wehtun." Seine Stimme klang unglaublich besorgt. Dennoch wusste ich, dass er dieses Versprechen niemals einhalten konnte. Auch wenn es wundervoll klang und mein Herz dadurch höherschlug.

„Machst du das noch einmal? Ich meine, mich berühren?", bat er mich liebevoll. Ich zögerte keinen weiteren Augenblick und legte noch einmal mein Gesicht an seine Brust. „Mmmhhh …", damit zauberte er mir ein Schmunzeln auf die Lippen. Ich spürte den Druck seiner Hand in meiner. Ich sog seinen Duft ein. Er roch einfach nach … nach David. Unglaublich gut.

„Wir müssen dir ein Kleid besorgen." Ein bisschen schmollend löste ich mich von ihm. „Gut, jetzt musst du leiden." Liebevoll lächelte er mich an.

Er zog mich hinter sich her. „Du bekommst noch eine Stadtführung. Die Kirche ist die Hofkirche, da kommt der Fürstenzug und da bekommst du dein Kleid." Er brachte mich zu einer noblen Boutique. Ich atmete tief durch. Eine Verkäuferin begrüßte David. „Alexander von Bernstorff. Es ist mir eine Ehre." Sie schien vollkommen von seiner Persönlichkeit gefangen zu sein. Auch wenn es mich etwas verunsicherte, wirklich übel nehmen konnte ich es ihr nicht. Immerhin besaß er ein sehr charmantes Äußeres.

„Christine von Hoym braucht ein Abendkleid. Alles Weitere erklärt sie Ihnen." Da war er wieder der kühle David, den ich genauso mochte, wie wenn er lächelte. Ich erkannte, dass er nur bei mir lächelte. Was mich in wirkliches Erstaunen versetzte. Die Verkäuferin blinzelte. „Christine von Hoym?" Sie gab ein Keuchen ab und begutachtete mich ehrfürchtig. „Ähm ja …", stammelte ich. „Oh, alle Welt dachte, sie seien … ähm, tot." So hatte es sich auch irgendwie angefühlt, stellte ich fest. Da ich verunsichert war, sagte ich lieber nichts. „Bekomme ich ein Foto und ein Autogramm?" „Erst nach dem Kleid", knurrte David. Ich schaute ihn entsetzt an. Die Dame musterte mich und verschwand. „Bei meinem Namen schreibe ich Sonntag noch." „Christine von Hoym reicht", lachte David leise. „Foto?", japste ich. „Tja, da musst du durch." Ich sah ihn flehend an. „Was ist, wenn sich eine der Pflegefamilien meldet? Ich schaffe das nicht." David runzelte seine Stirn. „Bin gleich wieder da." Ich beobachtete wie er hinausging und angestrengt vor dem Geschäft telefonierte.

Die Dame brachte mir drei wunderschöne Kleider. „Ähm … die gehen nicht. Ich brauche etwas Geschlossenes." „Wie geschlossen?", wunderte sie sich. Sie deutete auf einen Sessel. „Ich … ich habe einige Narben." „Ach, entschuldigen Sie. Der Unfall mit Ihrer Familie. Ich vergaß. Sagen Sie mir einfach, wo sich die Narben befinden." Sie nahm mir meine Angst mit ihrer zuvorkommenden Art. Das fand ich richtig nett. „Der gesamte Oberkörper ist betroffen." Sie überlegte und verschwand erneut. David kam zurück, er musterte mich besorgt. „Alles in Ordnung?" Ich nickte ihm zu. „Sie ist lieb." Er setzte sich zu mir. „Orlovski kommt heute Abend vorbei. Er wird sich um alles kümmern", informierte er mich angespannt. Ich schaute zu ihm. „Ist er nicht zu alt ... Kann ich ihm vertrauen?" David zog seine Augenbrauen hoch. „Sein Sohn ist ebenfalls Anwalt. Außerdem hat er schon unsere Väter betreut." Ich atmete erleichtert aus. Das Gleiche sagte Adrian auch schon zu mir. Die Dame kam mit einem dunkelroten Kleid zurück. „Du vertraust mir?" David schaute mich überrascht an. Ich spürte seinen sanften Atem. Bevor er aber meine Situation schamlos ausnutzte, funkelte ich ihn an. „Meine Alternativen sind schlechter ... Alles reine Berechnung." Ich streckte ihm meine Zungenspitze entgegen. Irgendwie fühlte ich mich in seiner Nähe selbstbewusster, als ich es mir je erträumt hätte. David knurrte leise, welches ich jedoch nicht deuten konnte. Eifrig begab ich mich in die Umkleidekabine.

Ich schlüpfte in das rote Kleid. „Wow!", freute sich die Dame, da nur sie mich zu sehen bekam. Es handelte sich um ein kurzes Kleid, welches alles Notwendige versteckte. Durchsichtige Stoffbahnen zogen sich lang bis auf den Boden. Nur am Oberkörper sowie bis oberhalb der Knie bedeckte es alles. Es war traumhaft schön. „Die Rechnung zahle ich. Mein Großonkel kommt sonst wieder auf dumme Gedanken", flüsterte ich ihr verschwörerisch zu. „Ist er?" „Nein, sein Vater." Dabei verdrehte ich meine Augen. Kichernd lief diese aus der Umkleidekabine. Ich zog mich eifrig um, reichte ihr das Kleid sowie meine Karte. Für dieses Kleid hätte ich mir das Notebook kaufen können. Ein bisschen ärgerten mich die hohen Kosten.

David ertappte mich bei meinem Vorhaben. Er betrachtete mich mit zusammengekniffenen Augen. Trotzdem äußerte er sich nicht weiter. Nachdem ich mein Kleid sowie die Rechnung bekam, flüsterte er etwas der Dame zu. Sie vergaß das Autogramm. Wobei ich ihr einen Zettel schrieb.

Danke für ihre Mühen. Christine von Hoym

Sie wurde blass, nachdem sich David von ihr verabschiedete. „Was hast du der armen Dame angetan?", murmelte ich und sah mich neugierig um. „Sie richtet dir eine neue Garderobe her. Ich habe damit gerechnet, dass du einen Aufstand wegen der Rechnung machst. Also statten wir dich komplett neu aus. Vor allem hat sie jetzt deine Größen", grinste er selbstbewusst. Ich starrte ihn schockiert an. „Das hast du nicht!" „Hab ich." Schon hielt er meine Hand und zog mich erneut hinter sich her. „Das …!" Er schob mich in ein Café. „Schhht … Wir wollen doch nicht auffallen", lachte er vergnügt. Das konnte doch nicht wahr sein! „Den Blick mag ich genauso sehr wie dein Lachen", witzelte er. „David, das geht so nicht weiter. Dein Vater übertreibt es!" Der Kellner unterbrach uns. David bestellte uns beiden Kaffee sowie Kuchen. Liebevoll griff er nach meiner Hand. „Liebe Nadja. Ich verspreche dir, dich nie anzulügen. Aber bitte, gib uns allen Zeit … Vater würde dich am liebsten noch mehr in Watte packen. Also lass ihn, es tut uns gut." Ach herrje, ich verfiel David vollkommen. Wie könnte ich ihm je einen Wunsch abschlagen? Langsam verstand ich diese Sache mit den Wünschen. Auch wenn ich es total nervig fand.

Kapitel 8

Liebevoll fütterte er mich mit dem köstlichen Käsekuchen. Er verhielt sich einfach unglaublich lieb mir gegenüber. Wegen ihm entwickelte ich noch Verlustängste. Es würde ein tiefes Loch in mein Herz reißen, wenn er mich verließe. Wobei ich mich fragte, ob es mehr als nur diese zarte Freundschaft werden könnte. Trotz dieser Bedrohung durch Verlust, musste ich wissen, wie es ist, gemocht oder vielleicht auch geliebt zu werden.

Er versprach mir auf der Rückfahrt, dass er mir die ganze Stadt zeigen würde, wie auch einige andere Burgen und Schlösser. Während der Fahrt erklärte er mir, dass es alleine in Sachsen achthunderteinundzwanzig Burganlagen gab. Wovon noch über hundert intakt waren. Einige wurden bewohnt, jedoch nur die wenigsten. Die meisten boten Ausflugsziele für Touristen. Er war sehr geduldig mit mir, wusste er doch, dass diese Themen Neuland für mich waren. Aufmerksam versuchte ich, mir all seine Informationen zu merken.

Orlovski erwartete uns bereits in Adrians Büro. Dabei lernte ich auch gleich seinen Sohn kennen. Er hatte viel Ähnlichkeit mit seinem Vater. Wir besprachen, dass er sich um meine Presseerklärungen sowie alle Mandate kümmern würde. Vor allem, dass sie ein Auge auf meine alten Pflegefamilien werfen müssten, wie auch die Heimmitarbeiter. Diese sollten eigentlich nichts zu meiner Person ausplaudern, da sie sich sonst einen neuen Job suchen dürften.

Ich unterzeichnete die Dokumente, welche er von mir benötigte. Mit diesen Unterlagen kannte ich mich wenigstens aus, da ich mich in meinem Beruf ebenfalls mit den rechtlichen Dingen herumschlagen durfte.

„Sie müssen noch eine Nacht in Ihrer Burg verbringen", informierte mich Orlovski. „Hat das nicht noch Zeit?", bat ihn Adrian streng. Ich wunderte mich ein wenig. Aber klar, warum nicht? Ich wollte sowieso meine Familie irgendwie kennenlernen. Vielleicht half es mir, wenn ich unser altes Zuhause aufsuchen würde. „Klar, kein Problem. Die Jungs können ja mitkommen." „Du müsstest alleine hinein und auch alleine eine Nacht dort verbringen", erklärte Adrian angespannt. Ich zuckte gelassen mit meinen Schultern. „Auch kein Thema. Ich habe lange alleine gelebt." Ich verstand ihre Sorgen einfach nicht. „Glauben Sie an Geister?", fragte mich nun auch noch Orlovski. „Ich sollte John anrufen. Hier sind alle verrückt. Ich gehe raus, ich muss mich noch ein wenig bewegen!" Genervt ging ich zur Tür. Alle schauten mich betreten an. Ich zuckte erneut mit meinen Schultern. Schlüpfte in mein Zimmer und zog mich um. Diese ständige Erwähnung von Geistern störte mich langsam. Spürten sie meine Psychose? Wollten sie herausfinden, ob ich verrückt sei? Aber woher sollten sie davon wissen? Nie zuvor habe ich mit jemandem darüber gesprochen. Nicht einmal meinem ehemaligen Psychologen erzählte ich davon, dass ich womöglich zu viel Fantasie besaß. Aber an Geister glaubte ich nicht.

Nachdem überall Besucher des Parks herumirrten, musste ich eine Weile lang suchen, um ein stilles Plätzchen zu finden. Ich entdeckte in dem englischen Garten einen See. Dort befand sich eine kleine hölzerne Brücke, dahinter eine

Erhebung, welche nicht einsehbar war. Das Fleckchen verfügte über eine ausreichende Fläche. Ein wenig Thai Chi könnte mir womöglich helfen. Ich atmete tief durch. Schloss meine Augen und passte meine Bewegungen meinem Atem an. Mit jedem Atemzug veränderte ich meine Position. Langsam spürte ich, wie sich mein Körper und damit meine Gedanken entspannten. Womöglich war das alles zu viel für mich. Ich leerte meinen Kopf, meinen Geist, meine ... „Können wir uns unterhalten?", unterbrach mich David. Ich schaute auf. Er hockte an einem Baum, schien mich beobachtet zu haben. Ich setzte mich schweigend neben ihn. Dabei richtete ich meinen Blick auf den See. Wieder sah ich die Dame am Ende des Sees, welche elegant über den Weg flanierte. Sie trug eine dieser hohen Perücken und ein atemberaubendes gelbes Kleid. Sie fächelte sich mit einem weißen Fächer Wind zu. David folgte meinen Blick. „Das Kleid ist schön", versuchte er leise. Meinte er das rote? Welches ich mir in der Stadt kaufte? Das hatte er doch gar nicht gesehen.

Ich musterte David. „Darf ich dir eine Geschichte erzählen, eine sehr alte Geschichte?", fing er flüsternd an. Ich nickte ihm bestätigend zu. David benötigte einen Augenblick. Er versteifte sich ein wenig. Doch dann sprach er gedämpft los.

„Es gibt Menschen, die sich selbst töten oder unerwartet sterben. Diese wandeln als Seelen umher. Sie wissen nicht, dass sie tot sind. Andere Seelen wollen sich rächen ... Ach, es gibt so einige Gründe, warum sie nicht ihre letzte Ruhe finden ... Die lebenden Menschen fingen an zu forschen. Nur manche konnten sie sehen, diese nahmen sich zum Ziel, die ruhelosen, gefährlichen zu ihrem Bestimmungsort zu bringen. Andere wollten sie zu ihren Zwecken missbrauchen ... Der Adel arbeitet mit den Kirchen zusammen. Sie finden, fangen diese Seelen und bringen sie zu den Geistlichen. Diese kommen dann in die Hölle. Dort werden sie ihrem Schicksal überlassen. Manche schaffen es zu Gott, andere erhalten ihre gerechten Strafen. Am Ende aber werden sie alle wiedergeboren ... Unter uns Blaublütigen gibt es Jäger und Wächter. Die Wächter können mit ihnen sprechen. Die Jäger eben nicht. Dein Vater war ein Wächter. Meiner ein Jäger. Gemeinsam wurden sie zu lebenden Legenden." Er beobachtete meine Reaktionen. Ich schaute ihn nur gespannt an. „Du solltest ein Buch schreiben. Echt guter Stoff für einen Roman." Ich konnte mir ein Schmunzeln nicht verkneifen. Die Geschichte klang einfach zu seltsam. David kniff seine Augen zusammen.

„Nadja, ich denke mir das nicht aus! Wir sehen sie wirklich ... Magie gibt es auch. Zwar nicht so, wie man es sich vorstellt. Aber sie existiert!" Er sah mich bittend an. Ich runzelte meine Stirn. Sollte ich von dem König und der Dame berichten? Nein, das war bestimmt nur irgendein Test, um herauszufinden, ob ich noch alle beisammenhätte. Traurig schaute ich zu David auf. „Das heute war der schönste Tag meines Lebens. Bitte mach es nicht kaputt." Er gab einen langen Seufzer ab. „Es ist in Ordnung. Wir lassen uns Zeit. Mit allem." Damit stand er auf und verließ mich. Er wirkte, als hätte ich ihn geschlagen. Aber was sollte das? Ich träumte doch nur, stellte mir diese Menschen nur vor!

Ich beobachtete die Dame im gelben Kleid. Sollte ich meinen Tagtraum einfach mal ansprechen? Mal abgesehen davon, dass ich diese Idee vollkommen irrsinnig fand. Aber noch schlimmer wäre es, wenn sie antworten würde. Mir lief es eiskalt den Rücken hinab. Dieses Gefühl kam nicht von der Dame. Ich schaute mich um und entdeckte einen schwarzen Schatten. Ich kniff meine Augen zusammen. Das war definitiv kein Tagtraum. Das gleiche Gefühl hatte ich auch an dem Tag mit der Postkarte gehabt. Vorsichtig stand ich auf, blickte in die Richtung des Schattens. Diese Gestalt stand am anderen Ende des Sees. Das Gesicht wurde durch eine schwarze Kapuze verdeckt. Es streckte seinen Arm aus, zeigte auf mich. Ich drehte mich um, da es hinter mir knackte. Doch da war nichts und als ich mich wieder umgedreht hatte, war der Schatten wieder verschwunden. Na toll, als hätte ich nicht genug Probleme. Nun kündigte sich auch noch eine schwere Psychose an.

Das unangenehme Kribbeln ließ nicht nach. Ich beschloss, zurück zum Schloss zu gehen. Währenddessen überlegte ich, wann ich eine Nacht in der Burg verbringen könnte. Sonntag fand ich passend, da wir am kommenden Abend ausgehen wollten. Ich mochte David unglaublich gerne. Aber seine Geschichte ließ mich nicht los. Verdammt, mein Leben war wirklich schon verkorkst genug. Bestimmt hatten sie alle ein Geisterproblem, da sie zu lange in diesen alten Schlössern lebten. Ich schlief nachts tief und kannte die Geräusche von knarzenden Dielen oder schreienden Kindern. Ja, das konnte einem auf Dauer Angst machen oder man machte es wie ich und legte sich einfach das Kopfkissen auf die Ohren.

Nachdem ich geduscht hatte, begab ich mich zum Abendessen. Ein anderes Bild weckte meine Aufmerksamkeit. Es handelte sich um ein Porträt einer jungen Dame. Sie sah aus wie die, welche durch den Park wandelte. Nur, dass sie glücklicher wirkte. Na, wenn sie diese Geister sahen, warum wandelten sie dann noch im

Schloss herum? Ich schüttelte meinen Kopf, ging zum Speisesaal. Adrian und seine Söhne schwiegen sich an. Sie mussten sich gestritten haben. Zumindest las ich es von ihren Gesichtern ab. „Entschuldigt meine Verspätung." „Ist schon gut. Setz dich." Adrian deutete auf meinen Stuhl. Ich schaute ihn an. Ich musste mich erst vergewissern, dass mir nichts passieren würde. Da ich noch immer gegen diese Angstzustände ankämpfte. Vor allem wenn die drei so finster dreinblickten. Er sah auf, atmete tief durch. „Wir haben uns gestritten. Jetzt setz dich bitte." Zögernd nahm ich Platz, nachdem er freundlicher klang. Der alte König saß ebenfalls wieder am Ende des Tisches.

„Siehst du ihn?", kam nun energisch von Daniel. „Wen?" „Den Mann da am anderen Ende?" Jetzt wurde es wirklich merkwürdig. Konnten Menschen miteinander die gleichen Wahnvorstellungen ausbrüten? Ich gab ein Schnauben ab, rutschte genervt zu dem König. „Hi!", sprach ich diesen an. Er aber regte sich nicht. „Wir sollten John anrufen", schlug ich vor. „Was hat der damit zu tun?", wunderte sich David verstört. „Scheinbar liegt hier ein gemeinsames Problem vor. Wir bilden uns die gleichen Dinge ein. Vielleicht gibt es ja Medikamente dagegen oder ich muss dringend ausziehen." Mich ermüdete die Situation. Adrian riss seine Augen empört auf. „Immerhin sieht sie die Geister!" Langsam wurde ich wirklich wütend. „So, jetzt mal langsam. Wenn es diese Jäger oder Wächter gibt. Warum sitzt … saß er dann hier?" Der König hatte sich zwischendurch in Luft aufgelöst. Ich starrte verwirrt auf dessen Platz. „Weil wir nicht alle beseitigen. Nur die, die gefährlich oder verzweifelt sind", knurrte David wieder in seinem typischen Tonfall. „Ah ja! Klar doch. Klingt alles logisch!", zischte ich und stand auf. „Wisst ihr, bis gerade eben mochte ich euch wirklich." Damit lief ich aufgebracht zu meinem Zimmer. Ich suchte nach Koffern, doch diese waren weg. „Steve!", schrie ich und suchte ihn im ganzen Haus. Charles kam im Flur auf mich zu. „Was kann ich für Sie tun?" „Koffer!" Ich vergriff mich wegen meiner Aufregung im Ton. Aber ich musste aus dem Irrenhaus raus. Charles verschwand, ich suchte meine Sachen im Bad zusammen.

Ich hörte, wie meine Tür aufging. Sie standen zu dritt in meinem Zimmer. Irgendwie wurde es durch die Herren wirklich verdammt eng. „Nadja, bitte bleib", flehten sie im Chor. Das war noch gruseliger als die Tatsache, dass es Geister gab. Ich schüttelte genervt meinen Kopf. Ich brauchte wirklich Zeit zum Nachdenken.

Ein dämlicher Gedanke schoss mir durch den Kopf. Was wenn sie Recht hatten? Was war dann das dunkle Wesen? Was, wenn wir wirklich Geister sahen? Was war ich? Ich schüttelte meinen Kopf. Das konnte doch nicht wahr sein!

Ich ging rückwärts bis zur Wand und ließ mich an ihr hinunterrutschen, starrte verzweifelt auf den dunklen Holzboden. Was war ich? Ich erinnerte mich, dass ich mich selbst die Jahre über wie ein Geist fühlte. Jahrelang übte ich mich darin unsichtbar zu sein. Jahrelang lebte ich von Tag zu Tag, existierte, vegetierte vor mich hin und nun stellten diese drei Männer mein Leben auf den Kopf. Ich schaute auf meine Finger, öffnete meine Hände, betrachtete die Innenflächen. Ich beobachtete die Linien, welche sich darauf entlangzogen. *Lebenslinien.* Kam mir in den Sinn. Ich schlug meine Hände vors Gesicht. Da half kein tiefes Ein- und Ausatmen mehr. Ich musste irgendwie eine Entscheidung treffen, wobei mir mein Gefühl sagte, dass ich diese bereits vor einem Tag getroffen hatte, als ich mein Testament unterschrieb. Dabei bat mich Orlovski mein eigenes zu machen. Ich bestand sogar auf einen vorgefertigten Ehevertrag, nachdem er mir diese merkwürdige Liste zeigte.

Ich rief die Jahre im Heim, bei den Pflegefamilien in meinen Erinnerungen hervor. Doch wenn ich aufsah, sah ich da drei Herren, die mich irgendwie mochten. War es nicht das, was ich all die Jahre suchte? Dann durchlebten wir eben eine gemeinsame Psychose oder wir sahen eben Geister. Adrian stand mit seinem Rollstuhl in der Tür, Daniel saß schweigend auf dem Bett und David hockte neben der Tür. Er sah bittend in meine Richtung. Ich erahnte die Ängste, welche die drei wegen mir hegten. Ich verstand einfach nicht, warum sie ausgerechnet mich wollten.

„Warum ich? … Warum mögt ihr mich?" Meine Stimme brach, als ich es aussprach. „Weil du zu uns gehörst. Unsere Väter waren verbunden. Sie lebten wie Brüder. Unsere Familien gehörten irgendwie immer zusammen … Familie, Liebe, das ist es doch, was zählt." Kam leise von Daniel. David sah mich an. Sein Blick schien mich förmlich zu fesseln. „Ich habe dich schon vergöttert, als du noch ein Baby warst. Mein Herz hört auf zu schlagen, wenn du den Raum betrittst, es stellt seltsame Dinge mit mir an, sobald du lächelst. Ich hätte letzte Woche einfach nicht so gemein sein dürfen."

Daniel unterbrach ihn. „Diejenigen Wächter, die es noch gibt, sind alle böse. Sie benutzen die Seelen der Toten für ihre Machenschaften. Warum werden die Reichen immer reicher? Wir dachten, du wärst böse oder würdest es werden, sobald du es erfährst. Wir wussten nicht, was dir alles widerfahren ist." Ich betrachtete die drei besorgten Gesichter.

„Es ist meine Schuld. Alles ist meine Schuld." Adrian klang verzweifelt. Die Jungs und ich sahen ihn verwirrt an. „Hör auf damit. Es bringt doch nichts!", schnaubte ich leise. Adrian schüttelte seinen Kopf. „Wir hatten entschieden, dass du in ein anderes Krankenhaus kommst. Wir fanden dich in dem katholischen Heim. Aber wir bekamen dich da nicht mehr raus. Nur von den vielen Misshandlungen wussten wir nichts. Immer wieder schoben sie dich in andere Familien und machten es uns schwer, dich im Auge zu behalten. Ich hege die Vermutung, dass du sterben solltest." Ich runzelte meine Stirn. David und Daniel sprangen auf. Sie schrien ihren Vater wütend an. David konnte es einfach nicht fassen, wie mir so etwas passieren, wie man es zulassen konnte.

Ich beobachtete sie, während sie ihren Vater verfluchten. Er erzählte mir die Geschichte doch schon. Nicht ganz so, aber ich kannte sie. Ein wenig wusste ich über Jugendämter, las ein paarmal die Klageschriften von Familienvätern oder Müttern. Das waren manchmal wirklich verzwickte Sachen. Er besaß überhaupt nicht die Möglichkeit, an ein quasi fremdes Kind zu gelangen. Für einen Außenstehenden gab es nahezu keine rechtliche Handhabe, ein Kind zu adoptieren. Zumal ich damals zu jung war und kein Mitspracherecht besaß. Vielleicht brachte man mich deshalb weg? Damit wir den Kontakt verloren? Nein, dann müsste es jemand veranlasst haben. Meine Eltern und mein Bruder starben bei einem Unfall oder gerieten sie in etwas hinein? Ich verstand es einfach nicht.

„Hört auf, euch zu streiten!", unterbrach ich die drei. Sie schreckten auf, schauten zu mir. „Mal angenommen, alles was ihr sagt, stimmt. Dann leide ich auch noch unter Verfolgungswahn." Ich erinnerte mich an die dunkle Gestalt. Ein wenig Sorgen bereitete mir diese Erscheinung dann doch. David hockte sich vor mich hin. „Wie kommst du darauf?" Er betrachtete mich besorgt. Ich erzählte ihm von der dunklen Erscheinung, wie ich diese bereits in München spürte. Obwohl es noch immer äußerst merkwürdig klang. Leise erzählte ich ihnen davon. Die drei musterten sich besorgt.

„Noah, dein Bruder ... er könnte noch am Leben sein. Sie stellten zwar seinen Tod fest, aber sein Leichnam verschwand auf mysteriöse Weise", gestand uns Adrian. „Na toll." Ich verdrehte genervt meine Augen. Ich brauchte wirklich dringend Schlaf und vor allem Zeit zum Nachdenken. Das war gerade alles etwas zu viel.

Kapitel 9

Am Samstag trainierte ich etwas mehr. Allein wegen des vielen Essens brauchte ich mehr Bewegung, um nicht aus der Form zu geraten. David versuchte ein paar Mal mit mir zu reden, aber ich brauchte Zeit für mich alleine. Selbst beim Essen lag diese drückende Stimmung in der Luft. Ich hielt an meinem Entschluss fest, dass ich unbedingt

Sonntagnacht in der Burg verbringen wollte. Irgendwie hoffte ich, dass ich danach diese ganze Geschichte glauben, dass ich danach akzeptieren könnte, wer beziehungsweise was ich war. Noch immer empfand ich alles als sehr irreal. Das Erbe, dieser Name, diese drei Männer. Es schien wie ein nicht endender Traum. Ein seltsamer, irgendwie schöner Traum.

Am Abend zog ich mir das weinrote Kleid an. Ich fühlte mich gleich wesentlich besser. Ich erkannte, wie sehr die drei von Bernstorff an mir hingen, aber auch, dass ich für mich herausfinden musste, was der Wahrheit entsprach. Konnten wir wirklich Geister sehen? Gab es diese Wächter und Jäger? Leider fürchtete ich mich noch immer vor einer Einweisung in eine psychische Einrichtung, weil mein Verstand mir sagte, dass es unmöglich sei.

Ich betrat Adrians Arbeitszimmer. David wartete bereits und Daniel holte seine Freundin ab. Ich erinnerte mich, dass sie Isabelle hieß. Adrian und David sahen mich staunend an. Unter ihren Blicken fühlte selbst ich mich schön. Nach den vielen Jahren der Einsamkeit besaß ich kein Gespür mehr für mein eigenes Ich. Ich mochte, wie sie mich anschauten. David kam auf mich zu, griff nach meiner Hand, hauchte einen Kuss darauf. „Atemberaubend."

„David! Versau es nicht. Sonst überlege ich ernsthaft, unsere Nadja zu umwerben", schmunzelte Adrian. Ich erkannte, dass Daniel sein sonniges Gemüt von seinem Vater haben musste. Da die beiden immer etwas fanden, was ihnen ein Lächeln entlocken konnte. Selbst wenn es die Situation eigentlich nicht zuließ.

David reichte mir seine Hand und führte mich zu seinem Wagen. „Fährt Steve uns nicht?" „Nein, der muss sich in unserer Abwesenheit um die Sicherheit kümmern", informierte er mich und hielt mir dabei die Wagentür auf.

Wir fuhren wieder nach Dresden. Erneut parkte er vor der Semperoper. Ich sah sie staunend an. Sie wurde von Scheinwerfern beleuchtet, funkelte atemberaubend, geradezu majestätisch auf dem Platz.

Er führte mich an der beeindruckenden Hofkirche vorbei, zu einem gegenüberliegenden Eingang. Dieser lag im Verborgenen, kaum zu sehen für Touristen. Die kleine, dunkle Holztür erinnerte eher an den Zugang zu einer Abstellkammer.

Ich erwartete schon irgendeinen geheimen Spruch und die passende Erwiderung, damit man Zugang erhielt, aber scheinbar kannte man David. Wir wurden sofort hineingelassen. Wir liefen einen schmalen, dunklen Gang entlang und erreichten einen riesigen Saal. Ich bestaunte die Kunstwerke und Fresken an den Decken. Riesige bestickte Teppiche hingen an den Wänden. Die Stickereien sahen aus wie Gemälde. Nie zuvor erblickte ich so etwas wunderschönes in einem Raum. Funkelnde Kronleuchter hingen von der Decke herab und in der Mitte befand sich ein gigantischer Tisch aus dunklem Holz. Seine ovale Form wurde durch die dunkelbraunen, mit rotem Samt bezogenen Holzstühle noch mehr hervorgehoben.

„Gefällt es dir?", raunte David neben mir und erzeugte wieder diese angenehme Gänsehaut. Ich nickte verlegen. Er schenkte mir ein leichtes Lächeln, welches durch die Anwesenheit einer blonden Schönheit unterbrochen wurde. Diese stellte sich demonstrativ zu uns. „Alexander." Sie reichte ihm ihre Hand, knickste dezent, während er ihr einen Kuss auf die Hand andeutete. Doch seine Lippen berührten diese nicht. „Katharina. Schön, dich zu sehen." Die beiden gingen sehr verhalten miteinander um. „Seit wann kommst du in Begleitung?" Ihre Stimme klang viel zu hoch. Sie wirkte aufgesetzt. „Darf ich dir … " „Oh mein Gott", quiekte sie und alle sahen zur Tür. Daniel kam mit Isabelle herein. „Das kann er nicht bringen! Eine solche Person", zischte Katharina. David ächzte genervt neben mir. Er spannte sich an. Daniel kam mit seiner Begleiterin auf uns zu. Ich schenkte den beiden ein höfliches Lächeln. Diese Katharina ging auf ihn zu und begrüßte ihn mit André. Ich bekam echt Probleme, mir all diese doppelten Namen zu merken.

Daniel schien ebenso wenig wie sein Bruder über diese Katharina erfreut zu sein. Ich wollte erst einmal Isabelle kennenlernen. Freundlich ging ich auf sie zu. „Ich bin Nadja." „Christine", verbesserte mich Daniel und zwinkerte mir dabei zu. Ich zuckte entschuldigend mit meinen Schultern. Isabelle machte einen Schritt zurück, knickste ebenfalls. „Kennt sich hier jeder besser mit diesem Zeremoniell aus?", jammerte ich leise. „Das lernst du schnell", hauchte Isabelle angenehm leise. „Vielleicht gibt sie dir ja Nachhilfe?", versuchte Daniel zwischen uns zu vermitteln. Ich lächelte ihn dankbar an.

„Könnt ihr nicht zu einem anderen Anlass eure Gespielinnen mitnehmen?", zwitscherte Katharina und stapfte genervt davon. „Ich wollte es ihr vorher sagen", murmelte David beschämt. Daniel zuckte gelassen mit seinen Schultern. Was wollte er Katharina sagen? Dass ich Christine von Hoym war oder dass Daniel Isabelle mitbrachte? Bevor ich meine Frage stellen konnte, setzten wir uns zusammen an den großen Tisch. Irgendwie gab es da auch noch eine mir unverständliche Sitzordnung. „Worum geht es bei dieser Veranstaltung?", traute ich mich zu fragen. „Immobilienverwaltung und Erhaltung des Kulturgutes." David verhielt sich erstaunlich geduldig mir gegenüber. „Mist. Ich hätte mir etwas zum Schreiben mitnehmen sollen." Isabelle kicherte und reichte mir einen kleinen Notizblock sowie einen Kuli. „Danke." „Sie ist wirklich nett", stellte Isabelle gelassen fest. Ich schaute zu Daniel. „Sie ist auch nett", schmunzelte ich und zwinkerte ihm zu. Isabelle sah mich entschuldigend an. Da sie über mich sprach, als sei ich nicht anwesend. Wobei es mir nichts ausmachte. Es beruhigte mich nur, dass sie auch nicht perfekt war.

Der Vortrag begann. Ein paar beäugten uns neugierig, beobachteten uns, doch ich lauschte gespannt dem Referat. Dabei erfuhr ich einiges über denkmalgeschützte Gebäude. Ich notierte mir eifrig alles mit. Es war unglaublich interessant, auch wenn die meisten Anwesenden sich langweilten. Ich erfuhr, dass es staatliche Zuschüsse für Sanierungen gab. Irgendwann tauchten bei mir ein paar Fragen auf, ich hob meine Hand. „Ja bitte?" „Jetzt dürfen Zivilisten auch schon reden", schnaubte ein junger Mann verächtlich. Ich stand auf. „Kurze Frage ... Beziehen sich die Zuschüsse auf Deutschland oder den gesamten europäischen Raum?" Da er das irgendwie unverständlich rübergebracht hatte. „Diese hier auf Deutschland. Aber es gibt auch in anderen Ländern Möglichkeiten. Interessiert Sie denn ein Land besonders?" Ich befürchtete, dass der Herr einfach froh war, dass jemand überhaupt zuhörte. „Ja, Italien." Er empfahl mir ein paar Adressen, welche Informationen zur Verfügung stellten. Doch diese waren auf Italienisch verfasst und diese Sprache beherrschte ich nicht. Nachdenklich nahm ich wieder Platz. Der Redner fuhr fort. Er stellte erfahrene Baufirmen vor. Mich wunderte, dass er zwar Renovierungen in ganz Europa ansprach, doch ausschließlich deutsche Firmen erwähnt wurden. Erneut hob ich meine Hand.

Wieder schnaubte der junge Mann voller Verachtung. Katharina funkelte mich wütend an. Ich zuckte mit meinen Schultern. Das war wie in der Schule. Manchmal musste man einfach fragen.

„Ja bitte!", forderte mich der Redner auf. „Warum sind da nur deutsche Firmen?" „Weil diese besser und zuverlässiger arbeiten." „Sie kennen sich aber nicht mit den lokalen Bauverordnungen aus. Das ist doch Mist. Ist das hier eine Werbeveranstaltung?" Ich vergriff mich ein wenig im Ton, aber ich wollte nicht verschwenderisch mit meinem Geld umgehen und mich auf keine merkwürdigen Sachen einlassen. „Sagen Sie mal, was bilden Sie sich ein?!", fauchte mich der junge Mann an. Ich erinnerte mich, diesen schon einmal auf irgendeinem Titelblatt gesehen zu haben. „Julius von Vogelberg, zehn Millionen schwer und ein Playboy. Bitte lassen Sie mich meine Fragen stellen", konterte ich genervt. David und Daniel hielten sich die Bäuche vor Lachen. Der Redner ließ sich nicht beirren. „Nun, aber ich kann Ihnen diese Firmen nur ans Herz legen. Sollten Sie ernsthafte Absichten haben … Wie viele Objekte halten Sie denn?" Ich überlegte kurz. Mein Gedächtnis ließ mich nicht im Stich. „Derzeit befinden sich zwei Burgen, ein Schlösschen und vier Herrenhäuser in meinem Besitz. Wobei nur das in Norditalien einer Renovierung bedarf." David sah mich beeindruckt an. Ich schenkte ihm ein Schmunzeln. „Wer sind Sie?", wunderte sich der Redner. „Ach so … Ich heiße Nadja Christine Annabelle Schmied von Hoym." Ich klopfte mir zufrieden auf meine Schulter, da ich meinen ganzen Namen ohne Fehler nennen konnte.

Irritiert schaute ich mich um. Die Anwesenden starrten mich mit offenen Mündern an. Der Redner fing sich als Erster wieder. „Ich helfe Ihnen gerne bei der Auswahl der Firmen." „Danke, aber ich muss mich erst selbst einfinden." „Sie können kaum dieses Vermögen selbst verwalten", merkte ein anderer anwesender Herr an. „Das werden wir sehen", schnaubte ich ein wenig unfreundlich. Julius musterte mich streng. Ich setzte mich dann doch lieber wieder hin. Eine Dame sprang auf. „Ich schreibe für das interne Magazin der Adelsfamilien. Sind Sie verlobt?" Ich schüttelte meinen Kopf. „Gut, dann hätte ich gerne ein Foto." Gelassen zuckte ich mit meinen Schultern. Warum sollte sie keins bekommen? Trotzdem sah ich fragend zu David, welcher leicht genervt nickte.

Der Redner riss seinen Vortrag wieder an sich, auch wenn dieser bereits fast am Ende angelangt war. Er bedankte sich, dass er kommen durfte, schüttelte noch ein paar Hände, ich erhielt eine Visitenkarte und schon verschwand dieser.

Die anderen stürmten auf mich ein. Sie stellten hunderte an Fragen, aber ich weigerte mich, diese zu beantworten. Dafür verwies ich die Dame von diesem Magazin an Herrn Orlovski. Nur ihr Foto bekam sie noch.

Nachdem wir wieder im Wagen saßen, wirkte David noch angespannter als vorher. „Was ist los?", erkundigte ich mich besorgt. „Ich sollte dir einen Antrag machen." Ich runzelte meine Stirn. „Warum? Ich meine, das ist doch zu schnell." „Jetzt denken alle, dass du Single bist und wollen um deine Hand anhalten. Hast du Julius gesehen? Der stand doch auch auf der Liste." Er umklammerte sein Lenkrad so fest, dass seine Knöchel bereits weiß wurden. „Ja, aber irgendwo ganz weit unten ... Bin ich denn kein Single mehr?", überlegte ich laut. David stoppte den Wagen. Er beugte sich zu mir herüber, seine Augen funkelten entschlossen. „Ich weiß, dass es schwierig ist und ich bin auch nicht gerade der Sonnyboy. Aber ich wünsche mir, dass du meine Freundin bist." Dabei sahen seine Augen unglaublich besorgt aus. Als hätte er Angst vor meiner Entscheidung. „Wenn jemand etwas in mir hervorruft, dann bist du es. Wenn du sprichst, reagiert alles an mir auf dich. Du bringst mich zum Lächeln. Wer sollte sonst mein Freund werden?", flüsterte ich ganz leise. David atmete erleichtert aus. „Ich würde dich gerade unglaublich gerne küssen." Ich schluckte bei seinem Geständnis und irgendwie sehnte ich mich ebenfalls danach. Doch meine inneren Geister wüteten noch zu stark. Ich war noch nicht bereit, vollkommen über meinen Schatten zu springen. Dennoch nahm ich meinen ganzen Mut zusammen.

Zögernd griff ich nach seiner Hand. Zitternd legte ich sie auf meine Wange. Ich schloss meine Augen, schluckte meine aufkeimende Panik hinunter. Doch die Wärme seiner Hand in meinem Gesicht fühlte sich einfach wundervoll an. Ich brauchte einen Moment, doch allmählich entspannte ich mich unter seiner Berührung. Auch wenn mir mein Herz bis zum Hals schlug, die Angst verletzt zu werden, die Bilder wieder in mein Bewusstsein traten. Trotzdem kämpfte ich dagegen an. David musterte mich liebevoll. „Ich möchte nicht, dass du morgen in die Burg gehst." „Ich muss das für mich tun ... für uns.

Vielleicht bekomme ich ein paar Antworten." Er nickte widerwillig und fuhr uns zu dem hübschen Schloss zurück.

Wir blieben noch eine Weile im Wagen sitzen. Schweigend betrachteten wir den Sternenhimmel. Mein Gesicht lag an seiner Schulter. Er nahm sich so sehr für mich zurück. Für ihn schien es wirklich schlimm zu sein, dass er mich nicht berühren konnte. Doch ich genoss diese Nähe zu ihm, ich konnte noch nicht so schnell über meinen eigenen Schatten springen, brauchte Zeit und vor allem Vertrauen. Er wollte die Nacht bei mir verbringen, doch ich blieb fest entschlossen, erst einmal den nächsten Tag zu überstehen. Bevor ich weiter gegen meine Ängste antrat. Wobei ich bereits ziemlich zufrieden mit meinen eigenen kleinen Fortschritten sein konnte.

Kapitel 10

„Du willst das wirklich durchziehen?", beklagte sich Adrian beim Frühstück. Alle drei wollten mich nicht gehen lassen. Doch am meisten beschwerten sich David sowie sein Vater. „Handy ist geladen. Taschenlampe, Proviant und alles andere Notwendige habe ich dabei. Ich komm mir schon vor wie bei einer Expedition." „Die Pläne?", murmelte Daniel. Ich nickte eifrig. Die Burg war größer als angenommen. Sie beherbergte fast vierzig Räume und einen sehr umfangreichen Keller, in dem man sich verlaufen konnte, wie zwei dazugehörige Nebengebäude. Nur, dass diese leer sein sollten. Selbst die Grundrisse kopierte ich mir aus den Unterlagen.

Ohne es wirklich zu bemerken, umarmte ich David beim Abschied. Erst als er mich glücklich anstrahlte, fiel mir auf, was ich da tat. Ich überlegte angestrengt, versuchte eine flüchtige Umarmung bei Adrian. Auch das klappte. Selbst wenn ich die aufkeimende Panik nur schwer unterdrücken konnte. Deshalb unterließ ich einen weiteren Versuch bei Daniel, welcher daraufhin ein wenig schmollte. Ich klopfte ihm freundschaftlich auf die Schulter. Mehr brachte ich dann leider nicht fertig.

Steve fuhr mich zu meiner Burg. Aber auch er durfte nicht auf das Anwesen. Wir erreichten nach einer halben Stunde meine Burg. Staunend betrachtete ich beide Türme, welche imposant nach oben ragten. Wir stiegen aus dem Wagen. Meine kleine Festung erhob sich auf einem Hügel. Umsäumt von alten Bäumen, hohem Rasen. Nur ein schmaler, von Unkraut bewachsener Pfad, führte zur Mauer. Steve durfte wenigstens ein kleines Stückchen mit. Beeindruckt betrachtete ich das riesige Bauwerk. Ich besaß eine Burg, eine eigene Burg ... Das konnte nicht wahr sein. Ich zwickte mich, scheinbar träumte ich wirklich nicht.

Bereits an der Burgmauer erschien das erste Tor, welches mir den Weg versperrte. Ich schaute zu Steve. „Wie soll ich das ohne Schlüssel aufbekommen?" „Keine Ahnung, finde es selbst heraus." Er sah ebenfalls fragend zu dem Tor. Er reichte mir meinen Koffer, machte sich an zu gehen. Langsam schritt ich auf das riesige Ungetüm aus Metall zu. Ich schaute nach oben. Dicke Wolken drohten mir mit Regen. Ein frischer Wind blies und erinnerte mich an den Tag mit der Postkarte. Irgendwie fing alles damit an. Nun stand ich vor einer kleineren, mittelalterlichen Festung und stellte mir die Frage, wie man dieses blöde

Tor aufbekam. Vor allem bestand es aus Gusseisen, dickem, dunklem Gusseisen. Gab es Gusseisen denn schon im Mittelalter? In dieser kunstvollen Form? Ich hätte in Geschichte besser aufpassen sollen.

Nicht einmal ein Schloss oder eine andere Vorrichtung war zu erkennen. Vorsichtig drückte ich gegen das Tor. Plötzlich leuchtete eine weiße Schrift auf.

Zu Unrecht gestorben,

im Finstern verborgen.

Das Tor zur Wahrheit,

kann nur geöffnet werden,

durch das Blut des wahren Erben.

Musste man das wörtlich nehmen? Hätte nicht Spucke oder eine Haarprobe gereicht? Nein, natürlich wollten sie Blut. Ich öffnete meinen kleinen Koffer, suchte nach dem Taschenmesser, welches mir Daniel gegeben hatte. Da landete man im einundzwanzigsten Jahrhundert und musste Blut vergießen. Was für eine Schande. Ich kniff meine Augen zusammen und stach mir in die Fingerkuppe. Mist … tat das weh.

Wohin damit? Auf die Wiese, an das Tor? Ich tippte mit meinem Finger gegen das Tor. Fragend sah ich es an. „Na? Der DNA Test sagte, dass du mir gehörst." Es passierte erst einmal nichts. Ich schaute mich verzweifelt um. Na gut. Ich drückte noch etwas Blut aus meinem Finger, versuchte es an der dicken Mauer. Ein Vibrieren durchzog den Boden. Ich schreckte zurück. Das Tor löste sich vor meinen Augen gespenstisch auf. Wie in Zeitlupe zogen sich die dicken Schnörkel zurück. Es erschien einem wie bei Dornröschen, als die Dornen ihren Weg frei machten. Unglaublich gebannt betrachtete ich diesen Prozess, bis es endgültig verschwand. „Ich glaube, die haben alle zu viel Harry Potter gelesen", schnaubte ich vor mich hin und lief durch das Tor hindurch. Ich entdeckte eine sehr schmutzige Bank. Mein Handy befand sich in meiner Tasche, ich setzte mich auf die Bank, begutachtete meinen geschundenen Finger und schrieb David an, der sich sicherlich sorgte. Zumal ich langsam anfing, diese merkwürdige Geistersache zu glauben. Mir ging nicht in den Kopf, wie das gerade funktionieren sollte.

Nadja: Warum musste ich Blut vergießen?

David: ??? Mache mir schon genug Sorgen.

Nadja: Habe Tor eins geschafft. Musste mir in meinen Finger stechen.

David: Komm zurück!!!

Nadja: Nein, wir sehen uns morgen. Ich schaffe das schon irgendwie.

David: Vermisse dich!

Nadja: Dich auch. Aber da muss ich jetzt durch.

David: Meine mutige, kluge, schöne Freundin.

Ich schmunzelte, schob mein Handy wieder ein. Der Hof brauchte dringend Pflege. Laub und Schmutz ließen alles sehr heruntergekommen wirkten. Sogar kleine Pflanzen bahnten sich ihren Weg durch den alten Stein. Aber nun stand mir das zweite Tor bevor. Dieses bestand aus altem dicken Holz, mit eisernen Beschlägen. Ich drückte erneut meine Hand dagegen.

Nur eine Nacht,

der Erbe hier wacht,

denn der Mondenschein,

wird ewig dein Beschützer sein.

Die Geister, die hier ruhen,

werden dir nur Gutes tun.

Tritt ein und fürchte dich nicht,

denn hier findest du dein Lebenslicht.

Musste sich das alles reimen? Das war doch kein Rätsel? Ich schob etwas fester an der Tür, welche nur schwer nachgab. Ich drückte mich unter vollem Körpereinsatz dagegen, bis ich hineinkam. Immerhin brauchte ich kein weiteres Blut. Drinnen zog ich meine Taschenlampe. Ich leuchtete auf meinen Plan. Dabei verdrehte ich meine Augen und schlüpfte wieder in den Hof. Hinter einer weiteren Tür befand sich die Stromversorgung. Ich legte die Hauptschalter um und hoffte, dass wenigstens Orlovski dem Stromanbieter Bescheid gegeben hatte.

Zurück im Eingang leuchteten bereits die ersten Lampen auf. Nachdem etwa achtzehn Jahre keiner gelüftet hatte, roch es sehr modrig in dem Gebäude. Überall bedeckte eine dicke Staubschicht den Boden. Nur schwer konnte man die ursprüngliche Pracht der Burg erahnen. Ich schaute mir den Boden an, ging in die Hocke und wischte mit meiner Hand darüber. Kunstvolle Fliesen zogen sich auf diesem entlang. Ich seufzte, da ich bestimmt einen Monat putzen müsste, bis es wieder schön wird. Zumindest hatte ich nun endlich eine Aufgabe. Ich schaute auf meinen Plan. Rechts müsste sich die Küche befinden. Ich schlüpfte rüber und fand eine gigantische, schmutzige Küche vor. Ich huschte zum Fenster und ließ frische Luft sowie Tageslicht hinein. Selbst die Spinnen mussten sich hier sehr wohl fühlen. Dicke Spinnenweben hingen an den Wänden, den Möbeln. Sie ließen es wie ein Gruselschloss wirken. Die Stille noch dazu und dennoch fand ich es traumhaft schön. Eine eigene innere Ruhe machte sich in mir breit. Es fühlte sich gut an, an diesem Ort sein zu dürfen. Irgendwie beschützt, endlich angekommen, Gefühle welche ich zuvor nie erleben durfte.

Ich lief zurück. Auf der anderen Seite befand sich ein unglaublich schönes Esszimmer. Dahinter ein Wohn- und Arbeitszimmer. Die Möbel waren mit weißen Laken behangen worden. Es kam mir vor, als hätte man auf mich gewartet. Erst einmal öffnete ich die Fenster. Der Staub wirbelte ein wenig auf, mystisch funkelte er unter dem einfallenden Licht. Trotzdem wollte ich die Burg weiter erkunden und begab mich eine Etage nach oben. Ein langer Flur erstreckte sich vor mir.

Mein Handy piepte, bevor ich die erste Tür öffnen konnte.

David: Geht es dir gut?

Nadja: Ja, bin schon drin und lasse frische Luft rein. Man ich werde einen Monat lang putzen müssen.

David: Das übernehmen unsere Leute. Unser Anwalt hat bereits dein altes Personal wieder eingestellt. Sie fangen morgen an.

Nadja: Danke. Sehr weitsichtig.

David: Mache mir wirklich Sorgen.

Nadja: Ich schaffe das schon.

Seufzend schob ich mein Telefon zurück in meine Tasche. Es fühlte sich gut an, dass da draußen jemand auf mich wartete. Ich öffnete die erste Tür und fand mich in einem Jungenzimmer wieder. Es war mit viel Bedacht für einen Schuljungen eingerichtet worden. Ich hätte mir ein solches Zimmer in meinen kühnsten Träumen nicht ausmalen können. Die Möbel wurden nicht mit Laken behängt. Ein Bett aus dunklem Gusseisen, mit heller Bettwäsche, ein moderner Schreibtisch folgte. Sogar die Stifte lagen noch auf einem Block. Diesen betrachtete ich. Das Papier wölbte sich durch die Luftfeuchtigkeit. Ein schlichter Text eines Schuljungen stand darauf. Er sollte einen Aufsatz verfassen. Ein kalter Schauer lief mir über den Rücken. Es fühlte sich an, als würde ich die Privatsphäre eines anderen stören.

Ich beschloss, mir die anderen Zimmer anzusehen. Vorsichtig zog ich die Kinderzimmertür zu. Mich schüttelte es ein wenig und dennoch begab ich mich zur nächsten Tür. Leise öffnete ich diese.

Ich rieb mir meine Augen. Dieses Zimmer musste man komplett gereinigt haben. Wie ging das denn, wenn keiner in die Burg kam? Verwirrt sah ich mich um. Das musste also das Schlafzimmer meiner Eltern gewesen sein. Auf einer Anrichte entdeckte ich ein Bild. Aufmerksam betrachtete ich es. Das musste das Hochzeitsfoto meiner Eltern sein. Da Mutter ein wunderschönes weißes Kleid trug und Vater stolz im Smoking auf sie hinabblickte. Sie wirkten so glücklich. Zögernd strich ich darüber. Es kam mir vor, als würde ich mich in einem Traum befinden. Sie sahen so perfekt aus. Warum war das Schicksal so grausam und nahm mir meine Eltern? Enttäuscht schüttelte ich meine Gedanken ab, begab mich weiter auf Erkundungstour.

Ich entdeckte eine Durchgangstür, dahinter lag ein Mädchenzimmer. Auch dieses wurde merkwürdigerweise gereinigt. Ein kleiner, weißer Schaukelstuhl stand in einer Ecke. Darauf lag eine weiße Kuscheldecke. Diese zog ich an mich heran und setzte mich auf diesen Stuhl. Die Decke roch einfach himmlisch. Als hätte sie den Duft von Geborgenheit in sich aufgenommen.

Ich betrachtete schweigend das Zimmer. Voller Liebe musste man diesen Raum eingerichtet haben. Alles war wie für eine kleine Prinzessin gemacht. Eine Spieluhr erklang. Sie stand auf einer Kommode. Eine liebliche Melodie ertönte aus dieser. Eigentlich sollte ich mich fürchten. Spukte es hier? Aber die Spieluhr weckte tief verborgende Gefühle in mir, welche mich trösteten. Ich sah in die Augen meines Vaters, welche mich liebend betrachteten. Ich spürte die Arme meiner Mutter, ihren unglaublichen Duft. Dabei glaubte ich, mich an eine unglaublich tiefe Liebe zu erinnern. Tränen liefen über mein Gesicht. Selbst ich fühlte eine tiefe Verbundenheit und Liebe zu dem, was eigentlich für mich bestimmt war. Es fühlte sich an, als würde die Liebe meiner Eltern noch in diesen Mauern existieren.

Die Melodie stoppte. Wankend stand ich auf, ging zu der Kommode. Daneben lag ein Buch.

Nadjas erste Jahre.

Ich zog die Spieluhr auf, griff nach dem Buch und setzte mich zurück. Ich mochte die warmen Lilatöne in diesem Zimmer. Weiße Schmetterlinge flogen an der Wand entlang. Sie wirkten wunderschön. Das Bettchen war mit einem spitzenbesetzten Kissen versehen.

Ich schlug das Buch auf. Mein Geburtstag, mein Gewicht, Körpergröße und mein voller Name standen auf der ersten Seite. Ein Bild von der Entbindungsstation folgte. Schöne Fotos von unserer Familie. Es mussten richtig professionelle Bilder sein. Eine Strähne meines Haares klebte auf einer Seite. Auch da schimmerten sie schon schwarz. Mapa, war mein erstes Wort. Ich schluchzte laut auf.

Man liebte mich, man wollte mich. Ich fand in dieser Burg meine Eltern und ich vermisste sie plötzlich so sehr. Selbst wenn ich sie nie wirklich kennenlernen durfte, spürte ich ihre Zuneigung.

Bilder von meinem ersten Geburtstag und dem zweiten tauchten auf. Ich fand David an meinem Bettchen stehend. Er hielt mich beschützend in seinen Armen. Stolz betrachtete er das winzige Geschöpf an seiner Seite. Nur Noah musterte mich eifersüchtig. Aber auch ihn entdeckte ich, wie er mich in einem Wagen hinter sich herzog. Wir Kinder auf einer Decke in einem Garten spielend. Unsere Eltern im Hintergrund wie sie lachten.

Ich schlug das Buch zu, drückte es mit der Decke an meine Brust und weinte hemmungslos los.

All die Jahre der Einsamkeit. All die Jahre der Verzweiflung. Ich dankte demjenigen, welcher meinen Selbstmord damals verhinderte, damit ich diese Chance bekam. Es war einfach unglaublich. Traurig, schmerzhaft, aber auch wunderschön. Niemals hätte ich so etwas für möglich gehalten. Zwar wusste ich von dem Unfall meiner Eltern, aber ich fühlte mich nie gewollt. Nun erkannte ich für mich, dass es doch einst Menschen gab, die mich von ganzem Herzen bedingungslos liebten.

Kapitel 11

Jemand befand sich bei mir. Ich spürte, dass sich etwas im Raum aufhielt. Ich wischte meine Tränen weg und sah mich neugierig um.

In der Tür stand er. Mein Vater. Er schaute mich an. Seinen Blick konnte ich nicht deuten. Ich rieb mir über meine Augen. Doch da stand er noch immer.

„Vater?" Meine Stimme brach. Mehr brachte ich einfach nicht raus. „Meine kleine Naddi." Er machte ein paar Schritte auf mich zu. Er wirkte etwas durchsichtig. Aber das war mir egal. Auch die Angst vor einer Psychose verflog in diesem Augenblick. Er hockte sich vor mir hin, betrachtete mich eingehend. „Wie geht es dir?" Ich musste wegen dieser banalen aber doch so wichtigen Frage schmunzeln. „Geht so und dir?" Er lächelte traurig. „Es war ganz schön langweilig die letzten Jahre." Ich liebte seinen Sinn für Humor jetzt schon. „Wie erlebtest du deine letzten Jahre?" Seine Stimme klang unglaublich sanft. „Das willst du nicht wissen." Er deutete auf eine Schublade. Ich ging hin, fand Taschentücher darin. Ich nahm sie an mich. „Danke." Dabei prustete ich laut in eines hinein. „Ich würde dich nicht fragen, wenn ich es nicht wissen wollen würde", murmelte er etwas strenger. Ich zuckte mit meinen Schultern. „Nicht so gut." Vater seufzte leise. „Wo bist du aufgewachsen?" Ich sah ihn traurig an. „Ich glaube, das Gespräch sollten wir unten fortführen." Ich wollte die tröstende Atmosphäre in dem Zimmer einfach nicht zerstören.

Die Decke ließ ich oben. Nur das Buch nahm ich mit. Das Piepen meines Handys ignorierte ich vorerst. Ich schlüpfte in die Küche, da ich dort meinen Koffer stehen gelassen hatte. Ich zog das Tuch von dem Tisch und setzte mich auf einen der Stühle. Vater nahm abwartend auf der gegenüberliegenden Seite Platz. Ich besaß wirklich Ähnlichkeit mit ihm. Er sah toll aus. Sein dunkles Haar, diese schwarzen Augenbrauen. Nur seine Augenfarbe bestand aus einem hellen Braun.

„Nadja, ich muss alles über dich wissen. Bitte erzähl mir deine Geschichte. Weil ich sonst nicht weiß, wie es weitergeht." Er wirkte ein wenig verzweifelt. Eigentlich wunderte ich mich über seine Worte, denn er war ja schon tot. „Ich habe nur Angst, dass du vielleicht gleich durchdrehst." Schüchtern sah ich mich um. Konnte ich von einem wütenden Geist verfolgt werden? Ich atmete tief durch. „Ich gebe mir Mühe", seufzte er tief. Ich mochte seine Stimme. Es fühlte sich so sehr nach Heimat an. Also erzählte ich ihm alles was ich wusste und woran ich mich erinnerte. Vater lief aufgebracht durch die Küche. Er brauchte eine Weile, um sich zu sammeln. „Noah ist an allem schuld!" Ich wunderte mich. „Nein, das kann nicht sein. Er war damals vielleicht acht?" Diese Schuldzuweisung verstand ich einfach nicht und konnte sie auch nicht nachvollziehen. Zudem brachte sie nichts. Sie half nicht weiter. Mein Leben fing gerade erst an und bestimmt würde ich es nicht mit Schuldzuweisungen beginnen.

Ich beschloss etwas zu tun, um mich abzulenken. In einem der Schränke fand ich Putzlappen. Sogar noch altes Reinigungsmittel. Ich schaute lieber nicht nach, ob dieses ein Verfallsdatum besaß. Ich drehte den Wasserhahn in der Spüle auf und wartete, bis die Rohre sauberes Wasser abgaben. Erst zischte es, braunes Wasser folgte, bis es endlich klarer wurde. Beruhigt stellte ich fest, dass das Spülmittel noch Schaum bildete, einen angenehmen Duft erzeugte es ebenfalls. Ich fing an die Schränke abzuwaschen, damit ich mir wenigstens etwas zu Essen machen konnte. Ich dankte dem Himmel, als ich die Spülmaschine fand. Diese ließ ich testweise und zum Reinigen erst einmal leer durchlaufen.

Vater setzte sich wieder hin. „Meine Tochter sollte nicht putzen." „Das Personal kommt frühestens morgen und ich mag in dem Schmutz nicht essen." „Noah war neun", fing er an. Ich machte weiter und lauschte ihm gespannt. „Er war das Kind meiner Schwester. Ein sehr grausamer Wächter vergewaltigte sie. Sie wurde von ihm schwanger. Nach seiner Geburt brachte sie das Kind zu uns, um sich anschließend selbst das Leben zu nehmen … Noah war von Grund auf böse und er verriet uns." Er klang gebrochen. Ich schaute zu ihm hinüber. „Die Leiche von Noah war weg. Adrian glaubt, dass er noch lebt." Vater riss entsetzt seine Augen auf. „Dann bist du in Gefahr!" „Da gibt es noch etwas ... Eigentlich zwei Dinge." Vater baute sich aufgeregt vor mir auf. Ich zuckte zusammen. Da er einfach so auftauchte und ich mit solchen Dingen nicht klarkam. Er funkelte mich an. „Na ja ... Ich ... ich bin noch nicht ... Also ich kann nicht mit ihnen sprechen und ... " „Hast du Angst vor mir?", unterbrach er mich. „Gerade schon." Er setzte sich zurück auf den Stuhl. Dabei rieb er sich seine Hände übers Gesicht. „Das mit dem Erwachen bekommen wir hin, was ist die zweite Sache?" Ich atmete tief durch. Zwar wusste ich nicht, was er mit Erwachen meinte, aber das überging ich erst einmal. „David meinte, dass ich die letzte gute Wächterin sei." Wenn ein Geist blass werden konnte, dann wurde mein Vater das in diesem Moment. Er starrte mich vollkommen fassungslos an. Ihm verschlug es restlos die Sprache. Was meinte er mit dem Erwachen? Ich verstand es nicht und da ich die Situation noch immer nicht begriff, schrubbte ich lieber den Boden. Die Aufgabe lenkte mich ab. Zumal die Burg groß war, konnte ich mich ausreichend verausgaben.

„Wie geht es Adrian?" Vater fing sich allmählich wieder. „Er verlässt das Schloss nie und sitzt im Rollstuhl. Ansonsten finde ich ihn wirklich nett." „Ich muss dringend mit ihm sprechen." Ich zog mein Handy. „Gut, dass wir im einundzwanzigsten Jahrhundert leben." Ich suchte Adrians Nummer heraus. „Könnte ich alleine mit ihm sprechen?" Ich trug mein Handy in sein Arbeitszimmer, wählte Adrians Nummer. „Nadja, alles OK bei dir?", ging er besorgt ran. „Ja, Vater will mit dir alleine reden." „Oh ... Ähm ja ... Also ich kann nicht aus dem Haus raus." Ich verdrehte meine Augen. „Schon mal auf die Idee des

Telefonierens gekommen? Ich stelle auf laut und lasse euch in Ruhe." Dabei lief ich zurück zu meinem Küchenboden.

Nachdem ich diesen fertig hatte, setzte ich mir einen Tee auf und machte in dem riesigen Eingangsbereich weiter. Ich fand meinen Vater toll, auch wenn er merkwürdig schien. Vor allem mochte ich meine Psychose. Hey, ich war reich, hatte einen Knall und diskutierte mit einem Geist.

Ich trank einen weiteren Tee, räumte die Spülmaschine voll. Anschließend machte ich mich an der Treppe zu schaffen. „Oben ist der Gästebereich." Ich keuchte erschrocken auf, als Vater vor mir auftauchte. „Mach das nicht noch einmal!" Ich wäre fast die Treppe hinuntergefallen. „Entschuldige. Du musst dein Telefon holen." Mir entging seine Anspannung nicht. Aber erst brauchte ich mein Handy wieder.

David: Alles OK bei dir?

David: Mein Vater sprach mit deinem?

David: Geht es dir gut?

Nadja: Alles in Ordnung. Er ist nur etwas angespannt. Ich mag die Burg und ihn.

David: Dann bin ich beruhigter. Wir machen uns nur alle Sorgen um dich.

Nadja: Ich finde es irgendwie schön, dass sich jemand um mich sorgt. Wir bekommen das hin!

David: Deinen Optimismus hätte ich gerne.

Nadja: Muss mein Schlafzimmer vorbereiten.

David: Viel Spaß.

Nadja: Werde ich haben.

Vater schaute mir neugierig über meine Schultern. „Hey! Meine Angelegenheiten!" „Deine Mutter fand immer, dass ihr einmal ein Paar werdet." „Wo ist sie?" Vater sah mich traurig an. „Das wüsste ich auch gerne. Ich vermute, dass sie sie womöglich festhalten." „Als Geist?" Wie sollte das denn gehen? „Ja, zwar kann man ihr körperlich nicht wehtun, aber man kann sie mit Hilfsmitteln festhalten." Ich atmete tief durch. „Gut, dann befreien wir sie eben." Vater schnaubte. „Du bestimmt nicht! Du bleibst hier!" Ich kniff meine Augen zusammen. „Oh nein! Mich nervt es schon, wenn Adrian ständig Sachen kauft oder über mich wachen lässt. Aber ich lasse mich nicht einsperren!" Wir verschränkten gleichzeitig unsere Arme vor unserer Brust und funkelten uns an. „Du bist alles, was wir haben, was uns wichtig ist! Du bist mein Kind!" Er klang ein wenig wütend. „Tja, ich habe all die Jahre vor mich hinvegetiert und jetzt bekomme ich eine Chance auf ein Leben! Ich will das hier, aber ich will keine Gefangenschaft!", gab ich in dem gleichen Tonfall zurück. Vater strich sich aufgebracht durchs Haar. Adrian machte es auch so, wenn man ihn zur Weißglut trieb. Ich musste leise kichern. Vor allem weil wir uns, trotz all der verpassten Jahre und Chancen, so ähnlich verhielten.

Vater spannte sich an. Er schien sich mit aller Kraft zu konzentrieren. Staunend beobachtete ich, wie er sich verfestigte. Er machte einen Schritt auf mich zu, breitete seine Arme aus und zog mich an sich heran. Intuitiv wehrte ich mich dagegen. Aber er fühlte sich fantastisch an. Eine gigantische Flut an Gefühlen brach über mir zusammen. Meine Knie gaben nach. Doch Vater hielt mich. Meine Ängste, Sehnsüchte, meine inneren Anspannungen erdrückten mich nahezu. Aber dann schienen sie langsam zu zerfallen. Ich schrie, weinte, schluchzte und heulte eine gefühlte Ewigkeit in seinen Armen. Es tat weh, aber in mir setzte sich ganz langsam etwas zusammen. Vater strich mir sanft über meine Stirn. Leise murmelte er.

„Die Ängste verblassen, sobald wir Gefühle zulassen. Der geschundene Geist zu heilen vermag, in dem er im Bett seiner Heimat lag." Er hob mich hoch und trug mich zu einem Bett. Durch die Tränen hinweg konnte ich nicht sehen, wo er mich hinbrachte. Ich spürte, wie die Kraft seines Körpers aufgab, nur seine Anwesenheit konnte ich noch fühlen. Er hauchte mir einen Kuss auf die Stirn. *„Schlafe tief diese Nacht, damit die Kraft in dir erwacht.*" Sanft wie der Flug einer Feder fiel ich in einen angenehmen, tiefen, heilsamen Schlaf.

Ich wachte vollkommen erholt auf. Vater lag bei mir. Er beobachtete mich. Es kam mir noch immer alles wie ein Traum vor, dass er neben mir saß, mich voller Liebe ansah. Auch wenn er ein Geist war, freute ich mich über die Möglichkeit, ihn kennenlernen zu dürfen. „Guten Morgen, Liebling." Dabei strich er mir übers Gesicht. Ich wunderte mich, da ich absolut keine Angst bekam. Es fühlte sich gut an. „Aufstehen, duschen und danach zeige ich dir etwas", lächelte er sanft.

Ich gähnte erst einmal herzlich, streckte mich und suchte das Badezimmer. Vater musste es vorbereitet haben, weil bereits warmes, sauberes Wasser aus der Leitung lief.

Er wartete unten an der Treppe auf mich. Schnell machte ich mir einen Tee, schnappte mir etwas von meinem Proviant und schlich hinter ihm her. Nachdem er mir erklärte, dass wir in den Keller gehen würden, schnappte ich noch schnell die Taschenlampe.

Papa lief vor mir her. Vollkommen angespannt ging ich ihm nach. Einen Augenblick nicht aufgepasst, schon knallte ich gegen die Kellertür. „Autsch!" „Naddi? Hast du dir wehgetan?"

Ich rieb mir meine Stirn. „Bin es nicht gewohnt, dass Leute durch Türen gehen können", jammerte ich und zog die Tür auf. „Ich bin nicht mehr gewohnt, dass jemand da ist." Behutsam strich er über meine Stirn. „Geht schon." Ich folgte ihm eine lange, schmale Steintreppe hinunter. Es war wirklich ganz schön dunkel in den schmalen Gängen. Nur vereinzelt flackerten ein paar spärliche Lampen. Einige gingen gar nicht mehr. „Alles, was ich dir beibringe, darfst du nur an einen Wächter weitergeben", erklärte mir Vater. Ich sah ihn fragend an. „Wie hast du das gestern gemacht? Ich meine, du warst fest?" Die Frage stellte ich mir bereits den ganzen Morgen. „Mit viel Übung und Konzentration kann man sich manifestieren. Es ist nur sehr anstrengend. Da ich es die letzten Jahre nicht brauchte … Ach, ich hätte einfach mehr trainieren sollen."

Wir erreichten einen Durchgang, bogen ab und schon stand ich vor einer weiteren Holztür.

Der Wächter, der hier wacht, dem gehört die Macht.

Der Hüter der Sagen, kann es hier wagen.

Nur des Wächters Gaben, hier Zutritt haben.

„Muss sich das immer alles reimen?", überlegte ich kritisch. „Ja, irgendwie schon. Es muss aber auch einen Sinn ergeben." Ich drückte die Klinke hinunter und landete in einem großen Gewölbe. Bögen zogen sich über die weitläufige Decke. An den entfernten Wänden befanden sich große Regale. Sie zogen sich durch den gesamten Raum. In diesen standen kleine Fläschchen oder Behälter. In der Mitte des Raumes stand ein wuchtiger Tisch. Alte Bücher lagen darauf. Auch in den hinteren Regalen lagen Unmengen an unterschiedlich großen Büchern und brüchigen Pergamentrollen. Ich schritt an den Regalen entlang, betrachtete kleine, von Hand geschriebene Kärtchen. Blut, Metalle, Dämonen … Kleine Schilder wiesen auf den Inhalt der Fläschchen hin. Staunend ging ich bis nach ganz hinten. Teile erinnerten an ein Chemielabor, andere wiederum an einen Gruselroman. Tieraugen oder Blutkonserven waren umfangreich beschildert worden. „Wozu braucht man das denn?", hauchte ich erstaunt und schaute auf Schuppen einer Schlange. „Manche Dinge schwächen Dämonen. Aber die meisten davon brechen Flüche", erklärte Vater gelassen. In einer weiteren Ecke befanden sich runde Kühlbehälter. „Was ist darin?" Ich schaute drauf, aber da befand sich keine Beschreibung. „Zwei unglaublich wertvolle Konserven. Einmal dein Blut als Jungfrau und ein paar Flaschen meines Blutes." Ich starrte meinen Vater erschrocken an. Er aber fuhr fort. „Wenn du an einen Ort gelangst, wo dir mulmig wird, weißt du, dass ein Fluch oder ein Dämon sein Unwesen treibt. Nur mit dem Blut des

Wächters können Flüche sichtbar werden." Ich lauschte seinen Ausführungen. Wobei das alles sehr irreal klang. Flüche? Dämonen? Na gut, Geister gab es scheinbar schon, denn sonst könnte ich nicht mit ihm sprechen. „Also besteht mein Schicksal darin, mir ständig in den Finger zu piken?" Vater lachte leise aus. Es klang einfach himmlisch. „So in etwa. Die meisten Flüche sind sehr offensichtlich. Trotzdem muss man sie lösen … Außerdem bauen Wächter die Waffen für die Jäger. Schau hier!" Er hielt eine Metallkugel in der Hand und überreichte sie mir. Er deutete auf einen Knopf. Ich drückte darauf. „Prinzipiell ist es gar nicht so schwierig. Gold in Kombination mit Weihwasser saugt die Geister an. Dämonen werden über Siegel oder Bannkreise vertrieben. Doch die Geister müssen wir gefangen nehmen. Das Metall ist reines Silber und hält sie fest. Der Kern in der Mitte ist etwas Gold, umringt von Weihwasser. Damit sperren wir sie ein." Ich drehte die schlichte Kugel zwischen meinen Fingern. „Na dann ist die Geisterjagd doch ganz einfach." Vater schüttelte seinen Kopf. „Sie müssen geschwächt werden. Denn diese kleine Menge kann sie nicht so schnell anziehen. Außerdem können Jäger kaum mit riesigen Koffern umherlaufen, die sie bräuchten um ihre ganze Ausrüstung mitzuschleppen, sobald es sich um mehrere Geister handeln würde." Ich schmunzelte bei der Vorstellung, dass David mit einer Schatztruhe bewaffnet, gegen Geister kämpfte.

„Wie komme ich an die Reime und Bannkreise?", erkundigte ich mich nachdenklich. „Die Reime musst du dir selbst ausdenken … Warte, da!" Er zeigte mir ein altes kleines Buch. Ich musterte den braunen Einband und schlug es auf. Nur schwer konnte man die alten

Zeichnungen erkennen. Selbst die handschriftlichen Vermerke waren uralt und kaum zu entziffern.

„Wie finde ich jetzt heraus, ob es klappt?", seufzte ich eher zu mir selbst. Irgendwie brauchte ich dringend einen Beweis. „Adrian wird durch einen Fluch gebunden. Schau doch mal, ob du einen dir zugänglichen Raum findest, in dem dir mulmig wird. Dann etwas Blut und warte ab was dann passiert." Erstaunt blätterte ich durch das Buch. „Klingt gut." Ich konnte es kaum erwarten, meinen ersten eigenen Testdurchlauf zu starten.

„Ach, eine Frage noch." Jetzt wollte ich unbedingt noch mehr erfahren. „Eine noch. Wir bekommen gerade Besuch." Woher wusste er das? Trotzdem stellte ich eifrig meine Frage. „Was ist das Seltenste und doch am häufigsten benötigte Mittel?" „Das jungfräuliche Blut einer Wächterin. Vor allem in Zeiten wie diesen. Absolut nicht zu bekommen und das, was ich von dir habe, reicht vielleicht noch für zwei bis drei Flüche." Ich spürte seine Anspannung. Ich erzählte ihm lieber nicht, dass ich höchst wahrscheinlich noch Jungfrau war. Nur leider konnte ich es nicht ganz ausschließen. In meiner Akte stand, dass der Mann, welcher seine Zigaretten an mir ausdrückte, eventuell auch andere Dinge getan hätte. Man wechselte dort meine Windeln nicht. Da ich damals vollkommen verwahrlost im Krankenhaus ankam. Mein Po und alles andere musste, laut meiner Akte, schlimm entzündet gewesen sein.

Schweigend lief ich hinter Vater her. Er meinte nur, dass wir unser Gäste empfangen sollten. Wer auch immer - die Gäste - waren.

Gedankenverloren knallte ich erneut gegen die Zwischentür zum Eingangsbereich. „Vater!" Dieser aber lachte. „Ich war auch immer mit dem Kopf woanders." Ich schüttelte meinen Kopf und rieb mir die Stirn.

Jemand klopfte gegen die Eingangstür. Ich öffnete diese und musste gegen die Sonne anblinzeln.

Orlovski stand direkt vor mir. Drei Herrschaften folgten ihm in den Eingangsbereich. Zwei Damen und der eine Herr, sie mussten bereits etwas älter sein. Sie könnten bestimmt fast die Sechzig erreicht haben. „Wer hat hier geputzt?", wunderte sich Orlovski. „Na ich! Wer denn sonst?" Mit einem entschuldigenden Blick reichte ich den anderen meine Hand. „Das sind Hilde, Rosi und Walther. Ich dachte vielleicht, dass du sie einstellst. Sie kennen das Haus und haben schon für deine Eltern gearbeitet." Ich wunderte mich, da Orlovski irgendwie mies gelaunt wirkte. „Freut mich, Sie kennenzulernen." Ich versuchte zu lächeln, was mir wirklich zum ersten Mal richtig leicht fiel. Die beiden Damen weinten laut los. „Wir hätten nie gedacht, Sie je lebend wiederzusehen", schluchzten sie durcheinander. „Ich wusste von all dem hier nichts. Sonst hätte ich mich eher darum gekümmert." „Sie hat das Herz ihrer Eltern", murmelte Walther. Orlovski unterbrach uns. Er reichte mir eine Zeitung. Darauf erschien mein Bild. Fragend sah ich es mir an. „Du bist auf Platz eins der meistgefragten Junggesellinnen. Zumindest in königlichen Kreisen." Aha, das nervte ihn also. Ich zog meine Augenbrauen hoch. „Dafür musste ich nicht einmal was tun." Vater lachte laut los. „Er hatte schon mit mir seine Müh und Not. Jetzt bist du dran!" Ich schaute verwirrt zu meinem Vater und schüttelte meinen Kopf. „Spukt ihr Vater hier herum?", erkundigte sich Walther angespannt. Ich lief knallrot an. „Sie alle wissen Bescheid", informierte

mich Vater. „Ich spuke außerdem nicht! Ich wandle!",
fügte er eifrig hinzu. „Ähm ja, also er ist hier und
beschwert sich gerade. Sie sollen nicht spuken, sondern
wandeln sagen." Nun prustete Orlovski los.

Die beiden Damen lösten sich von uns. Sie gingen in die
Küche. „Ich bin ihr Fahrer und ihr Bote für alles. Hilde
kocht, Rosi hält das Haus in Ordnung. Wir werden einen
neuen Gärtner brauchen, da unser Jörg in Rente ist",
informierte mich Walther gelassen. Ein Schrei aus der
Küche erklang. Wir alle liefen sofort los. „Wer hat hier
geputzt!", schimpfte Rosi. Ich hob meine Hand. „Sie!
Machen Sie das nie wieder! Das ist meine Aufgabe!" Ich
schob meine Unterlippe hervor. Hilde funkelte mich
ebenfalls an. „Raus! Das ist unser Reich!" Ich zog mich -
leicht verstört - zurück in den Eingangsbereich. „Oh ja,
deswegen mochte ich die beiden Damen", freute sich
Vater. „Ganz schön frech", beklagte ich mich leise. „Aber
dafür sehr ordentlich." Vater strahlte zufrieden. Nur
Orlovski schaute sich nervös um.

„Ach, wenn Sie schon da sind. Ich brauche eine
Frauenärztin", seufzte ich. Orlovski schaute mich mit weit
aufgerissenen Augen an. „Warum?" „Frauenprobleme."

Erneut klopfte es an der Tür. „Schön, wieder Leben im
Haus zu haben!", freute sich Vater. Walther schritt zur Tür
und fluchte, da diese nur schwer aufging.

David und Daniel tauchten auf. Sofort schlug mein Herz
vor Freude schneller. Ich strahlte sie an und rannte direkt
in Davids Arme. „Und wir dachten, du sitzt blass zitternd
in der Ecke", murmelte Daniel. Ich lächelte meinen David
an und genoss seine Wärme. Da waren kaum noch Ängste,

als hätte Vater eine riesige Last von mir genommen. Ich fühlte mich selbst so viel unbeschwerter. Ich empfand mich zum ersten Mal bewusst glücklich. Nur schwer löste ich mich von David, dann drückte ich Daniel freundschaftlich. Auch da kam die Angst nicht hoch. Tränen der Freude traten mir in die Augen.

„Na, das haben wir doch gut hinbekommen", hörte ich Vaters sanfte Stimme hinter mir. „Danke Papa." David und Daniel betrachteten meinen Vater. Sie schienen erstarrt zu sein. „Jungs, ihr seid wirklich groß geworden", gab Vater freundlich ab. „Es … es freut uns, Sie zu sehen", stammelte Daniel. David nickte ihm verstört zu.

Ich löste mich von meinen beiden Freunden. „Kannst du Orlovski sagen, dass wir uns morgen Vormittag alle hier treffen?", fing Vater an. Ich schaute zu meinem Anwalt, der verwundert Vaters Bitte nachgab. „So und nun sorgst du dafür, dass Adrian hierher kommen kann." Vater gab mir einen Kuss auf die Stirn. „Das geht nicht", schnaubte David. Ich zuckte mit meinen Schultern. „Mal sehen. Aber was ist, wenn es nicht klappt?" Ich war bestimmt noch nicht soweit. „Du bist meine Tochter!", strahlte mein Vater voller Stolz. „Nur keinen Leistungsdruck erzeugen", schmollte ich. Ich ging mit den Jungs zum Wagen. Verwirrt von meinem neuen Tatendrang liefen sie mir nach.

Kapitel 12

„Bleibst du bei uns?", fragte David, kurz bevor wir das Schloss erreichten. Ich hatte während der Fahrt kaum gesprochen. Da ich mir so über einige Dinge Gedanken machte. „Nein, ich mag die Burg." „Aber da bist du ganz alleine!", nörgelte David ein wenig. Ich schaute lächelnd zu ihm auf. „Du kannst ja bei mir bleiben." „Was ist mit Vater?", kam von Daniel. „Das versuchen wir jetzt zu lösen." Nervös kaute ich auf meiner Unterlippe herum.

David parkte den Wagen in dem privaten Bereich des Schlosses. Ich stieg schweigend aus dem Wagen und ging zum Eingang. Nur, dass ich den Park und nicht das Gebäude betrat. „Was hast du vor?", wunderte sich David. „Seid mal leise. Ich muss mich konzentrieren." Ich hörte auf meine innere Stimme. Dabei schaute ich mich um. Langsam ging ich an der Außenwand des Schlosses entlang. Ich sah zu der Dame hin, welche jeden Tag über die Wege des Parks spazierte. Nachdem ich das Ende des Schlosses erreichte, verließ mich mein Mut. Ich atmete schwer aus. „Was ist?", erkundigte sich David sanft. „Ach Vater meinte, ich würde es spüren, aber da ist nichts." Ich blickte zu der Dame und ging auf sie zu. Die Touristen, welche vereinzelt herumliefen, ignorierte ich.

„Hören Sie mich?", sprach ich leise zu ihr. Ich ging neben ihr her. Doch sie reagierte nicht. Vielleicht war es doch ein Hirngespinst, welches ich mir ausmalte? Ich sprach sie noch einmal an, aber da passierte rein gar nichts. Ich setzte mich enttäuscht auf eine der Bänke. „Du darfst nicht zu viel auf einmal erwarten", kam tröstend von David. Daniel gab ein leises Schnaufen ab. „Es gibt sehr starke und auch schwächere Wächter. Nicht bei jedem sind die Fähigkeiten gleichermaßen ausgeprägt. Dein Vater war sehr stark. Aber bei deiner Mutter waren die Gaben fast nicht vorhanden." „Das ist doch mies. Ich bin die letzte nette Wächterin und dann auch noch zu nichts zu gebrauchen … Das ist doch blöd." Verzweifelt betrachtete ich das Schloss. David schaute sich um. „OK. Wir starten einen weiteren Versuch und gehen die Sache logisch an … Wonach suchen wir?" Ich musterte ihn verwirrt. „Na ja, jemand muss hier hereinspaziert sein und irgendwo einen Spruch an die Wand gemalt haben", gab ich schulterzuckend ab. „Da wir nichts bemerkt haben, muss es ein Ort sein, an den jeder hinkommt", folgerte Daniel. „Da sind das Palmenhaus, die Orangerie und der untere Teil des Schlosses, welcher manchmal Ausstellungen zeigt", zählte David gelassen auf. Dabei lächelte er mich an. „Dann der Ausstellungsraum. Weil er mit dem Gebäude und nicht mit dem Gelände verbunden ist", versuchte ich etwas positiver. David erhob sich. Er reichte mir seine Hand und gemeinsam gingen wir in den unteren Bereich.

Die Orangerie war ein eigenes Gebäude im englischen Park und das Palmenhaus glich einem alten Gewächshaus, welches sich ebenfalls in dem anderen Teil des Parks befand. Gespannt folgte ich den beiden. Wir landeten in einem Teil, in welchem moderne Bilder ausgestellt wurden. „Und jetzt? Ich meine hier sind zu viele Leute?", flüsterte ich. Da einige Besucher sich diese Bilder ansahen. Ich runzelte meine Stirn und betrachtete eines. Eine große Leinwand erschien vor meinen Augen. Diese war vollkommen schwarz, nur goldene Streifen unterbrachen es. Ich schaute mich um. Ein weiteres Bild fiel mir auf. Schwarzer Hintergrund mit goldenem Kreis. „Was kostet so etwas?" „Dreitausend das Bild", antwortete Daniel gelangweilt. Ich sah ihn mit verkniffenem Gesichtsausdruck an. „Das bekomme selbst ich hin." Dabei schüttelte ich entsetzt meinen Kopf. Daniel grinste. „Ich verstehe diese Art von Kunst auch nicht."

David räusperte sich. „Wie kann man es erkennen?" Auch er sah sich um. „Wächterblut." Ich kramte ein Messer heraus. „Warte!", zischten mich die beiden an. Neugierig betrachtete ich die beiden. „Zwielicht." David zog eine Münze heraus. Darauf befand sich ein geschlossener Kreis, welcher die Sonne darstellte, darin der Mond und ein Stern. Am Rand der Münze erschienen vier winzige Pyramiden, die alle Himmelsrichtungen deuteten. „Damit verstecken wir uns zwischen der Geisterwelt und der Welt der Lebenden", flüsterte Daniel an meiner Seite. David hockte sich hin und ließ die Münze drehen. Die beiden hielten meine Hände, schon versanken wir in einem grauen Nebel. Nur noch schemenhaft konnte man die Menschen sowie die Umgebung erkennen. Sie ließen mich los. Ich rieb mir erst einmal meine Augen. Eine undurchdringliche Stille brach über uns herein. „Wow." „Dann leg mal los. Wir können das nur ein paar Minuten erhalten", schmunzelte David. Ich brauchte einen Moment, um mich zu sammeln. Ich pikte mir in den Finger. Dabei verzog ich mein Gesicht. Sollte ich das noch mal machen müssen, müsste ich mir etwas anderes einfallen lassen.

Ich drückte das Blut aus meinem Finger und ließ es auf den Boden träufeln. Wie in Zeitlupe fiel dieser rote Tropfen zu Boden. Ein leichtes Beben durchzog den Raum. Der Nebel legte sich ein wenig. Wir sahen uns um. Daniel keuchte auf. Verwirrt drehte ich mich und entdeckte ein Leuchten hinter einem der Bilder. Die beiden nahmen das Bild von der Wand.

Auf ewig an dein Haus gebunden,

wirst nun endlich du geschunden.

Aus Rache deiner Verbundenheit,

droht dir nun die Ewigkeit.

Nur dem Jungfrauenblut obliegt,

dass dein Fluch besiegt.

Eine Wächterin, so muss es sein,

damit du gehen kannst, im Sonnenschein.

Ich spürte mit wie viel Hass diese Worte geschrieben worden waren. Zögernd ging ich auf das Bild zu. Die Schrift glühte in Schwarz, als würde sie direkt aus der Hölle stammen. Ich streckte meine Hand aus. „Nicht!", riefen die beiden. Doch ich drückte meine Hand intuitiv gegen die Worte. Ich stöhnte auf, da es richtig brannte. Es fühlte sich an, als würde diese Magie meine Hand verschlingen wollen. Doch dann zog sich eine goldene Spur aus meinem Finger hinaus. In feinen Linien überzog es die dunkle Schrift. Ich hörte, wie die beiden laut staunten. Die Schrift glühte noch einmal unglaublich hell auf. David zog mich weg. Der Spruch verschwand und dahinter erschien eine schwarze Rose. Teerartig zerlief diese, löste sich dabei auf.

Ich starrte noch immer die Wand an. Obwohl die beiden das Bild an seinen ursprünglichen Ort hingen. David zog mich hinter sich her, doch ich konnte es noch immer nicht glauben. In meinem Kopf drehte es sich. Er hob die Münze auf. Es fühlte sich an, als würde plötzlich alles erwachen. Alles wurde wieder in satte Farben getaucht. Die Geräusche der Menschen sowie das Gezwitscher der Vögel ertönten. Auf einmal fühlte sich alles zu grell und zu laut an.

Ich stand unter Schock. War das gerade wirklich passiert? Konnte das sein? David sprach leise auf mich ein. Ich sah sein besorgtes Gesicht, spürte, wie er mich hochhob und wegtrug. Sollte das meine Bestimmung werden? Ich musste dringend Blut bunkern. Tausende Gedanken, Fragen und noch mehr Fragen schossen durch meinen Kopf. Alles drehte sich um mich herum.

Ich war wirklich unberührt. Der Gedanke tröstete mich. Keiner hatte sich meines Körpers vorher bemächtigt. Aber lebte ich wirklich in Gefahr? Nun spürte ich zum ersten Mal Glück und das könnte so schnell vorbei sein. Vor allem David. Er handelte so geübt. Daniel blieb die Ruhe selbst. Wie oft standen sie schon schlimmeren Gefahren gegenüber? Ich blies meine Luft aus. „Dreiundfünfzig, neunundfünfzig … einundsechzig …" David zählte für mich die Primzahlen. Ich kam langsam zurück und sah in seine wunderschönen Augen. Ich streckte meine Hand nach seinem Gesicht aus. „David?", hauchte ich leise. Er musterte mich und zog mich erleichtert in seine Arme. Das fühlte sich wirklich gut an. Vor allem zählte er für mich, nur für mich und er war da. Ich war nicht mehr alleine. Auch wenn mein Vater herumspukte, spürte ich, wie sehr ich ihn ebenfalls brauchte.

„Oh Liebling", seufzte David um mich herum. Er hielt mich fest in seinen Armen. Er schien es genauso zu benötigen wie ich. „Das ist zu viel für dich." Zumindest konnte ich ihm da nicht widersprechen. „Es hat geklappt!", rief Daniel freudig aus. Er kam gerade aus dem Seiteneingang des Schlosses hinaus. Ich hörte, wie die Tür aufschlug und auch Adrian ihm folgte. Adrian sah mich überglücklich an, doch mir ging gerade alles zu schnell. „Nadja, ich werde dir auf ewig zu Dank verpflichtet sein." Ich schaute zu David auf. Nur schwer lockerte er seine Umarmung. Er atmete tief durch, löste sich schmollend von mir. Ich schenkte ihm ein Lächeln. Vorsichtig setzte ich mich auf. Adrian strahlte mich an. „Daniel hat mir alles erzählt. Du warst toll."

Ich schüttelte meinen Kopf. „Ich habe es nicht gespürt. Ohne das Zwielicht wäre ich aufgeflogen und ansonsten brauchte es nur mein Blut." Ich sah ihn beschämt an. Eigentlich fühlte ich mich erbärmlich. „Du erwartest zu viel. Rate mal, wie wir uns am Anfang anstellten, obwohl wir damit aufwuchsen", lächelte Adrian sanft. Ich zuckte mit meinen Schultern. „Ach, dein Auto wurde heute geliefert. Ich werde meine neugewonnene Freiheit gleich ausnutzen und zu deinem Vater fahren." Ich riss meine Augen weit auf. „AUTO!", schrie ich ihm entsetzt nach. Doch da war er schon mit Steve verschwunden. Die Zwillinge lachten über meinen Gesichtsausdruck. „Dann werde ich mal Koffer packen", murmelte David. „Warum?" Er hauchte mir einen Kuss auf die Wange. Es fühlte sich toll an. „Weil du in der Burg schlafen willst und ich dich nicht alleine lasse." Damit ließ er mich noch fassungsloser zurück.

Ich starrte den weißen BMW auf dem Hof an. Charles übergab mir den Schlüssel und die Jungs holten noch unsere Koffer. Daniel freute sich riesig, mal alleine in dem Schloss sein zu können. Hoffentlich machte Vater keinen Aufstand wegen David.

Entsetzt schüttelte ich meinen Kopf wegen meiner merkwürdigen Gedanken. Weinrotes Leder durchzog das Innere des Fahrzeugs. Es handelte sich auch noch um ein Cabrio. Ich starrte den Schlüssel an. Die Papiere liefen auf meinem Namen. Selbst das Kennzeichen hatte man extra für mich ausgesucht. Ein VH 1994 stand hinter dem DD. „Gefällt er dir?" David hauchte mir noch einmal einen Kuss auf meine Wange. Ich griff mit meiner Hand an die Stelle, da sich von da aus ein angenehmes Gefühl durch mein Gesicht zog. „Er … Aber es ist zu viel!" „Was wolltest du sagen? Mit er?", grinste David und legte die Koffer in den Kofferraum. Ich atmete tief durch. „Er ist toll." „Gewöhne dich dran. Ich werde dich auch so verwöhnen und nachdem du meinem Vater die Freiheit geschenkt hast, wird er es jetzt richtig übertreiben." Noch einmal bekam ich einen Kuss. Er schob mich zur Fahrertür. „Mmmhhh … Ich mag das." Wieder küsste er mich. „Ich auch." Trotzdem schob ich meine Unterlippe hervor. „Ach, genieß es doch einfach", lächelte David mich glücklich an. Das war wirklich ansteckend. Ich seufzte und stieg in meinen Wagen. Vorsichtig strich ich über das Lenkrad. Das konnte alles nur ein abgefahrener Traum sein. Ein toller Typ saß auf meinem Beifahrersitz, mir gehörte ein neues BMW Cabriolet, eine Burg, ein beachtliches Vermögen. Na gut, mein Vater wandelte als Gespenst herum, mein Cousin schien dem Irrsinn verfallen und ich konnte angeblich zaubern. Seufzend schob ich den Schlüssel ein. Insgeheim hoffte ich, dass ich einfach nicht wieder aufwachte. Irgendwie gefiel mir dieses merkwürdige Leben. Ich musste der Sache für mich, für meine Zukunft, eine Chance geben.

Der Wagen fuhr sich gut. Wir glitten über die Straßen hinweg. Ich traute mich nicht schnell zu fahren, dennoch genoss ich es in vollen Zügen. Der Wind wehte mir durchs Haar, David strahlte mich an, saß vollkommen entspannt neben mir. „Was mag mein Liebling für Musik?", erkundigte sich David ausgelassen. „Weiß nicht?" „Hab ich mir fast gedacht ... Wir fangen mit den schrecklichen Sachen an." Er verband sein Handy mit meinem Wagen. Düstere laute Gitarrenklänge erklangen. „Oh nein!" Nun musste ich lachen. Ich lenkte den Wagen vorsichtig durch eine Ortschaft. Nachdem ich nur während der Fahrschule fahren durfte, besaß ich kaum Praxiserfahrungen. Trotzdem gefiel es mir, einen solch exklusiven Wagen steuern zu dürfen.

Als Nächstes folgte schwere klassische Musik. Mir gefiel es, aber es passte gerade nicht zu meiner Stimmung. Dann kam Punkrock, zumindest nannte David das so. Ich fand es schrecklich. Er lachte neben mir, machte weiter. Ich musste mich nur auf den Verkehr konzentrieren. Seichte elektronische Klänge durchzogen meinen Wagen. „Das ist gut." „Ist notiert. Weiter geht es." Leichtere klassische Melodien folgten. „Auch gut." „Mmmhhh, ich mag deinen Musikgeschmack." Ich schmunzelte selig vor mich hin. Ein schlichtes Klavierstück folgte. „Das hast du gespielt. Ich liebe es." „Erwischt!" Ich hatte David noch nie so ausgelassen erlebt. Weitere Stücke folgten. Auch ein paar Rocksongs gefielen mir, wie einige moderne Sachen, die er mir vorspielte. Wir erreichten die Burg. David verschlug es irgendwie die Sprache. Er schaute hinauf. Wir hielten unterhalb des Komplexes auf einem kleineren Parkplatz. Gemeinsam stiegen wir aus. Steve parkte bereits dort. Adrian musste sicherlich bei Vater sein. Ich klopfte gegen seine Scheibe. Er las gerade ein Buch. Wir begrüßten uns und schon machte ich mich mit David auf den Weg zu meiner kleinen Festung. David legte seinen Arm um mich. Er wurde ganz ruhig. „Dass ich das hier erleben darf. Es hat mir so sehr gefehlt. Du hast mir gefehlt." Ich spürte die Last, welche er all die Jahre mit sich herumtrug. Die Sache mit der Puppe fiel mir ein. Wie sehr musste er gelitten haben und ich konnte mich nicht einmal daran erinnern. Ab wann bekamen Kinder Erinnerungen? Wieso sah ich erst vor ein paar Tagen ein Fragment aus meiner Kindheit? Doch bevor ich meine Fragen laut äußern konnte, erreichten wir bereits den Burghof.

Auf der Bank saß Vater, Adrian im Rollstuhl daneben. Adrian trank ein Glas Wein. Die beiden unterhielten sich angeregt. Man konnte sehen, wie sehr sie sich vertrauten, wie tief ihre Freundschaft auch noch nach all den Jahren ging. Ich schaute zu David auf. Er schenkte mir ein zauberhaftes Lächeln. Wir setzten unseren Weg fort. Vater entdeckte mich. Er tauchte viel zu schnell vor mir auf und hielt mich, bevor ich vor Schreck hinfiel. Er nahm mich in seine Arme. Erneut manifestierte er sich. Es war einfach perfekt. „Du warst also großartig. Ich bin unglaublich stolz auf dich." „Nein Papa. Das war ich nicht." Ich fühlte mich noch immer schwach. Da ich es nicht spüren konnte und vor allem wäre das ohne die Zwillinge nie machbar gewesen. Nur mein Blut half, den Fluch auszulöschen. „Jetzt erzähl mal. Was war denn genau los?", drängte Vater mich. Ich erstattete den beiden einen ausführlichen

Bericht. Vater und Adrian sahen sich nachdenklich an. Vor allem, nachdem ich von der Rose erzählte. „Du darfst das Blut nicht vergessen." David stand zufrieden bei mir. Vater sah auf. „Was brauchte sie denn, um den Fluch zu brechen?", erkundigte er sich, da ich diesen Teil eigentlich ein wenig unter den Teppich kehren wollte. „Das Blut einer jungfräulichen Wächterin." Vater funkelte mich an. „Hast du es mitgenommen?", schimpfte er. Ich schüttelte meinen Kopf. Schnell beruhigte er sich. „Du?" Ich zuckte mit meinen Schultern. „Ihr könnt mir also ganz viel abzapfen." Ich ließ mich genervt auf der Bank nieder. Ich schwieg, da mir das dann doch etwas zu intim und persönlich wurde. David setzte sich zu mir.

„Sagt mal, haben Wächter auch so was wie ein Aufnahmeritual?", erkundigte sich David. Vater nickte. Ich schaute ihn an. „So schlecht, wie ich bin, brauche ich keins." Vater legte seinen Arm um mich. „Das Ritual dient dazu, die Gaben in dir zu verstärken und dich zu schützen. Deshalb hast du es nicht gespürt ... Aber es ist sehr schmerzhaft." Ich legte meinen Kopf an seine Brust. „Was brauchen wir?" „Fünf Wächter." Wir alle sahen ihn an. „Hoffnungslos", murrte Adrian. David nickte zustimmend. „Müssen die denn alle am Leben sein?", überlegte ich. Vater blickte nachdenklich in den Himmel. „Nein, soweit ich weiß, muss das nicht sein." Anschließend löste er sich auf.

„Das kann dauern. Wenn er in seiner Kammer ist, dann braucht er Zeit zum Recherchieren." Adrian nahm einen tiefen Schluck seines Weins. Er schaute zufrieden nach oben. „Warum sitzt du hier draußen?", wunderte sich David. „Die Angestellten warfen mich wegen der

Selbstgespräche raus." Ich sah in Adrians Richtung. „Dann versuche ich mich mal am Reimen. Damit sie Vater sehen können." Zumindest wollte ich es einfach mal versuchen. Ich schlich in Richtung des Arbeitszimmers. Dort suchte ich mir etwas zum Schreiben.

Es war zum Heulen. Ich wollte, dass die Leute, die einen mochten, Vater sehen konnten. Es sollte sich auf die Burg beschränken und mir fiel absolut nichts Passendes ein. David kam nach einer Weile hinein.

„Was machst du?" Ich schmollte mein leeres Blatt an. „Ich versuche mich an einem Reim." David hob seine Augenbrauen. „Manchmal hilft es, wenn man einfach anfängt zu schreiben." Er küsste mich auf meinen Haaransatz.

Ich fing an. *Hier in den Mauern ...* Ach Mist. Ich strich ihn durch. „Hier lebt ein Geist, der in die Hosen sch…!", tauchte Adrian auf. Ich kicherte über seinen Scherz. „Lass das Vater nicht hören!"

Die Menschen, die in diesem Heim leben ... Ich schüttelte meinen Kopf.

Verlernt zu sehen, was zwischen uns weilt. All das Leid verheilt. Wer hier wandelt in diesem Schloss, soll sehen, wer hier sich ergoss. Der friedliche Geist verweilt, damit er gesehen von dieser Welt. Nur in diesen Mauern dürfen seine Ergebenen bedauern.

David schaute über meine Schultern. „Das sieht doch schon einmal richtig gut aus." Adrian rollte herum und sah es sich an. „Ha! Du bist besser als dein Vater. Der war am

Anfang richtig schlecht darin", lachte er. „Lästerst du über mich?" Vater erschien mitten im Arbeitszimmer. Er schaute auf mein Blatt hinab. „Adrian, wir hatten damals nur Mädchen im Kopf." Nachdenklich setzte sich Vater auf das kleine Sofa am Ende des Zimmers. „Möchtest du, dass unsere Angestellten mich sehen?", erkundigte er sich. Ich nickte. Immerhin verstand er den Sinn der Zeilen. Er kratzte sich gedankenversunken an seinem Kinn. „Naddi, der Spruch wird funktionieren. Aber ich weiß nicht, ob unsere drei alten Herrschaften es verkraften. Immerhin bin ich tot und du versuchst, mich zurückzuholen." Ich betrachtete traurig meine Zeilen. „Könnte ich dich denn zurückholen?" Vater sah mich verzweifelt an. „Es gab exakt zwei Wächter, die das konnten. Vor hunderten von Jahren. Aber meine geliebte Frau ist auch tot und ich möchte nicht ohne sie wandeln. Außerdem wüsste ich nicht einmal, wie das gehen sollte." Meine Tränen tropften auf mein weißes Blatt. Ich zerknüllte es, warf es in den Papierkorb und lief aus dem Zimmer. Er hatte Recht. Ich steigerte mich da in etwas hinein, dass es eigentlich nicht gab. Er war nur ein Geist. Andere hätten nicht einmal die Fähigkeit, so eine Chance zu bekommen. Trotzdem tat es einfach schrecklich weh. Vor allem wünschte ich mir tief in meinem Herzen, dass er leben könnte. Denn diese Gaben oder Aufgaben, was auch immer das jetzt war, mussten doch einen Sinn ergeben, oder? Ich wollte meinen Vater zurück. Doch ging das? Oder würde ich damit Schaden anrichten können? In meinem Kopf kreisten meine Gedanken wirr herum. Ich spürte, wie überfordert ich eigentlich mit dieser Situation war.

Ich rannte verzweifelt über den Hof, zum Tor. „Naddi!", rief mir Vater nach. Ich aber eilte aus den Mauern, suchte nach einem ruhigen Fleck. Ich fand einen hohen alten Baum, welcher einsam auf einer großen Wiese stand. Ich kletterte hinauf, weinte auf einem dicken alten Ast. Es dauerte, bis meine Tränen aufhörten zu fließen oder lag es an dem seltsamen Gefühl, welches ich verspürte? Ich sah auf, entdeckte am unteren Ende der Wiese erneut eine dunkle Gestalt. Einen Bruchteil einer Sekunde hätte ich am liebsten gerufen, dass er mich doch holen solle. Doch ich drehte mich um. Die Gestalt kam auf mich zu. Ihre Bewegungen wirkten menschlich. Langsam näherte sich dieses Wesen. Meine ganze Haut spannte sich unangenehm an. Ich sprang vom Baum hinunter. „Scheiße!", zischte ich, da ich mir den Fuß verknackste. Trotzdem lief ich in die Richtung der Burg. Ich spürte, wie diese dunkle Aura näherkam. Nur langsam näherte ich mich den schützenden Mauern. Vater stand im Torbogen. David rannte mir entgegen. „Lauf, Nadja!", schrie er und stürmte auf die Gestalt zu. Ich drehte mich um. Eine dunkle Rauchwolke bildete sich um dieses Wesen. „DAVID!", kreischten unsere Väter panisch. Selbst Adrian stand nun im Bogen. David stoppte in seiner Bewegung. Die Gestalt löste sich vor ihm auf. Er machte ein paar Schritte zurück. Ich erstarrte, schaute auf die dunkle Wolke. Sie verschwand, bis nichts mehr da war. David kam zurück. „Was war das?", fluchte er entsetzt. Wenn er es nicht wusste, dann mussten wir wirklich in der Scheiße sitzen. Unsere Väter sahen sich schockiert an. Doch sie schwiegen sich aus.

David musterte mich. „Du hast dir den Fuß verstaucht." Ich wollte loshumpeln, doch er hob mich in seine Arme und trug mich zur Burg zurück. „Toll, ich kann nichts. Nicht einmal weglaufen." „Du bist gerade aus drei Metern Höhe gesprungen", schnaubte David. „Beim nächsten Mal gehe ich einfach mit." Mein Fuß pochte bereits. „Nein, das wirst du schön bleiben lassen!", fauchte Vater. Ich funkelte ihn wütend an. Der Schmerz und das Adrenalin schienen mir Kraft zu geben. „Ist doch egal! Meine Familie ist tot! Ich hatte nie eine!" Meine Stimme klang eher wie ein Fauchen, aber das war mir gleichgültig. Ich zappelte mit meinen Beinen, damit mich David runterließ. „Mensch, Naddi. Ich war nur wegen dem Ritual so aufgebracht. Normalerweise dürfen Eltern nicht dabei sein. Da es dir dein Siegel in die Schulter brennt! ... Ich kann dich nicht leiden sehen!" Ich war noch immer unglaublich wütend. Vater strich sich entrüstet durch sein Haar. „Das kannst du eh vergessen!", zischte ich. Er sah mich fragend an. Dazu zog ich meinen Pulli aus und stand nur im BH vor ihm. Ich zog mein Haar vor, damit er die Brandnarben sehen konnte. „Wer war das!", schrie er atemlos. „Ein kleines Mädchen fand es lustig, mich anzuzünden!" Erneut überschlug sich meine Stimme. Ich drehte mich zu David, sah in seine entsetzten Augen. „Scheiße!", wimmerte ich und hinkte in die Burg. Ich suchte nach meinem Autoschlüssel. Hastig zog ich meinen Pulli wieder über und zerrte meine Sachen hinter mir her. Alles stand noch an Ort und Stelle.

Sie sahen mich vollkommen schockiert an. Ich ignorierte sie, stapfte humpelnd in Richtung des Wagens. Ich beschloss, meinen alten Chef anzurufen. Damit ich um meinen alten Job betteln konnte. Nur eine neue Wohnung bräuchte ich. Ich fühlte mich so wütend, so traurig und verzweifelt. Ich kam einfach noch immer nicht mit der Flut an Gefühlen klar. Außerdem konnte ich den anderen nicht helfen. Vielleicht sollte ich mich einfach damit abfinden, dass mein Leben in Einsamkeit enden würde. Vor allem Davids Blick, wegen meiner Narben, wie konnte mich jemand wollen? Nein, dazu war ich bereits viel zu kaputt.

Sein Lächeln während der Fahrt. Tja, das würde ich wohl nicht wieder zu sehen bekommen.

Kapitel 13

Unten stand Steve rauchend an den schwarzen BMW gelehnt. „An Ihrer Stelle würde ich hier umdrehen", murmelte er gelangweilt. Ich ignorierte ihn einfach. „Sie haben zwei Möglichkeiten. Sie hören mir gut zu oder ich setze das hier ein!" Dabei hielt er ein flaches silbernes Röhrchen in der Hand. „Schlafmittel", grinste er zufrieden. Damit entführte er mich bereits aus meiner Wohnung. Darauf hatte ich nun wirklich keine Lust. „Das nennt man Freiheitsberaubung!" „Ich lasse Ihnen doch die Wahl", schmunzelte er selbstgefällig. Ich setzte mich auf den Boden, da mein Fuß wirklich wehtat. „Steve, ich glaube nicht, dass Sie das etwas angeht." Ich spürte, wie mich diese ganze Gefühlsachterbahn ermüdete. Mein Fuß schmerzte, meine Gedanken kreisten und mich überwältigte meine eigene Gefühlswelt. Er hockte sich vor mir hin. Dabei zog er tief an seiner Zigarette. „Ich glaube Ihnen, dass es schwer ist. Aber diese vier Herren lieben Sie." „Sie haben Davids Augen gerade nicht gesehen. Sie haben nicht gehört, dass Vater lieber tot sei, wegen Mutter." Ich rieb mir erschöpft über meine Stirn. Steve blies langsam den Rauch aus. Ich hatte es einmal probiert und fand es ziemlich widerlich. Ich hustete ein wenig. Er sah mich entschuldigend an, blies seinen Rauch in eine andere Richtung.

„Die da oben haben die Hölle durchgemacht. Sie dürfen niemandem vertrauen, weil alle um sie herum sterben oder zu seltsamen, bösartigen Kreaturen werden. Auch sie machen Fehler und müssen mit ihrem Leid schwer dafür zahlen ... Noah. Deine Eltern nahmen ihn auf, versuchten ihm Liebe zu geben, und er nahm ihnen im Gegenzug alles ... Adrians Frau. Sie brachte ihn fast um. Warum glaubst du, sitzt er im Rollstuhl?" „Ich dachte wegen eines missglückten Selbstmordversuchs?" Es tat weh, solche Dinge über sie zu hören. Meine Wut verrauchte bei seinen Worten. Wie seine Zigarette. „Nein, das versuchte er zwar auch, aber seine Frau stach ihm mitten in der Nacht ein Messer in den Rücken." Ich schluckte den dicken Kloß in meinem Hals hinunter. Schwer atmete ich ein und wieder aus. Wieso verdammt versuchten sie sich gegenseitig zu töten? Das verstand ich nicht. „Jetzt gib dir einen Ruck und geh da hoch", kam nun wieder freundlicher von Steve. „Kann nicht." Ich deutete auf meinen Fuß, der mittlerweile ziemlich angeschwollen war. Steve schüttelte genervt seinen Kopf und tippte etwas in sein Handy. Er musterte meinen Fuß. „Darf ich?" Ich nickte ihm zu, dabei streckte ich mein Bein aus. Vorsichtig befreite er meinen schmerzenden Fuß von dem Schuh und begutachtete diesen. Auch der Strumpf musste seiner Ansicht nach weichen. „Zwei Tage hochlegen, dann wird es wieder." Seit wann war er Arzt? Aber ich besaß nicht die Nerven weiter zu fragen, da sich eh alles in meinem Kopf drehte.

David tauchte neben mir auf. „Bleibst du?" „Muss ich ja. Weil er mich sonst wieder schlafen legt." David sah fragend zu Steve. „Ich habe etwas nachgeholfen", erklärte dieser gelassen. „Danke", schmunzelte David und hob mich hoch. Ich warf Steve noch einen finsteren Blick zu. Dafür trug er meinen Koffer wieder zur Burg zurück. Ich lehnte mich an Davids Brust, atmete tief seinen Duft ein.

Irgendwie bereute ich es schon wieder, dass ich eine solche Show abgezogen hatte. Ohne ihn würde ich es nicht lange aushalten. Doch diese Erkenntnis ließ meine Angst um ihn noch größer werden. David schaute mich zärtlich an. „Ich habe dich unglaublich gern. Aber du machst es unnötig schwer. Klar verstehe ich deine Sorgen, dass alles zu viel ist. Doch dann musst du es aussprechen." „Meine Gefühle überwältigen mich ständig." David atmete tief durch, sanft hauchte er einen Kuss auf meinen Kopf. „Wieso bist du gerade weggelaufen?" „Wegen dir ... Deinem Blick, den Narben." „Ich habe so entsetzt reagiert, weil ich dein Leid nicht ertragen kann. Weil ich es schrecklich finde, was man dir angetan hat. Du bist wunderschön." Wir erreichten den Burghof. Nun fühlte ich mich wirklich dämlich, bereute mein kindisches Verhalten zutiefst.

Hilde empfing uns im Eingangsbereich. „Essen ist fertig!", lächelte sie besorgt. Sie musterte mich. „Ach Kindchen, das wird schon wieder." David setzte mich ab. „Können wir später allein reden?" „Ist in Ordnung." Innerlich staunte ich, da er mir die Zeit zum Nachdenken lies.

Walther kam auf mich zu. „Kann ich Sie kurz sprechen?" Er klang recht förmlich. Ich nickte, folgte ihm hinkend in das Arbeitszimmer. „Was kann ich für Sie tun?", wunderte ich mich ein wenig. „Wir brauchen einen Gärtner. Einiges übernehme ich vorläufig. Aber Sie müssten das Personal aussuchen." „Helfen Sie mir dabei? Ich habe so was noch nie gemacht." Über sein Gesicht huschte ein Lächeln. „Natürlich. Ich kümmere mich um die Ausschreibung. Außerdem haben die Damen einen Fragebogen entwickelt. Damit sie reibungsloser für Sie arbeiten können." Er überreichte mir diesen. „Sollen wir für die Herren

Bernstorff welche anfertigen?" „Das wäre sehr nett." Ich schaute auf die Fragen. Es ging um Schlaf sowie Essensgewohnheiten. Auch meine Lieblingsshampoos sollte ich aufschreiben. Walther reichte mir zwei weitere Bögen. Ich suchte in einer Schublade nach Stiften und nahm diese mit in das Esszimmer. Erst jetzt fiel mir der riesige Kamin auf, welcher in einer Ecke stand und eine wohlige Wärme abgab.

Vater saß bereits am Tisch. Er erinnerte ein wenig an den König aus Adrians Schloss. Mit gesenktem Haupt saß er schweigend da und blickte vor sich hin. David und Adrian setzten sich ebenfalls. „So schön, wie meine neu gewonnene Freiheit auch ist. Aber ihr seid ganz schön anstrengend", murmelte Adrian vor sich her. Ich reichte den beiden die Bögen, damit sie diese ausfüllen konnten. Da ich nicht weiter diskutieren wollte, widmete ich mich meinem.

„Wann wollt ihr die Einführung machen?" Adrian unterbrach das Schweigen beim Essen. Ich überlegte kurz, was er mit Einführung meinte, doch da bemerkte ich, dass sie über dieses Ritual sprachen. Die Stimmung am Tisch war auf einmal sehr bedrückend. Vor allem schmerzte auch noch mein Fuß, was meine Stimmung weiter hinabsenkte. „Ich will das nicht", knurrte Vater. Ich schaute genervt in seine Richtung. „Dann kannst sie ja gleich den anderen zum Fraß vorwerfen." Adrian funkelte Vater finster an. Ich hob meine Augenbrauen. Jetzt mal im Ernst waren die jetzt alle verrückt? Immerhin könnte ich mitbestimmen, was sie mit mir anstellten. Doch nach meiner Meinung fragte mich wohl niemand. Genervt verdrehte ich meine Augen.

David musterte die beiden wütend. „Könntet ihr uns endlich erklären, was und wer das heute war?" David klang wirklich eisig. Adrian blies langsam seinen Atem aus. „Wir können uns Dämonen bemächtigen." „Wie? Wir? Jetzt raus mit der Sprache! Was läuft hier?!", fluchte David sauer. Unsere Väter warfen sich verzweifelt Blicke zu. Ich beobachtete die Situation gespannt. Na gut, da saß der Geist meines Vaters und ich war vom Baum gesprungen, weil eine schwarze Gestalt auf mich zukam. Trotzdem kam mir alles so unwirklich vor. Nur das Pochen in meinem Fuß wies darauf hin, dass ich nicht träumte.

Es dauerte einen Moment, doch mein Vater fing an zu erzählen.

„Etwa im zwölften Jahrhundert gab es in Pommern ein altes Adelsgeschlecht. Diese waren unglaublich grausam und verteilten sich bis nach Bayern hinunter. Man gab ihnen den Beinamen *man Düwel*. Diesen übertrugen sie und nannten sich selbst von da an Manteuffel. Sie waren immer Teil einer dunklen Welt. Alchemie, Dämonenkunde, das waren ihre persönlichen Schwerpunkte ... Sie galten als ausgestorben, doch vor einigen Jahren tauchte der erste Nachfahre auf, er verhielt sich genauso grausam wie seine ganze Linie zuvor. Dessen Sohn ist Noahs Vater und sie suchen sich die ältesten Familien aus, um an ihre Reichtümer zu gelangen." Ich verstand es noch immer nicht ganz. „Was hat das mit uns zu tun? Vor allem mit dem gruseligen Typen?" Adrian atmete tief durch. „Sie verbinden sich mit den Dämonen und bekommen dadurch höllische Kräfte. Sie wollen die alte Magie, die man aus den Geschichten kennt, wieder benutzen. Solange es aber einen einzigen guten Wächter gibt, kann man sie aufhalten … Was glaubst du, was passiert, wenn die Geister auferstehen, wenn Dämonen über unseren Planeten wüten und die Menschheit versklaven wollen?" Ich kaute auf meiner Unterlippe herum. „Dann ist die Menschheit eben am Arsch." Da ich ja nun wohl keiner Prüfung unterzogen werden sollte und damit kein Tattoo bekam. „Was ist mit uns Jägern?", erkundigte sich David streng und verhinderte damit einen neuen Streit. „Die sind genauso betroffen wie die Wächter. Nur, dass es eben schon immer mehr Jäger gab. Sie werden den Wächtern dienen, wie vor hunderten von Jahren", seufzte Adrian leise. Ich zuckte mit meinen Schultern. „Jetzt mal im Ernst. Ich kenne nur wenige nette Menschen. Ist doch egal." Ich fand die Vorstellung nicht übel, dass sie um ihr Leben laufen müssten. Vor allem erinnerte ich mich an die vielen bösen Pflegefamilien. Ich erlebte in meiner Kindheit die dunkelsten Seiten der Menschlichkeit. Wozu sollte ich sie retten? Mal abgesehen davon, dass ich nach der einhelligen Meinung von Vater und Adrian dazu sowieso nicht in der Lage war.

David schaute in meine Richtung. „So darfst du nicht denken!" Ich verschränkte meine Arme vor meiner Brust. „Ihr lasst mich schon nichts entscheiden. Da kann ich wenigstens denken, was ich will!" Ich rutschte auf meinem Stuhl herum und legte meinen pochenden Fuß auf einen anderen Stuhl. David grollte mich an. Vater tauchte neben mir auf. „Dann willst du also als seelenloses Wesen auf der Erde wandeln?!" Erneut zuckte ich mit meinen Schultern. „Stell dir vor! Das waren meine letzten achtzehn Jahre! Für mich ändert sich da absolut nichts!" David kniff seine Augen zusammen. „Was ist mit uns?" „Du willst kämpfen! Vater ist schon tot, dann wirst du es auch bald sein … Langsam glaube ich, dass mein Leben vorher gar nicht so übel war!" „Aber du könntest es verhindern!", fing Adrian leise an. „Du musst es verhindern", setzte David energischer nach. „Ach, jetzt auf einmal muss ich die Menschheit retten!" Vater löste sich vor mir auf.

Verwirrt schaute ich mich um. Das nervte wirklich. David rutschte zu mir. „Nadja, so kannst du nicht denken", sprach er sanfter. Er legte seine Arme um mich herum. „Das ist doch alles Mist. Kommt schon, ich habe keine fünf Minuten gelebt und jetzt bin ich angeblich etwas Besonderes. Am Ende sind wir alle tot. Was bringt das? Nichts." „Jetzt machen wir mal einen Schritt nach dem anderen. Bestimmt fällt uns etwas ein." Er gab mir einen sanften Kuss auf meinen Haaransatz. Ich zuckte mit meinen Schultern.

Vater tauchte wieder auf. Er hielt einen Koffer in der Hand. „Ziehst du aus?", wunderte ich mich frech. „Nicht witzig", schnaubte er. Ich staunte, als er Adrian den Koffer gab und der Koffer sich materialisierte. „Das funktioniert so ähnlich wie mit dem Zwielicht", informierte mich David. Wobei ich mir das nicht wirklich vorstellen konnte. Vor allem konnte ich es nicht einmal logisch begreifen.

Adrian reichte David eine Salbe sowie Verbandszeug. Hingebungsvoll kümmerte er sich um meinen Fuß. Die Salbe tat wirklich gut. „Darf ich dir Blut abnehmen?", wollte Vater wissen. „Meinetwegen." Vater hantierte mit Glasröhrchen und einer Nadel herum. „Lass mich das machen", unterbrach ihn Adrian. Er kam herum gerollt. „Wie viel?", erkundigte er sich bei Vater. „Zehn Röhrchen. Das entspricht einem halben Liter. David holst du ihr etwas Saft und Wasser?", sprach Vater sanfter. David löste sich von meinem Fuß. Ich wimmerte leise wegen der Nadel.

Trotzdem reichte ich Adrian meinen Arm. „Du kannst auch fünfzehn machen. Bis zu einem Liter kann man verkraften", schlug ich vor. Damit sie das einfach nicht zu oft machen mussten. „Wir wollen es mal nicht übertreiben", wetterte Vater. Ich schaute genervt zu ihm auf. David kam mit den Getränken zurück. Adrian band mir meinen Arm ab und desinfizierte die Stelle, an der er die Nadel ansetzte. David setzte sich hinter mich auf den Stuhl, legte seine Arme schützend um mich herum. Als würde er mich behüten oder halten wollen. Ich kniff meine Augen zusammen, als Adrian die Nadel ansetzte. Doch der Einstich war kaum zu spüren. Erst nachdem er den Gummischlauch an meinem Oberarm entfernte, schmerzte es ein wenig. Schon sprudelte mein Blut in das gläserne Röhrchen.

„Nadja, du kommst morgen früh nach unten. Wächterunterricht", informierte mich Vater. „Bei einem Toten", schnaubte ich verächtlich. Mir wurde bereits etwas schwindelig. Ich trank eifrig von dem Saft. Adrian wechselte das Röhrchen und schaute zu Vater auf. „Wir sollten sie es versuchen lassen." „Was?", zischte David. Mein Vater setzte sich auf den Boden. „Wir wollen uns verbinden lassen. Sodass ich quasi Adrian heimsuche und wir gemeinsam reisen können." „Warum macht ihr das nicht selbst?", wunderte sich David. Mir wurde wirklich etwas schummerig. „Das kann nur ein Außenstehender machen", kam nachdenklich von Adrian. „Können wir morgen darüber sprechen?", gähnte ich und lehnte mich an David an. Dieser hielt mich noch immer fest. „Geht es?" „Mmh, nur schwindelig." „Gleich fertig, Nadja. Wir haben schon über zehn." Adrian wartete noch einen Moment, bis er die Nadel aus meinem Arm herauszog. Er drückte mir die Watte fest auf die Einstichstelle. „Richtig fest draufdrücken, Nadja. David! Bring sie ins Bett. Sie muss sich ausruhen", bat Adrian lieb. David hob mich hoch. Rosi kam uns entgegen. „Wir haben den zweiten Stock hergerichtet." Ich kuschelte mich an ihn heran. Ich mochte seine Nähe. Doch das machte mir wirklich mächtig Angst, da ich spürte, wie mit meinen Gefühlen für ihn auch meine Sorge vor einer Trennung schlimmer wurde.

David trug mich in eines der Zimmer. Es war riesig. Selbst das Bett schien winzig in dem großen Raum zu sein. „Ich helfe dir", bot David an, nachdem ich versuchte, mich auszuziehen. Auf dem Bett lag sogar meine Nachtwäsche. Schnell zog ich mir diese über den Kopf. David half mir aus der Hose. „Darf ich bleiben?" Ich nickte ihm zu. Er zog ebenfalls seine Hose aus. Ich schluckte, nachdem er sein Hemd ablegte. Seine Muskeln verliefen wie in Stein gemeißelt über seinen Körper. Ich erkannte feine Narben an seiner Brust. Sie mussten von seinen bisherigen Kämpfen stammen.

Wir hielten einander fest, sprachen leise über uns. Er erzählte mir eine Geschichte über sich selbst. Vor allem, weil ich meine Puppe wieder im Arm hielt. Er musste sie bis zu seinem zwölften Lebensjahr überall mit hingenommen haben. Weil er Angst hatte mich zu vergessen. Alle lachten über ihn. Vor allem in der Schule, da sie ihn für seltsam hielten. Mit zwölf ging seine Jägerausbildung los. Er verschwor sich ganz der Rache und legte die Puppe ab. Auch von mir wollte er wieder eine Geschichte hören und ich erzählte ihm, wie das Mädchen am späten Abend in mein Zimmer kam. Ich schlief bereits und wachte brennend wieder auf. Der Stoff meines

Schlafanzugs brannte sich in meine Haut. Ich erzählte von den Schmerzen, wie ich um Hilfe schrie. David hielt mich dabei fest. Ich fragte ihn, ob meine Narben abstoßend seien. Doch er strich sanft über meine Arme und meinte, dass sie eben zu mir gehörten. Ihn störten sie angeblich nicht, was mich ein wenig tröstete. Denn langsam wurden mir meine Defizite wirklich bewusst. Auch wenn Vaters Zauber mir half, mit meiner jetzigen Situation besser klarzukommen.

Kapitel 14

Ich machte extra ganz leise am Morgen, damit David noch schlafen konnte. Doch er wachte auf, sobald ich aus dem Bett krabbelte. Er meinte, trainieren zu müssen. Außerdem wollte er Daniel anrufen. Ich schlich hinunter in den Raum, welcher nur für Wächter bestimmt war. Leise klopfte ich an und freute mich über die Tatsache, dass ich nicht schon wieder irgendwo gegen gelaufen war. „Komm rein", hörte ich meinen Vater. Ich atmete tief durch und betrat das riesige Gewölbe. „Hast du gut geschlafen?" Er saß an dem alten Tisch. Ein großes Buch lag aufgeschlagen vor ihm. „Ja habe ich. Was liest du da?" „Ich prüfe gerade, ob das Wächterritual mit Geistern geht", sagte er nachdenklich und blätterte eine Seite weiter. Ich setzte mich wartend an den Tisch. Meinem Fuß ging es besser. Nachdem David mir am Morgen einen neuen Verband anlegte, erneut die Salbe auftrug. Die Schwellung war weitestgehend verschwunden. „Schau mal - in der Tasche da!" Vater deutete auf einen braunen Aktenkoffer. Ich hob ihn auf, legte ihn auf den Tisch und öffnete diesen. Eine Münze, die gleiche wie David sie für den Eintritt ins Zwielicht verwendet hatte, befand sich darin. Ich entdeckte weitere Sachen. Kleine Ampullen mit Blut. In einem weiteren Glasröhrchen befand sich Asche. „Die Asche meines Siegels", murmelte er. „Asche deines Siegels?" „Wir Wächter haben alle uns zugehörigen Blumen. Man braucht die Asche für einige Zauber." Ich überlegte angespannt. „Wie kommt man zu der Blume? Ich meine, ist sie schon vorherbestimmt oder darf man sich die selbst aussuchen?" Vater schaute auf. „Du müsstest sie schon kennen. Ich habe die Lilie immer unbewusst auf meine Zettel gemalt … In der Schule …" Ich kaute auf meiner Unterlippe herum. „Kleeblatt?", wunderte ich mich. Da es sich eigentlich um keine Blume handelte. Vater runzelte seine Stirn. Er löste sich auf, erschien vor einem Bücherregal. Er zog drei alte Bücher heraus, welche er auf dem Tisch ablegte.

„In Persien bedeutete es die Dreifaltigkeit. Druiden benutzten es schon zum Zaubern … Es wurde auch zu Beerdigungen hergenommen. Erst viel später wurde es zu einem Glückssymbol." Er blätterte weiter. Ich wartete gelassen ab.

„Da … nur einer zuvor trug es, das war einer der ersten Wächter. Einer der Ältesten." „Und? Was bedeutet das für mich?" Vater schob die Bücher wieder weg. Er musterte mich streng. „Dass du jetzt Klee sammeln wirst." Ich verdrehte meine Augen. Gut, dass dieses Zeug überall wuchs. Er reichte mir eine hölzerne Schatulle. „Viel Spaß und richtig vollmachen." Ich gab ein Schnauben ab und schlich hinaus.

David stand auf der Wiese hinter der Burg und machte seine Übungen. Ich setzte mich ins Gras, zupfte den Klee aus dem Rasen. Zu allem Unglück stand dieser sehr hoch und erschwerte dadurch meine Bemühungen. Vor allem dieses Zeug ohne Gras zu erwischen, nervte einfach. „Was machst du da?", erkundigte sich David. „Ich muss Klee pflücken." „Darf ich dir helfen?" „Glaube nicht." Ich schmollte. David hockte sich zu mir. Er küsste mich leicht auf meine Wange und machte mit Liegestützen weiter.

Nachdem ich diese Schatulle reichlich gefüllt hatte, ging ich mit gesenktem Haupt wieder zurück. Ich reichte sie meinem Vater. Er holte einen kleinen Gaskocher, legte eine Platte aus Metall darauf und strich großzügig eine dunkle Flüssigkeit auf diese. Er verteilte nach und nach den Klee darauf. „Das wird eine Art Tinte. Damit schreibst du die Sprüche. Holst du bitte noch mehr?" Ich sah ihn verzweifelt an. „Sollte ich nicht lernen, wie man diese Tinte herstellt?" Vater musterte mich. „Das war alles. Das kocht nur noch zu Brei und dann füllen wir es da rein. Noch etwas Blut dazu und fertig." Er zeigte mir einen uralten Füller, den man von hinten mit der Tinte befüllen konnte. Mit einem schlichten Steckverschluss verschloss man diesen. „Schreibt der auch auf Stein?" „Der schreibt auf allem. Du wirst überrascht sein." Seufzend ging ich hinaus, um noch mehr Klee zu sammeln.

Daniel tauchte bei David auf, welcher noch immer trainierte. „Was machst du da?", wunderte sich dieser ebenfalls. „Blumen pflücken … Wichtige Wächteraufgabe", erklärte ich genervt. Daniel strich mir freundschaftlich über die Schulter und lief wieder zu seinem Bruder.

Nachdem ich die Schatulle erneut gefüllt hatte, lief ich zurück. Adrian saß im Hof und ließ sich die Sonne ins

Gesicht scheinen. „Orlovski kann erst heute Nachmittag kommen", informierte er mich. Ich verdrehte meine Augen und begab mich zu meinem Vater. Der reichte mir einen langen dünnen Bindfaden mit einer Nadel daran. Ich sah ihn fragend an. „Auffädeln und zum Trocknen aufhängen." Ohne Widerworte tat ich auch das.

Langsam knurrte mir der Magen. Nachdem ich fertig war, musterte er mich. Er reichte mir den Füller. „Wohin damit?", fragend sah ich an mir herab. Vater zuckte mit seinen Schultern. Ich verschloss diesen, drehte mein Haar hoch und steckte ihn in den Knoten. „Wir treffen uns auf dem Hof", murmelte er und löste sich auf. Ich schüttelte meinen Kopf. Zermürbt trottete ich durch die Flure hinter ihm her. Da mir mein Blutverlust vom Vortag noch immer ein wenig zu schaffen machte, brauchte ich jetzt dringend etwas zu essen. Außerdem wollte ich endlich frühstücken oder gleich mittagessen.

Die Jungs, Adrian und Vater versammelten sich bereits auf dem Hof. Ich sah die Zwillinge fragend an, welche scheinbar auch nicht wussten, was nun kam. „Früher oder später muss sie sich schützen können. Also bekommt sie auch Kampftraining." Vater klang auf einmal richtig eisig. Immerhin durfte ich lernen, mich selbst zu verteidigen. Zufriedener sah ich ihn an. Schon hellte sich meine Stimmung auf. „Geht klar", kam von den beiden wie aus einem Munde. Vater sah den Burgturm hinauf. „Du kannst doch klettern? Rauf mit euch drein!" „Sie hat einen kaputten Fuß!", schimpfte David. Ich schaute prüfend den steinernen Turm an. Überall entdeckte ich kleine Einkerbungen, auch in den Fugen zwischen den großen Steinen konnte ich mich festhalten. „Macht jemand das

Fenster auf oder muss ich wieder runter?" Dabei suchte ich mir schon den Weg aus, welcher am geschicktesten nach oben ging. Das waren bestimmt fünfzehn Meter. „Ich mach das Fenster auf", kam von Vater. „Du hast noch nichts gegessen!", fluchte David erneut. „Wenn ich runterfalle, ist es eh egal." „Das kann er nicht von dir verlangen!", zischte nun auch Daniel. „Ihr drei! Hoch da!" Ich kniff meine Zähne zusammen und fing an. „Wer als Erster oben ist!", rief ich nach unten. Daniel ließ sich nicht lumpen. Er setzte sofort an. „Das ist Irrsinn!", schnaubte David und folgte seinem Bruder.

Auf halber Strecke rutschte ich weg und fluchte, da mein Fuß wieder schmerzte. Außerdem verließen mich meine Kräfte schneller als erwartet. Mir wurde ziemlich schwindelig. Mein Magen fühlte sich flau an, aber ich wollte da rauf. Ich schüttelte meinen Kopf, blinzelte gegen die Sonne an, suchte die nächste Einkerbung. „Was ist?", hörte ich Daniel neben mir. „Nichts", keuchte ich. David tauchte auf der anderen Seite auf. „Sag, was los ist!" Ihm schien die Anstrengung gar nichts auszumachen. „Mir ist etwas schummerig. Ich schaffe das schon." Ich zog mich weiter hoch. „Die haben ihr gestern Blut abgenommen und das nicht zu knapp. Sie hat noch nichts gefrühstückt und ist seit vier Stunden wach", informierte David seinen Bruder. Die beiden blieben an meiner Seite. Sie hangelten sich langsam hoch. Ich rutschte mit meiner Hand weg, doch Daniel hielt mich an den Turm gedrückt. „Die sind doch verrückt!", zeterte nun auch er. Ich schaute hinauf. „Noch ein bisschen." Ich griff in die nächste Kerbe, drückte meinen Fuß in eine andere und setzte meinen Weg fort, dabei spürte ich das Zittern in meinen Beinen. Der Verband drückte, was bedeuten musste, dass der Fuß wieder anschwoll.

„Wer lässt sie da oben rumklettern!", schrie Steve plötzlich. Ich erschrak, doch die beiden hielten mich erneut. „Danke", krächzte ich schwer atmend. Adrian versuchte, auf Steve einzureden. Doch dieser schimpfte unbehelligt weiter.

Oben stand bereits das Fenster offen. Daniel kletterte vor und zog mich hinein. Meine Arme brannten vor Anstrengung, ich zitterte am ganzen Körper. „Runter mit euch!", fegte mein Vater. „Nein!", riefen die beiden aus. Ich rieb mir über meine Arme, stand langsam auf. Mit wackeligen Beinen schlurfte ich die steinernen Stufen hinunter. Mein Fuß pochte höllisch. „Mensch, das geht nicht!", beklagte sich David. „Er ist doch nur ein Geist!", fluchte Daniel. Selbst die beiden atmeten mittlerweile schwer.

Ich schaffte es hinunter auf den Hof und ließ mich auf den Boden nieder. Alles drehte sich um mich herum. Ich schüttelte meinen Kopf erneut, was aber auch nicht half. „Liegestütze! RUNTER!", schrie Vater. „Es reicht!", kam nun von Adrian. Ich stand auf, meine Beine gaben nach. Ich sackte kraftlos auf den Boden. „Du bist schwach!", brüllte Vater. Ich brach zusammen. David und Daniel hielten mich fest.

Steve kam, reichte mir eine Flasche Wasser. „Christian! Jetzt hör auf!", versuchte Adrian. Das Wasser half, dass das Drehen nachließ. „Vater! Er bringt sie um! … Nadja, hör auf!", flehten mich die Brüder an. „Annabelle war schwach! Ich war es! Seht! Was aus mir geworden ist!" Vater schien außer sich vor Wut. Ich versuchte, mich abzudrücken, doch ich kam einfach nicht hoch. Vor allem konnte ich meinen Fuß nicht belasten. Meine Hände brannten, spürte, wie sie leicht aufrissen. David kniete sich vor mir hin. „Bitte, hör auf." Ich konnte nicht mehr. Ich rollte mich auf dem Boden zusammen. „Er hat Recht", flüsterte ich angestrengt. „Hat er nicht." Daniel sah mich verzweifelt an. „Bei der Konferenz, bei dem Fluch von Vater ... Von Anfang an beweist du eine angeborene innere Stärke und einen knallharten Willen. Andere wären an deinem Schicksal zerbrochen. Aber du nicht." Daniel sprach freundlich auf mich ein. David schaute sich meine Hände an. Er schob mein Hosenbein hoch. Anschließend hob er mich in seine Arme. Die beiden brachten mich auf mein Zimmer.

Sie rieben andächtig meine Hände mit einer Salbe ein. David kümmerte sich schweigend um meinen Fuß. Ich wimmerte leise. Anschließend halfen sie mir nach unten und setzten mich an den Frühstückstisch. Dieser schien bereits auf uns gewartet zu haben. Die beiden Brüder warfen sich schweigend Blicke zu. „Ich bin nur eine Belastung." Tränen standen in meinen Augen. Irgendwie bekam ich das Gefühl, dass ich an all dem Chaos schuld sei.

Leise schluchzte ich auf. Ich fühlte mich so nutzlos. Wobei ich das auch verdiente, was hatte ich bisher schon geleistet? Nichts, rein gar nichts. Ich war zickig gewesen, trat verbal nach David und verhielt mich ziemlich egoistisch den anderen gegenüber. Kaum gingen sie auf mich zu, stieß ich sie mit aller Kraft von mir weg. Ich spürte die beiden neben mir. „Hey, alles wird gut", raunten sie gleichzeitig. Ich schüttelte meinen Kopf. „Es tut mir leid", weinte ich. „Was denn? Dir braucht doch nichts leidzutun." David hauchte mir einen Kuss auf die Wange. „Ich war gemein und zickig." „Du bist ein Mädchen", schmunzelte Daniel. Die beiden lächelten mich verständnisvoll an. „Komm schon. Wir drei gegen den Rest der Welt", versuchte David. „Dein Vater bekommt sich wieder ein." Adrian tauchte auf einmal auf. Wir hatten seine Ankunft nicht bemerkt. „Komm mit zu uns", schlug Daniel leise vor. „Nein, ich kann nur bei ihm lernen." David zog mich tröstend in seine Arme. „Ach, das wird schon." Er drückte mich.

„Ich glaube, dass ich euch drei wirklich sehr gern habe." „Was heißt hier glauben?", lächelte Adrian. Nun musste ich auch schon wieder schmunzeln. „Hach, sie mag mich", säuselte Daniel. David gab ein leises Knurren ab. Ich kicherte in seinen Armen. Dabei legte ich meine Hand auf sein Herz und sah dabei in seine großen, grünen Augen. „Mein Herz", sprach er mit gedämpfter Stimme und legte seine Lippen sanft auf meine. Es fühlte sich einfach himmlisch an. Sein weicher Mund tröstete mich und diese Wärme fühlte sich wundervoll an. Ich floss einfach dahin. Er löste seine Lippen von meinen. Ein leises Seufzen entrang sich meiner Kehle. „Tja, da hab' ich wohl verloren", witzelte Daniel. „Du hast Isabelle", seufzten David und ich gleichzeitig. Ich drückte mich lächelnd wieder an seine Brust.

Kapitel 15

Die Besprechung mit Orlovski verlief zäh. Er überreichte mir weitere Unterlagen und auch für den Frauenarzttermin war gesorgt worden. Dieser wurde für den nächsten Morgen anberaumt. Ich wollte nicht, dass David von der Entstehung Noahs erfuhr, weil ich nicht wusste, ob ich darüber so ausführlich sprechen durfte. Außerdem lagen meine Krankenakten nun umfangreich vor. Wobei ich diese nach der kleinen Behandlung durch meinen Vater und der Gewissheit, Jungfrau zu sein, nicht mehr benötigte.

Ich musste für zukünftige Pressemeldungen eine Unmenge an Fragen beantworten sowie einige vorgefertigte Erklärungen unterzeichnen. Vater schwieg die ganze Zeit über, obwohl er dieses Meeting ansetzte. Erst am Ende fing er an. „Ich möchte die Berichte über meine Todesursache." Ich sah ihn verwirrt an. Trotzdem fragte ich Orlovski nach diesen Berichten. „Ich habe sie im Büro. Ihr Vater starb vor dem Unfall. Er verblutete." „Wie das?" Daniel und David wirkten aufgebracht. Sie saßen ebenfalls bei uns. „Was ist mit meiner Frau?", fuhr mein Vater fort. Adrian erkundigte sich bei Orlovski, da er Vater nicht sehen oder hören konnte. „Sie hätte den Unfall überleben können. Doch auch bei ihr gab es merkwürdige Schnittverletzungen." Ich schaute auf meine Hände. War Noah wirklich als Junge schon in der Lage gewesen, eine solch grauenvolle Tat zu vollbringen? Ich sah zu Vater. So allmählich kam ich mit dieser Magiesache klar. „Gibt es einen Weg, dass ich den Unfall noch einmal sehen kann?" Vater blickte mich nachdenklich an. „Würdest du das tun?" Ich nickte ihm zu. Ich brauchte auch für mich Gewissheit. Denn wenn Vater schon vorher starb und Mutter fehlte, vielleicht konnte ich sehen, was wirklich geschehen war und damit ein bisschen Licht ins Dunkel bringen.

Am Nachmittag verabschiedeten wir uns von Orlovski. Vater erklärte, dass er mir einen Reim auf den Arm schreiben würde, damit ich in der Nacht wie bei einer Hypnose von dem Unfall träumen könnte. Dabei lernte ich, dass man diverse Sprüche auf der Haut anbringen konnte. Vater erläuterte es anhand eines Heilspruchs, welchen man in Notsituationen anwenden sollte. Wobei die Sache noch immer sehr merkwürdig klang. David war von der Idee mit der Traumrückführung wenig begeistert. Dennoch wollte ich es für mich und natürlich auch für Vater. Doch ich brauchte die Gewissheit am meisten. Der Unfall meiner Eltern warf immer mehr Fragen auf. Zumal ich herausfinden musste, ob Noah womöglich doch unschuldig sein konnte. Vielleicht tat man ihm Unrecht.

Nach dem Abendessen gingen wir gemeinsam nach oben. Sie alle wollten bei mir bleiben, auf mich aufpassen. Vater informierte mich, dass ich diesen Traum zu Ende bringen musste, denn sonst würde ich in meinen Träumen gefangen bleiben. Ich schluckte angespannt, trotzdem wollte ich es unbedingt herausfinden. Nur die Jungs versuchten mich aufzuhalten. Trotz ihrer zahlreichen Bitten legte ich mich früh zu Bett. Sogar Adrian halfen sie nach oben. Keiner wollte von meiner Seite weichen.

Vater nahm seinen Stift, setzte ihn behutsam auf meinem Arm ab. Das leichte Kratzen an meiner Haut störte nicht. Doch dann leuchtete die Tinte hell auf, die Buchstaben sickerten ein, verschmolzen regelrecht. Gespannt betrachtete ich das Geschehen, Schmerzen spürte ich nicht, nur eine angenehme Wärme. Ein leichter Wirbel erfasste mich, welcher mich in das Land der Träume zog.

Ich fand mich auf dem Rücksitz eines Wagens wieder. Es fühlte sich merkwürdig an, im Körper meines kleinen Ich's zu sein, als befände ich mich in meinem eigenen Kopf. Aber irgendwie auch wieder nicht. Ich schaute mich um. Meine Puppe lag wie neu neben mir. Ich hielt ein Kinderbuch in der Hand. Ein Kind, welches in den Kindergarten sollte, war darauf abgebildet. Mama befand sich vor mir auf dem Beifahrersitz. Vater steuerte gelassen den Wagen. Ich streckte Noah mein Buch entgegen. „Bitte lesen", hörte ich meine piepsige Stimme. „Mag nicht ... Nur weil David das immer macht", schnaubte Noah genervt. Er richtete seinen Blick aus dem Fenster. Mein kindliches Ich erinnerte sich, wie ich auf Davids Schoß saß und er mir die Bücher vorlas. „Ach, jetzt mach schon. Naddi liebt das doch", kam sanft von meiner Mutter. Sie drehte sich zu uns. Ihre Augen wirkten so voller Liebe. Sie sah so wunderschön aus. Meine Augen glichen wirklich ihren. Voller Zuneigung lächelte sie mich an, auch Noah schenkte sie einen solchen Blick. Doch von ihm sah ich nur den Hinterkopf. Sein Haar schimmerte heller als meines. Ein dunkles Braun. „Ich will aber nicht", schimpfte er. Er richtete seinen Blick starr aus dem Fenster. Mutter atmete tief durch. Ich las Sorge in ihren Augen. Vater setzte den Blinker, wechselte die Spur. „Lass ihn", murmelte er konzentriert. Noah verschränkte bockig seine Arme. Ich schaute auf mein Buch, blätterte eine Seite weiter. „Da ... Teddy!", freute ich mich, da ich einen süßen Bären entdeckte. Mutter drehte sich erneut um. „Oh ja, der ist aber schön. Was macht denn der Bär?", fragte sie unglaublich lieb. Mama war immer lieb, auch Papa, nur vor Noah hatte ich Angst. Ich schaute den Bären an. *„Teddy spielt", juchzte ich glücklich. Ich wackelte mit meinen kleinen Beinen und entdeckte süße kleine Schuhe. Noah beugte sich vor, er zog eine Tasche zu sich heran. Es glitzerte in seiner Hand. „Zauberstab!", rief ich aus. Noah sah mich bösartig an. Sein Blick wirkte unglaublich finster, seine Augen fast schwarz. Er schnallte sich ab, rutschte vor. „Schnall dich an!", schimpfte Papa. Doch Noah stach ihm blitzschnell den Zauberstab in den Hals. Eine rote Flüssigkeit trat aus. Mama schrie, Papa griff sich an den Hals. Es war so viel von dem roten Zeug.*

Ich wurde herumgeschleudert. Noah lag mal auf mir, dann war er weg. Meine Schultern taten weh. Ich schrie laut los. Dann wurde es still. Ich hing in der Luft, in meinem Kindersitz. Mutter fing an, sich zu bewegen. Ihr Gurt schien sich nicht zu lösen. „Mami ...", weinte ich los. Ich sah alles nur noch durch den Schleier meiner Tränen. Ein Keuchen erklang neben mir. Noah kroch nach oben. „Bleib weg!", schrie Mama panisch. Doch er stieß dieses kleine Ding in Mutter hinein. Ich kreischte laut auf, schrie um mein Leben, schrie nach meinen Eltern.

In der Ferne hörte ich Stimmen. Noah triefte voller Blut. Er schaute zu mir. Sein Arm hing seltsam an ihm herab. Aber noch immer hielt er das Stäbchen. Mein kleines Herz schlug schnell. Langsam kroch er auf mich zu. Sein Gesicht wirkte verzerrt, seine Augen funkelten mich teuflisch an. „Du gehörst mir!" Er hielt eine schwarze Schachtel in seiner Hand. „NEIN!" Er aber stach zu. Ich spürte einen Luftzug. Jemand öffnete die Tür und dann wurde es dunkel um mich herum.

Ich erwachte im Krankenhaus. Ärzte standen bei mir. Ich schrie verzweifelt, sie spritzten mir etwas und wieder schlief ich ein. Beim nächsten Aufwachen stand da ein älterer Mann. Er sah mich sehr traurig an. Ich mochte ihn und irgendwie tröstete mich seine Gegenwart. Doch er zog einen Stift. Sanft strich er über meine Stirn und schrieb auf dieser. „Vergiss, was du gesehen hast. Denn das ist eine zu große Last. Erwachen wirst du erst in Jahren, wenn sie nur noch Geschichte waren." Ich fand sein Gedicht so schön. Es beruhigte mich ein wenig. Tränen brannten in seinen Augen. „Ich habe deine Eltern wirklich geliebt." Er holte etwas aus seiner Tasche. Eine wunderschöne Blume, welche lila schimmerte. Er reichte sie mir und dann verschwanden all meine Erinnerungen. Erst Tage später kam ich wieder zu mir. Ärzte sprachen auf mich ein, doch ich wusste nichts mehr. Sie sprachen von Schock. Doch ich fühlte mich nur noch unglaublich einsam und leer.

Ich atmete schwer, mein Körper klebte vor Schweiß, nur mühsam landete ich wieder in der Realität. Selbst mein Leib fühlte sich unglaublich erdrückend und gepresst an. Aber da waren sie wieder. Mein David, Vater, Daniel und Adrian. „Du hast vorgelesen", hauchte ich und streckte meine Hand nach seinem Gesicht aus. Er sah mich erstaunt an. Auch ein bisschen verwirrt wirkte er. Doch liebevoll senkte er seine Lippen auf meine. „Was ist passiert?", drängte Vater. Ich rieb mir die Schläfen, da ich mich fühlte, als sei ich von einem Lastwagen überrollt worden. „Mach langsam!", knurrte Adrian. Ich setzte mich vorsichtig auf. Erst einmal musste ich unter der Dusche meine Gedanken sortieren.

Nur Vater bombardierte mich sofort mit Fragen, welche ich vorerst ignorierte. „Wenn du nicht aufhörst, stecke ich dich in eine Kugel!", schimpfte Adrian und seine Söhne schienen ihn dabei zu unterstützen. Ich schlüpfte ins Bad.

Das frische Wasser weckte meine Lebensgeister. Vor allem musste ich selbst erst einmal das Erlebte verarbeiten. Die Dusche, das warme Wasser half wirklich, mich zu entspannen, meine Gedanken wieder auf die Reihe zu bekommen. Das drückende Gefühl ließ allmählich nach. Ich wappnete mich und machte mich auf den Weg nach unten.

Die anderen warteten unten im Esszimmer auf mich.

Ich holte mir aus dem Arbeitszimmer ein Blatt, damit ich mich an der Blume versuchen konnte. „Sprichst du jetzt?", jammerte mein Vater genervt. Ich schaute zu ihm auf. „Du starbst zuerst, dann gab es den Unfall und Noah kroch zu Mutter, er erstach sie und dann ging er auf mich los. Ich habe noch nie so etwas Bösartiges wie ihn gesehen." Während ich sprach, fing ich an zu zeichnen. „Aber was ist mit unseren Seelen passiert?" Vater wirkte ungehalten. Ich dachte kurz darüber nach. „Keine Ahnung, er wollte nur mich. Als er auf mich einstach, hielt er ein schwarzes Kästchen im Arm." David strich mir fürsorglich über meinen Rücken. Er gab mir damit Kraft. Wobei ich selbst staunte, dass ich diesen Traum so gut wegsteckte.

„Schaut mal! Was ist das für eine Pflanze? Sie sollte lila sein?" Ich legte ihnen meine Skizze vor. Adrian verzog nachdenklich sein Gesicht. Vater schaute genervt drauf. „Akelei." „War das nicht das Symbol für deinen Lehrmeister?", wunderte sich Adrian. Ich wartete Vaters Reaktion ab. Doch der schien zu sehr mit sich selbst beschäftigt zu sein. Ich blickte auf die Uhr. „Mist! Ich hab den Arzttermin!" Ich sprang auf und rannte los. „Warte, wir kommen mit!", kam von den Zwillingen. Ich zögerte einen Moment, aber mir war dann doch lieber, wenn die beiden bei mir waren, als bei meinem wütenden Vater. Walther kam im Eingangsbereich zu mir. Er reichte mir einen Stapel mit Mappen. „Bewerbungen für den Gärtnerposten." Ich staunte nicht schlecht. „Danke, das ging aber schnell." „Lokale Angebote gibt es nur wenige." Bevor ich etwas sagen konnte, zog David mich hinter sich her.

Auf dem Beifahrersitz schaute ich auf die Mappen. Daniel lenkte den Wagen zu dem Arzt. Ich sortierte diejenigen aus, welche eher nach Beziehungsanfragen, als nach Arbeitswilligen wirkten. David half mir ein wenig, indem er mir einige abnahm oder mir Ratschläge gab.

Die Arzthelferin in der Praxis starrte die beiden mit offenem Mund an. „Sind das Ihre Freunde?" „Nein, nur ich", knurrte David. Ich lächelte ihn an. „Können Sie die überhaupt unterscheiden?", schwärmte die Dame. „Klar. Selbst blind kann ich sie auseinanderhalten." Sie reichte mir einen Anamnesebogen, welchen ich umgehend ausfüllte. „Das glaube ich nicht." Ich schaute zu ihr auf, zuckte mit meinen Schultern. „Das habe ich mich auch schon gefragt. Wie machst du das?", kam nun von Daniel. „Bei David kribbelt es, bei dir nicht. Er braucht nur etwas zu sagen oder mich anzusehen. Dann weiß ich es." Ich hakte alles ab, gab der Dame den Bogen zurück. Daniel wollte mir einen Kuss auf die Wange hauchen. „Mach das und ich vergifte dich im Schlaf." Er zuckte zurück. Nun versuchte es David und ich hielt ihm bittend meine Wange hin. „Mmmhhh, meine Freundin", schmunzelte er glücklich. Ich schaute auf, direkt in seine Augen und seufzte leise. Was ihn erstrahlen ließ.

Der Termin verlief zügig. Nur die Jungs langweilten sich im Wartezimmer. Während der Untersuchung fielen mir ein paar Fragen ein, welche sich um meine Familie drehten. Ich bekam die Drei-Monatsspritze, welche ich umgehend injizieren ließ. Selbst als die Ärztin sich über meine schnelle Entscheidung wunderte, ließ ich keine weiteren Diskussionen zu.

„Warum hast du es mit der Verhütung so eilig?" Wir befanden uns bereits im Auto. David musterte mich neugierig. „Weil Vaters Schwester vergewaltigt wurde und dadurch Noah bekam. Sie brachte sich anschließend um und Noah kam zu uns. Ich habe keine Lust von irgendwem ungewollt schwanger zu werden." David verkrampfte sich, zog mich schützend in seine Arme. „Eigentlich eine kluge, wenn auch sehr heftige Entscheidung", erklang Daniel hinter dem Steuer. „Soweit lassen wir es einfach nie kommen." David schaute entschlossen in meine Augen. „Zumindest kann ich jetzt nicht schwanger werden." Ich wollte mit ihnen nicht darüber reden, da es sich wirklich etwas merkwürdig anfühlte, mit den beiden über meine Frauensachen zu sprechen.

Wir hielten vor meiner Burg. Noch immer konnte ich nicht glauben, dass diese riesige Immobilie mir gehörte. Nur irgendwie musste ich meinen Vater dort rausbekommen. Auf Dauer würde er mir den letzten Nerv rauben. Ich erinnerte mich an Adrians Wunsch, dass ich Vater an ihn binden sollte. Ich grübelte bereits wegen des Reimes. Mal sehen, ob es funktionierte. Immerhin faszinierte mich diese Magiesache. Eigentlich fand ich sie spannend. Außerdem musste ich meinem Vater noch eine Frage stellen und ich wollte nach meinem Klee sehen, den ich am Vortag aufgefädelt hatte. Ich entschuldigte mich bei meinen beiden Freunden, bekam einen Kuss von meinem Liebsten und verschwand nach unten. Ich mochte Davids Lippen und von diesen lieben Küssen würde ich wohl nie genug bekommen.

„Vater?" Ich öffnete vorsichtig die Tür zu dem Wächtergewölbe. Neugierig sah ich mich um. Doch selbst wenn er kein Geist wäre, würde ich ihn kaum finden können, so weitläufig war es.

Ich musterte meinen Klee, welcher schlaff an dem Faden hing. Das würde ein paar Tage dauern. „Was machst du hier?" Ich quiekte auf, da ich mich vollkommen erschrak. Keuchend drehte ich mich zu meinem Vater um. „Ich wollte dich etwas fragen." Dabei hielt ich meine Hand an meiner Brust. „Was denn?" Er setzte sich wartend an den Tisch. „Was ist mit dir geschehen? Ich meine, was geschah nach deinem Tod?" Vater runzelte seine Stirn. „Ich landete direkt hier und schrie mir wochenlang die Seele aus dem Leib. Wieso fragst du?" Ich überlegte. Seine Frage ignorierte ich und stapfte wieder nach oben. Walther kam mir entgegen. „Ach …" Ich reichte ihm die Mappen. „Den Stapel einladen, den anderen absagen oder soll ich das machen?" Eigentlich befand ich mich mit meinen Gedanken ganz woanders. „Mach ich schon. Danke, das ging schnell", lobte er mich. Ich aber lief grübelnd in das Arbeitszimmer und setzte mich an den schönen Holztisch. Ich fing erneut an, einen Spruch zu schreiben. Dieses Mal musste er Freunde verbinden können. Dieses blöde Reimen war echt schwieriger als gedacht. Außerdem wusste ich nicht einmal, ob es funktionieren würde.

„Kann man dir helfen?" Adrian saß in seinem Rolli und schaute herein. Ich legte meinen Kuli weg. „Sag mal … ihr habt doch meine Eltern hier vergraben?" Adrian gab ein

Nicken ab. „Wenn Vater hier herumwütete, warum habt ihr dann nicht mit ihm gesprochen?" Adrian musterte mich nachdenklich. „Die Burg war bereits verriegelt. Wir haben sie nur dahinter bestatten können." „Dann hat Vater die Sprüche also nicht angebracht?", überlegte ich angespannt. Ich schaute auf mein Blatt. „Warum fragst du ihn nicht?" „Was soll sie mich fragen?" Vater erschien vor mir. „Hast du die Burg verriegelt?" Obwohl ich die Antwort bereits ahnte. „Nein." Ich zog den Stift aus meinem Haar. Dabei stand ich auf, lief zum Eingangsbereich. Die beiden folgten mir. Ich grübelte einen Augenblick lang, um einen passenden Spruch zu formen.

Der Erbe ist da.

Sag mir, wer das war.

Meine Burg verriegelte.

Und versiegelte.

Die Schrift leuchtete grün auf. Sie verschmolz mit dem Boden. Auf einmal bildete sich ein goldener Kreis darum. Drei Blumen tauchten auf. Die Akelei, eine Orchidee und eine Sonnenblume erschienen und verblassten wieder. Ich schaute zu Vater auf. „Was wetten wir, dass ich doch nicht die Letzte bin?" Diesem aber hatte es die Sprache verschlagen. Selbst Adrian starrte den Boden an. Ich freute mich über zwei Dinge. Zum einen hing das Leben der Menschheit nicht alleine von mir ab, zum anderen funktionierte es. Ich stand auf und wollte gerade zurück zum Arbeitszimmer. „Irmingard, mein Meister Balthasar und Matthäus", flüsterte Vater gespenstisch leise. „Dann suchen wir sie doch. Sie können mir einiges beibringen und vor allem wäre ihre Unterstützung nicht schlecht." Mein winziger Erfolg gab mir einfach etwas neue Hoffnung. Vater stand ganz nah bei mir. „Schreib den Spruch. Die drei können nur Adrian und ich finden." Ich atmete tief durch. „Okay", damit schlich ich zurück in mein Arbeitszimmer.

Ich schloss es von innen ab, da ich gerade wirklich niemanden brauchte, der mich nervte. „Danke, Nadja", seufzte mein Vater. Verdammt, den konnte ich echt nicht aussperren. „Raus! Ich brauche meine Ruhe!" „Sei nicht sauer. Bitte. Es ist auch für mich schwer." Ich schaute zu ihm auf. „Ich empfinde dich als sehr egoistisch! Jetzt lass mich bitte alleine." Vater sah mich traurig an, aber er verschwand wieder. Ich atmete erleichtert durch und widmete mich dem Spruch, Gedicht, Reim, was auch immer.

Am späten Nachmittag klopfte es. Ich ging zur Tür, öffnete diese zögernd. „Abendessen", raunte mein David. Er schob mich in das Arbeitszimmer zurück. Leise verschloss er die Tür. „Ich habe von deinem ersten Zauberspruch gehört und er klappte sofort." Liebevoll strich er über meine Wange. „Ich habe den zweiten fertig", lächelte ich ihn an. „Das feiern wir morgen. Daniel fragt Isabelle und wir vier gehen schön essen." Sanft küsste er mich auf meine Wange. Ich genoss seine Nähe in vollen Zügen. „Du bist das Beste an meiner Geschichte", seufzte ich an seiner Brust. „Du an meiner." „Aber Vater verstehe ich wirklich nicht." Das machte mich ein wenig traurig. Irgendwie wünschte ich mir, dass wir einfacher aufeinander zugehen könnten. Aber dem war nicht so. „Ihr seid euch eben sehr ähnlich. Das wird schon", tröstete mich David. „Bin ich auch so egoistisch?" Er hob mein Kinn an. „Du bist genau richtig. Nur ein kleines bisschen zu stur. Aber auch das mag ich." Er hauchte mir einen Kuss auf meinen Mund. Ich seufzte leise auf. „Das mag ich auch. Wenn du dieses süße Geräusch machst." Er strahlte mich überaus glücklich an.

Hilde stand in der Tür. „Ihr Mahl wird kalt." „Oh entschuldigen Sie ... Ach, ich brauche ein altes Bettlaken", bat ich sie freundlich. Sie nickte neugierig, stellte jedoch keine Fragen.

Nach dem Essen brachte sie es uns. „Wozu brauchst du das?", kam neugierig von Daniel. Ich holte mir eine Schere und zerschnitt es in schmale lange Streifen, welche ich miteinander verband. Selbst Vater und die anderen beiden beobachteten mich verwirrt. „David, halt mal." Ich reichte ihm ein Ende, schnappte mir das andere und lief aus dem Raum. Das mussten gute dreißig Meter sein. Fast ein bisschen mehr. Zufrieden räumte ich die Schere auf. Außerdem nahm ich meinen Zettel mit, den Stift zog ich wieder aus meinen Haaren. „Ich glaube, dass die Sprüche sehr genau sind. Zumindest möchte ich nicht, dass unsere Väter die ganze Zeit aufeinander kleben. Also können sie in zwei Räumen nebeneinander existieren oder zumindest einen gewissen Abstand bewahren ... Jetzt der Spruch. Den schreibe ich auf das Band. Mal sehen, ob es klappt." Mein Herz klopfte ganz aufgeregt. Adrian sah zu meinem Vater. „Wie hast du nur ein solch kluges Kind machen können?", grinste er frech seinen alten Freund an. „Ich bin selbst gerade überrascht." Es tat gut, ein nettes Wort von ihm zu hören, auch wenn er noch immer sehr streng wirkte.

„Bevor wir es versuchen!", setzte er fort. Ich atmete aus. Da er schon wieder so grimmig schaute. „David und Daniel. Ich lege euch das Leben meiner Tochter ans Herz. Ihr beiden lasst sie keinen Moment aus den Augen! Wo ihr hingeht, geht auch sie und anders herum! Verstanden?" Die beiden nickten ihm zu. „Jäger! Schwört es!" Ich fand es übertrieben. Doch die beiden knieten sich hin, legten ihre rechte Hand aufs Herz. „Wir schwören bei unseren Ahnen, bei unserem Leben. Wir schützen unsere Nadja." „Danke", murmelte mein Vater beruhigter. Adrian schenkte seinen Söhnen ein zufriedenes Lächeln. Ihn hätte ich fast lieber als Vater genommen. Doch eigentlich war das kein schöner Gedanke. Mein Vater musste mich einmal bedingungslos geliebt haben, denn irgendwie spürte ich das noch immer. Ich band die beiden Enden an die Handgelenke der beiden. Mit meinem Stift schrieb ich den Reim.

Brüder im Geiste, auf ewig vereint.

Zwei Freunde sind damit gemeint.

Dieses Band kann niemand zerreißen,

erneut sollen sie zusammen reisen.

Nur der Tod sie entzweit,

sonst droht ihnen die Ewigkeit.

OK, er war vielleicht nicht episch, aber er leuchtete auf. Das Band wurde von einem grünen Leuchten ergriffen, welches sich zu den beiden vorarbeitete und sie vollkommen umschloss. Es sah wunderschön aus. Daniel und David staunten aufgeregt. „Wahnsinn. Es klappt!", freuten sie sich. Ich selbst konnte es nicht wirklich glauben. Es fühlte sich fantastisch an. Adrian und Vater betrachteten sich. Sie waren wirklich die besten Freunde. Man konnte ihr Vertrauen fast greifen, so sehr schätzten sie sich.

Das Leuchten erlosch langsam wieder. Vater schaute sich den Spruch an. Er runzelte seine Stirn, sagte jedoch kein Wort dazu. „Wollen wir es versuchen?", erkundigte sich Adrian. Vater nickte ihm zu. Aber er warf mir einen merkwürdigen Blick zu, welchen ich nicht deuten konnte. Hatte ich etwas falsch gemacht? Doch ich traute mich nicht, diese Frage auszusprechen.

Adrian rollte aus der Burg raus. Er blieb vor dem Tor stehen, atmete tief durch und begab sich außerhalb des Tors. Vater folgte ihm. Sie schafften es bis zum Parkplatz. Adrian schien sich mehr zu freuen als Vater. David drückte mich an sich. „Schau hin, du bist großartig." Wieder bekam ich einen dieser lieben Küsse auf meinen Mund. „Wünsch dir was!", rief Adrian mir lachend zu. Den einzigen Wunsch, welchen ich verspürte, war, dass Vater einfach stolz auf mich sein sollte. Ich schüttelte nur meinen Kopf, schweigend ging ich zurück in das Arbeitszimmer.

„Warum bist du so zu ihr?", hörte ich Adrian schimpfen. Sie betraten das Wohnzimmer, welches sich direkt neben dem Arbeitszimmer befand. „Wenn sie ihnen zum Opfer fällt, dann könnt ihr einpacken!" Vater wirkte schon wieder wütend. Mir liefen die Tränen. Ich verstand es nicht. „Warum? Was soll das?", zischte Adrian. „Sie ... Ihr Symbol ... Das Kleeblatt ... Die Dreifaltigkeit, sagt dir das etwas?" Vaters Stimme überschlug sich. „Oh mein Gott!", keuchte Adrian schwer. „Aber wenn du mit ihr so umspringst, dann hilft ihr das nicht!" „Sie ist jetzt schon stärker als die meisten Wächter und das ohne das Ritual!", fauchte Vater. Nun mischten sich die Zwillinge ein. „Wir brauchen aber auch jemanden, der den Feinden gewachsen ist. Das ist doch gut!", hörte ich Daniel flehend. „Ich finde es scheiße, wie Sie ihre Tochter behandeln!", fauchte David. Ich schaute auf, da er gerade das Arbeitszimmer betrat.

„Was bedeutet das?", fragte ich ihn. Er atmete tief durch. „Die Dreifaltigkeit ist eine unglaublich starke Einheit. Sohn, Gott, Heiliger Geist. So war es bei Jesus oder bei Gott selbst. Vater, Gott und Heiliger Geist." Ich runzelte meine Stirn. „Ich verstehe es nicht." „Ich weiß auch nicht, was es in Bezug auf dich bedeuten soll." David ließ sich verstört auf einem Stuhl nieder. Daniel kam ebenfalls herein. Er setzte sich auf das Sofa am Ende des Raumes. „Sie gehen", informierte er uns. Ich nickte ihm verstehend zu.

Wir suchten die beiden im Eingangsbereich auf, um uns zu verabschieden. Ich drückte Adrian. „Sie braucht Unterricht!", schimpften die Zwillinge meinen Vater. „Den wird sie bekommen. Sobald wir zurück sind … Nadja, es tut mir leid", erklärte er besorgt. Ich schaute ihn verzweifelt an. „Vater, du tust mir weh." „Ich weiß." Damit ging er raus und nutzte den Abstand zu Adrian, welchen ich geschaffen hatte. „Ich hab dich lieb", kam von Adrian. Er strich mir mitfühlend über meine Hand. „Passt gut auf sie auf." Sie schmunzelten und nickten ihm zu. Viel zu schnell waren die beiden weg. „Wo wollen sie hin?", wunderte ich mich leise. „London, Hamburg und nach Paris", kam von Daniel. „Die suchen die Wächter mit deinen Blumen. Was weiß ich", fügte er hinzu.

Wir drei verbrachten den Abend mit Karten spielen. Irgendwie war mir nicht nach Reden zumute. Ich fühlte mich wegen Vaters Verhalten zu niedergeschlagen.

David und ich wollten gerade ins Bett, als Daniel auftauchte. „Jägerschwur. Ich darf auch kuscheln." „Oh nein! Raus hier!" Nun konnte ich doch wieder ein wenig lachen. „Ein Jägerschwur ist schlimmer als eure Wächterflüche!", witzelte Daniel. „Das merke ich gerade!" David funkelte seinen Bruder an. „Du darfst gerne im Flur schlafen", bot er seinem Bruder an. Der lachte und ging wieder raus. „Das würde mir gerade noch fehlen", schnaubte David und zog mich in seine Arme. Ich kuschelte mich an seine Brust und schlief umgehend, mit einem Schmunzeln im Gesicht ein.

Kapitel 16

Am Donnerstag huschte ich vor dem Frühstück in die Kammer. Ich stöberte ein wenig herum, schaute mir die vielen Utensilien an. Wobei ich nur dank der Beschriftung wusste, was sich darin befand. Bei Drachenschuppen musste ich lachen. Die gab es doch nicht wirklich? Wer weiß, welchen toten Dino sie dafür ausgraben mussten. Ein paar Gesteinsarten und auch Metalle entdeckte ich. Irgendwann musste ich dann doch zurück zu den Jungs. Ich beschloss mir am nächsten Morgen die Bücher genauer anzusehen.

Beim Frühstück kam Walther, welcher zwei hübsche Briefe auf einem silbernen Tablet servierte. „Mmmhh, lecker Frühstück", witzelte Daniel. Ich kicherte und

Walther warf ihm einen finsteren Blick zu. Ich nahm die Briefe an mich. Auf einem stand mein voller Name, der andere war für die Zwillinge bestimmt. Zögernd strich ich über das schöne Siegel, welches den Brief verschloss. Ich wollte es nicht zerstören. Es handelte sich um ein rotes, wächsernes Siegel. Einen Löwen mit Flügeln konnte man darauf erkennen.

Widerwillig brach ich es und faltete den Brief auseinander. Es handelte sich um eine Geburtstagseinladung von einer Baronin. Die immerhin Sechsundsechzig wurde. „Ich wurde zwar noch nie auf eine Party eingeladen, aber zu einer alten Dame?" Daniel lachte laut los. „Da müssen wir leider hin." David stand auf und verschwand mit seinem Handy.

Daniel schwärmte mir unterdessen von seiner Isabelle vor. Es tat gut, ein normales Gespräch zu führen. Er erzählte mir, wie schwierig es sei, eine dunkelhäutige Freundin zu haben. Viele hatten noch immer Vorurteile, feindeten sie an oder verhielten sich wirklich gemein. Ich verstand ein solches Verhalten nicht. Auch die Adeligen seien da nicht besser als die normalen Menschen.

Nach einer gefühlten Ewigkeit kam David zurück. Er erklärte, dass er für schicke Anzüge sorgen musste und auch ihre Mutter eingeladen sei. Das schien den beiden nicht zu gefallen. „Was ist mit eurer Mutter?" Ich wusste, dass sie Adrian fast getötet hätte. Trotzdem blieb sie ihre Mutter. David musste sich seine Worte erst zurechtlegen. „Sie ist übergelaufen. Sie unterstützt die, die eine Herrschaft durch den Adel wollen", gab er angewidert ab. „Warum muss man sich immer für eine Seite entscheiden?" Ich verstand es einfach nicht. Musste es sich immer um Gut oder Böse drehen? „Du hast nicht gesehen, was wir sahen. Denk doch daran, was Noah tat", kam nun von Daniel. „Ich werde mich rächen. Aber das ist doch auch nicht gut?", stellte ich fest. David strich mir liebevoll über meinen Rücken. „Wofür würdest du wirklich sterben oder kämpfen wollen?" „Für dich, für euch und euren Vater, für mich selbst." Ich staunte selbst über meine Antwort, dass ich nun doch dieses Leben so sehr wollte, auch irgendwie brauchte. Ich wollte herausfinden, was aus mir werden konnte. Ich besaß eine Aufgabe, eine Begabung und hatte wirklich das Gefühl wahrgenommen zu werden. Einfach nicht mehr unsichtbar zu sein. „Das ist doch einmal ein Anfang", lächelte David zufrieden. Ich drehte mich zu ihm um. „Warum bist du so geduldig mit mir?" „Weil du Zeit brauchst. Ich weiß nicht viel über deine Vergangenheit, aber das was ich weiß, ist nicht schön. Du hast nur Schlechtes erlebt, wie sollst du da die guten Dinge sehen? Auch das was dein Vater macht, finde ich falsch." Er streichelte mir über mein Gesicht. Mit einer Hand zog er eine Haarsträhne, steckte sie hinter mein Ohr. Seine Nähe fühlte sich einfach toll an und ich beschloss für mich, diese Sache mit David einfach zu genießen.

Nachdem wir uns um unsere Geldgeschäfte gekümmert hatten und noch unser Training absolvierten, zogen wir uns um. Ich freute mich über jedes Lob der beiden. Sie waren wirklich gute Kämpfer, wie auch Lehrer. Geduldig erklärten sie mir alles. Ich versuchte aufmerksam zu lernen. Einiges schrieb ich sogar mit.

Wir fuhren mit meinem Wagen in ein moderneres Wohngebiet der Stadt Dresden und warteten, bis Daniel seine Liebste zu uns führte. Ich beobachtete ihn, wie er aufgeregt an ihrer Tür klingelte und sein Gesicht erstrahlte, als er sie sah. Selbst ich lächelte, weil ich es schön fand, die beiden so glücklich zu sehen.

Freundlich begrüßten wir sie. Ich saß auf dem Beifahrersitz, David fuhr den Wagen aus der Stadt hinaus. „Entführt ihr mich?", erkundigte sich Isabelle. „Ich kenne mich nicht einmal aus." „Dann müssen wir Mädchen zusammenhalten." Ich drehte mich zu ihr um und nickte. Ich mochte sie. „Wow!", quiekte ich, als ich auf einem Berg einen riesigen Dom mit einer Burg entdeckte. Ich klebte förmlich an der Scheibe und staunte über diese traumhafte Aussicht. „Das ist Meißen." David strich mit seiner Hand über mein Knie und griff nach meiner. Er zog sie an sich und hauchte einen Kuss darauf. „Isabelle, wie unterscheidest du uns?", fragte Daniel seine Freundin. Sie strahlte ihn an. „David ist mir zu ernst. Er lacht nie und du bist eben ein absoluter Sonnenschein." Die beiden küssten sich. Ich kicherte vergnügt. „Ich kann lachen!", schmollte David. „Weiß ich doch." Ich griff nach seiner Hand und küsste diese erneut. Er schenkte mir ein bezauberndes Lächeln. „Ja, aber erst seitdem du Nadja hast. Du hättest ihn vorher erleben müssen", säuselte Isabelle. David steuerte den Wagen eine furchtbar schmale, mit Kopfstein gepflasterte Straße hinauf. Wir passierten ein altes, enges Stadttor. Der Wagen passte gerade so hindurch. „Wie war er denn so?" Ich klammerte mich an die Beifahrertür. Eine enge Kurve folgte, wieder ein weiteres Tor. Durch das Kopfsteinpflaster ruckelte das Fahrzeug mächtig. Ich wäre da sicher nie hinaufgefahren. „Wir sind da!", grinste David. Gelassen parkte er den Wagen. „Alles eine Sache der Übung." „Wie oft habt ihr denn schon Mädchen hierher entführt?", keuchte ich noch ein wenig entsetzt. „Noch nie. Aber hier sind ab und zu Veranstaltungen", erklärte Daniel hinter mir. Sie hielten uns galant die Türen auf, damit wir Mädchen aussteigen konnten. Isabelle schmunzelte verlegen. „David ist unglaublich streng. Er lässt kaum Widerworte zu und ist sehr unbeugsam bei seinen Entscheidungen." Sie fuhr diplomatisch mit unserem Gespräch fort. „Ich kann dich ja abwerben", witzelte ich. „Klingt gut." „Oh nein!", schimpften die Zwillinge. „Du kannst mit in der Burg wohnen", machte ich weiter. „Ah, kostenlose Wohnung. Reden wir übers Gehalt." „Bei ihr spukt es", grummelte Daniel. Sie führten uns in ein hübsches Restaurant, direkt neben dem Dom. Es sah richtig einladend aus und wir bekamen ein ruhiges Eck für uns. „Den Geist haben wir vertrieben", grinste ich frech. „Der kommt bestimmt wieder", fing nun auch David an. Isabelle lachte sich über uns schlapp.

Ich versuchte das Thema zu wechseln. „Schau, mein Leben ist beschissen." Trotzdem musste ich grinsen. Isabelle griff nach meiner Hand. „Was hast du auf dem Herzen", gab sie gespielt ab. David legte seinen Arm um mich herum. „Ich wurde heute zum ersten Mal in meinem Leben auf eine Geburtstagsparty eingeladen … Die Dame wird Sechsundsechzig." Wir vier prusteten los. „Kann sie mit?", flehte ich Daniel an. „Natürlich. Ich hätte dich eh gefragt." Dabei sah er glücklich seine Isabelle an. „Hab nichts zum Anziehen." „Ich auch nicht, dann gehen wir nackt. Kommt bestimmt gut." Die Zwillinge sahen uns entsetzt an. „Das übernehmen wir!" Sprachen sie gleichzeitig. „NEIN!", folgte von uns Mädchen wie aus einem Mund. Was uns noch mehr zum Lachen brachte.

Der Abend wurde toll. Wie vier verstanden uns einfach hervorragend. Ich fühlte mich zum ersten Mal richtig glücklich und unternahm etwas, wie ganz normale Menschen es auch tun. Das tat einfach gut. Als uns

Mädchen dann auch noch der Wein zu Kopf stieg, entschieden wir, dass Isabelle einfach bei uns schlafen würde. Sie wollte unbedingt die Geisterburg kennenlernen. Für mich war es mein erster richtiger Abend mit Freunden und es fühlte sich einfach toll an. Ich beschloss mehr davon zu wollen. Damit würde ich dann eben diese seltsamen Dinge in Kauf nehmen müssen. Außerdem wollte ich für meine Freunde eine gute Wächterin werden. Mutig wollte ich sein. Da ich erkannte wie gut die beiden Brüder alles meisterten. Insgeheim wünschte ich mir, dass wenigstens David auf mich stolz war und mich nicht als dummes Püppchen sah. Das war ich nie gewesen, diese Rolle stand mir auch einfach nicht.

Der nächste Morgen wurde ebenso witzig, auch wenn ich einen tierischen Kater hatte. Mein Vorhaben, die Bücher der Kammer zu lesen, verschob ich lieber, da ich mich kaum konzentrieren konnte. Zu allem Übel quälten mich die anderen mit Tanzunterricht. Weil ich es einfach nie gelernt hatte. Wobei David es mir wirklich einfach machte. Er führte wie ein Gott. Ich fühlte mich großartig in seinen Armen. Am Nachmittag wurden Kleider geliefert. Wir schimpften mit den beiden, da sie diese heimlich für uns bestellten. Doch wir beschlossen uns einfach die Stimmung nicht versauen zu lassen und beließen es bei ein paar einfachen Flüchen.

Dafür brauchten wir zwei Mädchen ewig, um uns hübsch zu machen. Wir lachten viel und verstanden uns wirklich großartig. Die Zwillinge genossen die ausgelassene Stimmung genauso sehr wie wir.

Vor allem ihre Gesichter waren himmlisch, nachdem wir zusammen die Treppe hinunter schritten. Isabelle kam auf diese Idee, da wir uns wahrhaftig wie Prinzessinnen fühlten. Die beiden strahlten uns überglücklich an. Sie überschütteten uns mit Komplimenten und selbst ich fühlte mich zum ersten Mal mehr als nur ansehnlich.

Als dann noch eine weiße Traumlimousine am unteren Ende der Burg hielt, war es um uns geschehen. Wir bestaunten juchzend den Wagen. David reichte mir seine Hand und half mir in das traumhafte Gefährt. Isabelle steckte uns zuvor die Haare kunstvoll nach oben. Mein Kleid war mit hübschen Steinchen besetzt, welche unglaublich funkelten und es besaß das gleiche Hellblau wie meine Augen. Isabelle trug ein blassrosa Kleid, welches ihre Figur nur so umschmeichelte.

Steve fuhr den Wagen. „Gehört er euch?", wunderte ich mich. Die beiden zuckten entschuldigend mit ihren Schultern. „Er ist schon etwas älter. Vater besorgte ihn einst für Mutter", erklärten sie ein wenig angewidert. Wir Mädchen fanden ihn trotzdem toll.

Wir fuhren eine knappe Stunde und kamen an einem unglaublich schönen Schloss an. Schloss Moritzburg lag direkt auf einem See. Zwei Türme ragten an den Seiten empor. Viele Fenster schmückten das imposante Gebäude. Die äußeren Türme waren mit rundlichen Dächern versehen, in der Mitte ragte ein etwas flacherer Absatz mit einem Spitzdach empor. Der gesamte Komplex schimmerte in hellen, modernen Farben und mit dem See im Hintergrund sah es einfach majestätisch aus. Uns beiden verschlug es die Sprache. Vor allem fuhr der Wagen bis auf die Insel und ließ uns an der weißen Treppe raus, welche in die Burg führte. Ein roter Teppich bedeckte die breiten Stufen. David meinte, dass dies nur bei besonderen

Anlässen so sei. Die beiden reichten uns ihre Hände beim Aussteigen. „Es ist wie ein Kleinmädchentraum", hauchte Isabelle. Ich starrte noch immer dieses unglaubliche Bauwerk an. Tief nahm ich die frische Luft in mir auf. Roch den Duft des Wassers. Ich schaute in Davids Augen und speicherte diesen Moment ganz tief in meiner Seele ab.

„Gefällt es dir?" Noch immer spürte ich das angenehme Kribbeln in meinem Bauch, wenn er so mit mir sprach. „Es ist absolut fantastisch. Wie reich ist die Dame?" „Sie lässt es anmieten. Ist nicht ihres", informierte uns Daniel. Isabelle schien ebenfalls alles in sich aufzunehmen.

„Ach Nadja, bitte erzähle nichts von deinen persönlichen Dingen." Ich schaute zu David auf. „Du meinst?" Ich deutete auf meinen Stift, welcher wieder meinen Schopf verzierte. David nickte und legte seine Hand auf meine Schulterblätter. Neben ihm kam ich mir beschützt, behütet vor. Langsam schritten wir die Stufen hinauf, selbst ich fühlte mich elegant, was jedoch eher an David lag. Er hielt mich, führte mich wie bei einem Tanz. Zwei Herren in Fracks standen am Eingang. Sie öffneten die riesigen schweren Holztüren. Wir betraten einen weitläufigen Eingangsbereich. Noch bevor man diesen genießen konnte, kam ein Herr, welcher uns in einen großen Saal brachte. „Ich würde mir lieber das Schloss ansehen", flüsterte ich ganz leise. „Heute nicht. Aber das machen wir mal." Ich spürte, dass sich David anspannte.

Man eskortierte uns zu einem sehr großen Festsaal. Dieser wirkte in seiner Gesamtheit sehr prunkvoll. Überall hingen alte Gemälde, ich erachtete es aber als zu überladen. Goldumrandungen machten es noch kitschiger, wie auch die riesigen funkelnden Kronleuchter. Es erschlug einen fast, ich empfand es eher als erdrückend. Doch über Geschmack konnte man sich eben nicht streiten.

Die Gräfin saß auf einer Art Thron. Es wirkte einfach nur übertrieben. Ein Herr stand neben ihr, ebenfalls in einem Frack gekleidet. David geleitete mich vor den Thron. Der Mann schlug mit einem Stab auf. „David Alexander Matthias von Bernstorff, in Begleitung von Kurfürstin Nadja Christine Annabelle von Hoym." David verneigte sich. Er hatte mir gezeigt, wie man einen richtigen Knicks machte, welchen ich dieses Mal ohne Wackeln hinbekam. Gedanklich klopfte ich mir zufrieden auf die Schulter. Wobei ich dieses Theater wirklich schrecklich fand. David legte wieder seine Hand an meinen Rücken. Die Dame nickte uns erhaben zu. Er führte mich an die Seite. Wieder schlug der Typ mit dem Stab auf. Dieser verzog dabei keine Miene. Nur zu gerne hätte ich seine Gedanken gelesen. „Daniel André Sebastian von Bernstorff, in Begleitung von Isabelle Schmidt." Ich biss mir auf meine Wangeninnenseite. Da der Gräfin bei Isabelles Namen der Gesichtsausdruck entglitt. Vor allem den Namen Schmidt bei einer Schwarzen fand ich großartig.

Bei der Gräfin handelte es sich um eine faltige, rothaarige, dürre alte Dame. Ihr Haar hatte man seltsam nach oben gesteckt, sodass es einen an diese alten Perücken erinnerte. Zwei monströse goldene Kämme steckten in dieser Frisur, welche diese mit dicken grünen Klunkern zierten. Ich fand die Dame einfach nur schräg. Ich könnte sie mir nie als liebevolle Großmutter vorstellen.

Daniel und Isabelle kamen zu uns. Wir begaben uns in einen weiteren Raum. Dort standen bereits viele Gäste und unterhielten sich angeregt miteinander. Ein bisschen erinnerte es mich an meine Schulzeit, da sie in kleinen Gruppen zusammenstanden. Die Anwesenden bemerkten uns. Plötzlich verstummten alle, sie starrten nur in unsere Richtung. Ich schluckte das unangenehme Gefühl hinunter, setzte ein freundliches Lächeln auf. David blieb ganz der Gentlemen und reichte mir ein Getränk, welches eine hübsche, junge Servierdame auf einem Tablett bereithielt. Ich nahm es dankbar entgegen. Vorsichtig nippte ich an dem Glas und betrachtete dieses. Es bestand aus kunstvoll geschliffenem Kristall. Stilisierte Blumen waren hineingeschliffen worden. Der obere Rand des Glases schimmerte in einem Goldton. Das fand ich wirklich hübsch.

„Schön, meine Söhne hier anzutreffen!", säuselte eine Dame, welche direkt auf uns zukam. Sie sah aus wie eine reiche Dame aus Hollywood. Ihr blondes Haar floss in großen Locken hinab. Ihr knallrotes Kleid empfand ich etwas zu aufgesetzt und sie war unglaublich dünn. Dank der modernen Medizin schien sie keine Falten zu besitzen, nur leider wirkte ihr Gesicht dadurch eher wie eine Maske.

Sie hielt David ihre Hand hin, welche er steif entgegennahm. Er beugte sich nach vorn und deutete einen Kuss an. „Mutter", knurrte er angespannt. Daniel machte es ihm gleich. Doch Daniel bekam ein paar wirklich bösartige Blicke ab, welche er mit einem frechen Grinsen konterte. Was wohl an Isabelle lag.

Andere kamen und begrüßten uns ebenfalls. Ich fand es schrecklich, dass sich keiner mit Namen vorstellte. Nur Katharina und Julius kannte ich bereits. Befand sich denn kein netter Mensch in diesem Raum? Bis auf meine drei Freunde? David führte mich in ein etwas ruhigeres Eck, nachdem ich mir bereits wie bei einem Spießrutenlauf vorkam. Zumindest verstand ich diesen Begriff endlich. Da uns alle Gäste zu beobachten schienen, verunsicherte mich die Situation schrecklich.

Katharina kam entschlossen auf uns zu. „Was bist du? Bist du eine von uns?" Ich schaute in die Runde. „Nein, gewiss nicht." Sie runzelte ihre Stirn. Ließ sie sich auch schon was spritzen? „Was bist du?", hauchte sie bösartig. Ich beugte mich leicht vor. „Ein Mensch vom Planeten Erde." „Hast du schon einmal einen Geist gesehen?", schnaubte sie verächtlich. „Ich befürchte, dass wir für ein solches Gespräch zu alt sind." Das Gleiche hatte ich Daniel geantwortet, nachdem er mich in seinem Schloss beim Abendessen danach fragte. Katharina lief knallrot an. Daniel hustete leise neben mir. Selbst David kämpfte um seine Selbstbeherrschung.

Katharina stapfte wütend davon. Ich atmete erleichtert aus. „Du machst das gut", raunte David leise an meinem Ohr. Ich fragte mich gerade, warum wir an diesem Ort sein mussten, als ein ganz alter Mann auf uns zukam. „Graf von Bülow." David verneigte sich leicht. Ich knickste und hielt ihm meine Hand entgegen. In Zukunft bräuchte ich dringend Handschuhe, notierte ich geistig. „Kurfürstin von Hoym." Er nahm meine Hand entgegen. Nur gut, dass sie nicht wirklich ihre Lippen darauflegten, das wäre einfach nur ekelig.

Der Graf wechselte ins Französische. „Ich frage mich, warum ihr hier seid? Außerdem lasst ihr dieser jungen Dame keine Entscheidungsmöglichkeit." Durch die Sprache klangen seine Worte nicht ganz so bösartig, wie sie im Deutschen geklungen hätten. Ich lächelte David an. „Dürfte ich wissen, wozu ich mich entscheiden müsse?", antwortete ich auf Französisch. Immerhin bekam ich in der Schule immer gute Noten bei den Fremdsprachen. Französisch, Englisch und etwas Spanisch musste ich belegen. Meine Lehrer halfen mir beim Lernen, sie unterstützten mich oft mit Büchern, welche sie mir schenkten. Nur leider konnte ich die Sprachen kaum aktiv benutzen.

Der Graf schaute mich an. Sein Blick wirkte vollkommen leer oder ich konnte ihn einfach nicht deuten. „Sie sprechen Französisch?" „Unter anderem." Noch immer lächelte ich ihn freundlich an. „Gefällt Ihnen der Abend bisher?", setzte er an. Doch mir lief es plötzlich eiskalt den Rücken hinab, als hätte er es ebenfalls gespürt, drehte er sich um.

Ein Mann im Alter unserer Väter, sowie ein jüngerer, welcher etwa so alt wie David sein musste, betraten den Raum. Der ältere trug graues Haar. Eine dunkle Strähne an seiner Stirn ließ ihn attraktiv wirken. Doch seine ganze Erscheinung verursachte einen eisigen Schauer. Der junge Mann besaß das gleiche braune Haar wie Noah. Er schaute in meine Richtung. Seine Augen schimmerten nahezu schwarz. Ich atmete schwer aus. Das war Noah! Mein Fluchtinstinkt setzte ein. Ich spürte eine warme Hand in meinem Rücken, welche sich wie Balsam anfühlte und die Kälte vertrieb, die die beiden Neuankömmlinge in mir verursachte. Zwei Damen folgten den beiden. Diese fielen mir erst auf, als sie laut loskicherten. Doch Noah kam direkt auf mich zu. Der Graf verschwand umgehend ohne ein Wort des Abschieds.

„Schwesterchen." Sein Gesicht verzog sich zu einer finsteren Grimasse. Ich befürchtete, dass er lächelte. Eigentlich würde sein kantiges, starkes Äußeres wirklich anziehend sein, doch ich empfand nur Abscheu für ihn. „Bruder." Ich knickste erneut. „Es freut mich, dich wieder zu sehen. Wie erging es dir in den letzten Jahren?" Am liebsten hätte ich ihm einen juristischen Vortrag über Mord gehalten, aber ich entschied mich, meine schüchterne Rolle von vor ein paar Tagen wieder einzunehmen. „Nicht sonderlich gut." Noah legte seinen Kopf leicht schief. Etwas wie Sorge huschte über sein Gesicht. Das konnte nicht stimmen, ich irrte mich bestimmt. „Kannst du dich an mich erinnern?" Ich schüttelte brav meinen Kopf. „Woher wusstest du gerade, dass ich dein Bruder bin?" Ich nippte an dem Glas, da ich schlucken musste. Fotos! Schoss mir durch den Kopf. Ich hasste es, zu lügen. „Ich fand alte Bilder und Alben … Außerdem …" Ich trug noch immer die Kette mit dem Herzen an meinem Hals. Ich öffnete den Anhänger. Er schaute erstaunt darauf. „Wer gab dir diesen?" Er wollte nach dem Anhänger greifen, doch ich wich ihm aus. Er runzelte seine Stirn. „Hast du Angst vor mir?" „Nein … vor Berührungen", wisperte ich leise. Noah sah mich fragend an. „Was ist mit dir geschehen?", erwiderte er gespenstisch tief. „Nichts was ich hier gerne berichten würde." „Abschaum diese Menschen", fauchte er. In dem Punkt musste ich ihm Recht geben. Aber für mich war er noch größerer Abschaum. „Noah, wer ist diese junge, bezaubernde Dame?" Der andere Mann tauchte neben ihm auf. „Vater, das ist meine Schwester." „Wie soll das gehen?", gab ich verwirrt ab, spielte meine Rolle weiter, indem ich die Ahnungslose mimte. „Baron von Manteuffel." David verneigte sich dezent. Gut, wenigstens wusste ich, dass dieser meine Tante misshandelt hatte. Also für mich ebenfalls als Ausgeburt der Hölle galt. „Mach dir keine Gedanken Nadja, mit der Zeit wirst du alles verstehen", versuchte Noah die Situation zu entschärfen. Doch auch das funktionierte nicht. Sein blutbeschmiertes Gesicht schoss durch meine Erinnerungen. Ich atmete schwer ein und aus. „Geht es dir nicht gut?", hörte ich David. Ich schüttelte meinen Kopf. „Geht schon." „Was ist mit ihr?", kam finster von dem Baron. Ich schaute auf. „Ich habe vor zwei Wochen erfahren, dass ich einen Adelstitel habe und eine Familie besaß. Nun stehe ich hier, obwohl ich davon keinen Schimmer habe, und sehe meinen Bruder, der Sie als Vater bezeichnet?" Ich brauchte nicht einmal zu schauspielern, die Situation wurde einfach zu viel für mich. Noah schien mir meine Geschichte abzukaufen. „Ach, das ist bestimmt alles sehr aufreibend für dich." Ich nickte ihm zu. „Schläfst du in der Burg?", erkundigte er sich. Mit der Frage bezweckte er etwas. Ich blieb auf der Hut. „Ja, aber sie ist viel zu groß." „Wie bist du dort reingekommen?" Mist, wenn ich nicht aufpasse, dann würde ich auffliegen. Ich zögerte einen Moment. „Das war wirklich seltsam. Ich wollte schon fast dieses blöde Tor eintreten und schnitt mir noch in den Finger. Obwohl ich hundertmal dagegen drückte, ging es nicht auf. Erst als ich mich schnitt, öffnete es sich. Gott war das gruselig ... Kennst du die Angestellten? Ich glaube, die haben einen an der Waffel. Sie meinen Vater würde herumspuken." Noah runzelte seine Stirn. „War denn sonst noch etwas seltsam?" Ich überlegte angespannt. Leise flüsterte ich. „Diese Katharina fragte mich gerade nach Geistern. Meinst du, dass es so etwas wie eine Massenpsychose gibt?" Noah schaute zu den Zwillingen. Diese schenkten ihm einen ahnungslosen Gesichtsausdruck. „Du sagtest doch, sie sei eine Wä…" Noah unterbrach seinen Vater mit einem wütenden Blick. Ich biss mir auf meine Wangeninnenseite, um nicht los zu juchzen.

Man unterbrach unser Gespräch, indem man zum Essen aufrief. Mir war der Appetit längst vergangen. Trotzdem folgten wir den anderen und fanden uns in einem Saal voller weißer Tische wieder. David deutete auf einen Tisch, an welchem seine Mutter Platz nahm. „Warum wollten wir hier her?" Sogar Isabelle fühlte sich nicht wohl. „Das frage ich mich auch gerade", seufzte ich. „Weil es dazugehört." David zog mir den Stuhl zurecht. Er wollte, dass ich sah, was da auf uns zukam. Was diese Leute bezweckten, auch wenn ich es nicht verstand. Wie sollten sie an so viel Macht gelangen? Konnten Menschen denn so dumm sein und solchen machtgierigen Leuten folgen? Ich warf David einen entschuldigenden Blick zu. „Ich wusste nicht, dass du Französisch sprichst", kam anerkennend von Daniel. Daniel richtete Isabelle den Stuhl her. Sie verhielten sich wie die perfekten Gentlemen. „Sprachen fielen mir in der Schule leicht. Außerdem hatte ich gute Lehrer." „Aha, was fiel dir noch leicht?", versuchte David, damit sich die Anspannung wieder löste. Ich überlegte. „Mathematik und die Naturwissenschaften. In den musischen Fächern sowie Geschichte war ich eine Niete." Daniel lachte leise. Selbst Isabelle lächelte bereits wieder. Nur mir fiel es schwer, mich zu entspannen. Wenigstens konnten wir uns über unsere Schulzeiten unterhalten. Sie gestanden mir, dass sie alle Mathe nicht mochten. Dabei scherzten die beiden Jungen über ihre Mathelehrerin.

Ein Heer an Kellnern betrat den Raum. Sie alle stellten gleichzeitig die Teller hin. Ich fand es ziemlich gruselig, da sie wie Roboter wirkten. Besorgt musterte ich die grüne, cremige Suppe. Ich schnupperte, aber sie roch gut. Die Gräfin erhob sich. „Vielen Dank, dass Sie alle so zahlreich erschienen sind. Ich bin ja nicht gerade eine Frau der vielen Worte. Also bitte, genießen Sie einfach den Abend." Alle applaudierten. Noch immer empfand ich sie als ziemlich aufgesetzt. Ich probierte einen Löffel von der Suppe, schon kam mein Appetit zurück. Leider war es viel zu wenig. Der nächste Gang folgte. Eine grüne, winzige Eiskugel lag auf einem Teller. „Sorbet", murmelte David. Ich probierte das frische, kühle Etwas und verzog mein Gesicht. Es schmeckte nach Basilikum. Was ich befremdlich fand, lieber wartete ich auf den nächsten Gang.

Zwei winzige Stückchen Fleisch mit zwei dünnen Stangen Spargel folgten. Ich schmollte das Essen an. „Kein Wunder, dass die so dünn sind." Das Fleisch aber schmeckte köstlich, nur leider war es viel zu wenig. „Da hast du Recht", lächelte Daniel. „Mmmhh, ich hätte Lust auf ein richtig gutes Steak", fuhr Isabelle fort. Ich kicherte. „Dann machen wir das doch bald." Daniel stupste seine Freundin liebevoll an. Seine Mutter gab ein Schnauben ab. Die blendeten wir vollkommen aus. David funkelte sie an. „Sag mal Christine, was gibt es auf versuchten Mord mit schwerer Körperverletzung?" Ich überlegte. „Strafgesetzbuch Paragraph 49. Im schlimmsten Fall fünfzehn Jahre mit anschließender Sicherheitsverwahrung. Warum fragst du?" Ich wusste genau, was er bezweckte. Da seine Mutter einst versuchte, ihren Vater zu töten. Aber mir wurde so langsam klar, warum man all das unter den Tisch kehrte. Denn sonst würden irgendwie die Jäger auffliegen. Zumindest vermutete ich, dass es so sein musste. Erneut schnaubte sie, aber sie sprach kein Wort mit uns. „Soll ich meinen alten Chef fragen? Falls du Hilfe brauchst?" Ich lächelte David an. Ich spürte seine Hand an meinem Bein, welche tröstend über meinen Oberschenkel glitt. Nach dem dritten Gang folgte wieder etwas aus

Gemüse, was merkwürdig roch. Ich probierte es nicht einmal. Das winzige Stück Schokomousse am Ende schmeichelte meinem Gaumen. Dieses aß ich vergnügt auf.

„Liebe geht durch den Magen", hauchte er an meinem Ohr und schob mir seines zu. „Jetzt verstehe ich den Spruch", säuselte Isabelle. Daniel trat ihr ebenfalls sein Dessert ab. „Können wir nach dem Essen gehen?", flüsterte ich ganz leise. Die Zwillinge nickten sich zu. Nachdem das Essen beendet war, mimte ich die Kranke. Noah kam gleich auf mich zu. „Was ist mit dir?" „Mir ist das alles zu viel. Ich sollte mich besser ausruhen", log ich. „Sehen wir uns mal? Wir könnten zusammen essen gehen", bot er fast schon schüchtern an. „Klar … aber ich hab im Augenblick wirklich viel zu erledigen." Er griff nach meiner Hand. Ich gewährte es ihm. Zärtlich strich er darüber. Trotzdem lief es mir kalt den Rücken hinunter. „Gibst du mir deine Nummer?", erkundigte ich mich. Sonst wäre es ja dumm. „Natürlich." Er kramte seine Brieftasche aus der Innentasche seinen Sakkos heraus, reichte mir ein schwarzes Kärtchen. Noah Thomas Markus von Manteuffel stand darauf. Eine welke Lilie befand sich auf der Rückseite. Wem gehörte die Rose bei Adrians Fluch? „Warum ist da eine Lilie drauf?", gab ich gespielt verwundert ab. „Das ist eine Familientradition. Dein Vater besaß eine aufblühende Lilie … Sie gilt als Symbol eines Königs, aber auch die Gnade durch Gott." Ich bekam einen dicken Kloß im Hals. Weil es einfach nicht zu ihm passte.

Sein Vater kam auf uns zu. „Sag mal, warum trägst du einen Stift im Haar?", fragte dieser eisig. Geschockt verspannte ich mich. Verlegen schaute ich an ihm vorbei. Entdeckte, wie Isabelle gerade von der Toilette zurückkam. Denn meine beiden Freunde hätten mich bestimmt nicht verraten. Den Stift sah man eigentlich nicht, nur sie wusste, neben den Zwillingen, dass er sich dort befand. Schockiert blickte ich zu Baron von Manteuffel auf. Dieser funkelte mich an, als hätte er mich bei einer Straftat erwischt. All meine Gedanken fingen an, sich zu drehen. „Ich …" Ich griff an meine Frisur, brauchte einen Moment und zog den Stift hinaus. Angestrengt dachte ich nach. Mein Haar fiel lang hinab. Ich nutzte diese Sekunden, um mich zu sammeln. „Ich … fand ihn im Arbeitszimmer. Er ist von meinem Vater." Tränen brannten mir in den Augen, da ich furchtbare Angst bekam. Was wollten diese bösen Menschen nur von mir? Ich drückte den Stift an meine Brust. „Lass sie in Ruhe", fauchte Noah seinen Vater an. Doch er ließ sich nicht abbringen. „Bei dir spukt es also!" Ich erinnerte mich, wie wir am Vortag lachten und scherzten. Dabei meinte Daniel, dass es bei mir spuken würde und ich antwortete, dass wir den Geist vertrieben hätten. Ich drehte mich zu Daniel um. Entdeckte den Schmerz in seinen Augen. Isabelle musste uns ausspioniert haben. Daniel schien es ebenfalls zu glauben, wenn ich seinen verletzten Blick richtig deutete.

Vielleicht kam auch daher dieser schreckliche dunkle Geist. Vermutlich wusste dieser, wo ich steckte. Mir wurde schwindelig. Ich riss mich mit all meiner mentalen Kraft zusammen. „So eine alte Burg macht doch Geräusche und da alleine zu sein, ist wirklich beängstigend." Meine Stimme glich einem Wispern, meine Knie zitterten vor Anspannung. „Es reicht jetzt. Wir gehen", hörte ich David. Dieser griff schützend nach meiner Hand. „War ja klar. Du warst schon immer scharf auf sie!", fauchte Noah ihn an. „Sie ist wertlos", schnaubte dessen Vater. „Für dich … Aber sie gehört mir!", schrie Noah viel zu laut. Meine Knie gaben nach. Das waren seine letzten Worte in meinem Traum gewesen. David fing mich auf. Noah sah mich entsetzt an. „Sie hat wirklich viele schlimme Dinge erleben müssen. Lasst ihr doch einfach etwas Zeit." Sogar Daniel wirkte verzweifelt. Ich hörte den Schmerz in seiner Stimme. David hob mich in seine Arme. Ich presste mein Gesicht an seine Brust. „Wir gehen", kam eisig von David, ich spürte, wie er mich hinaustrug. „Du bleibst! Ich will dich nie wiedersehen!", kreischte Daniel seine Isabelle an, da sie uns nachlaufen wollte. Er folgte uns und gemeinsam begaben wir uns zu dem Wagen.

„Wo ist Isabelle?", wunderte sich Steve. David erklärte ihm den Vorfall. Dieser schaute kopfschüttelnd zu uns drein und startete den Wagen. „Viel Alkohol", seufzte ich an Davids Brust. Da wir drei einen richtigen guten Rausch gebrauchen konnten.

Ich drehte mich zu Daniel um. „Hey, das tut mir echt leid", weinte ich, weil ich sah, wie verletzt er neben uns saß. „Ist schon gut … Ich habe sie wirklich geliebt." Auch ihm traten die Tränen in die Augen.

Steve hielt an einer Tankstelle. David stieg aus, besorgte uns viele alkoholische Getränke. Anschließend fuhren wir nach Hause und setzten uns schweigend in mein Esszimmer.

Wir sprachen kaum. Da der Schock über den Verrat von Isabelle einfach zu tief saß. Ich hatte wirklich mit meinen Gefühlen kämpfen müssen, aber das, was Daniel gerade durchmachen musste, war einfach zu grausam. „Du warst erschreckend gut." David musterte mich besorgt. Ich schaute zu ihm auf. „Es tut mir leid." Erneut traten Tränen in meine Augen. Er atmete tief durch, schüttete sich etwas Whiskey in sein Glas. Ich fand das braune Zeug schrecklich. Für mich kaufte David ein süßes Mischgetränk. „Ich hätte es ahnen müssen", kam von Daniel. „Nein, das konntest du nicht." David schaute besorgt zu seinem Bruder. Ich kuschelte mich an ihn heran. Er strich liebevoll über meinen Arm.

Ich hielt noch immer die Karte von Noah in der Hand und betrachtete diese. „Unschuld", seufzte ich leise, da die Lilie dafür stand. „Das ist er nicht. Schau, deswegen verwelkt sie." David nahm mir die Karte ab und legte sie auf den Tisch. „Er kann richtig charmant sein", stellte ich kaum hörbar fest. „Das war er schon immer. Mal war er total süß und lieb. Im nächsten Augenblick musste man sich vor ihm fürchten", erklärte Daniel leise. David küsste mich an meinem Hals. Das fühlte sich gut an. „Am Freitag ist wieder so eine beschissene Veranstaltung." „Kann ich mich nicht krankmelden? Wir behaupten einfach, dass wir eine Lebensmittelvergiftung haben", schmollte ich erschöpft. Die beiden schmunzelten. „Nein, das ist die jährliche Feier unserer Adelspresse. Wenn die einen einladen, sollten wir hingehen. Sonst quälen sie einen ein ganzes Jahr lang und verfolgen uns", informierte mich David. Mir gingen diese Veranstaltungen jetzt schon auf die Nerven. Mehr brauchte ich nicht. „Gibt es denn keine Netten?" „Katharina ist gut und noch ein paar andere", erklärte mir Daniel. Ich verschluckte mich. „Die Zicke!" Die beiden lachten laut auf. „Alles Show." Ich staunte nicht schlecht über diese Information. „Wie viele seid ihr?" Langsam drehte sich alles, der Alkohol wirkte. Ich schob das Glas weg. „Wissen tun wir von etwa hundertfünfzig. Davon sind noch etwa zwanzig Gut. Bei den Wächtern gab es nur rund fünfzehn. Davon bist du die Einzige im Augenblick", lallte Daniel ein wenig. „Redet ihr von Deutschland?" Sie schüttelten ihre Köpfe. „Europaweit."

„Überschaubar", nuschelte ich. „Es sind viel mehr. Das sind nur die, die wir kennen. Sie organisieren sich in Gruppierungen", erklärte Daniel. „Ah, na dann gibt es ja doch Hoffnung." Ich wollte nicht die Einzige bleiben. „Da scheint es genauso zu sein." Ich schaute zu meinem David auf. „Alles doof", langsam löste ich mich von ihm. Meine Blase drückte und noch würde ich es alleine ins Bett schaffen. „Nacht", hickste ich, machte mich torkelnd auf den Weg nach oben. Die beiden folgten mir. Daniel plumpste mit in unser Bett. Ich schaffte es nicht einmal aus meinem Kleid raus. Auch die beiden bekamen nur ihre Sakkos ausgezogen. Deswegen war es mir egal, dass Daniel bereits in meinem Bett schnarchte.

Kapitel 17

Den Sonntag verbrachten wir erneut mit unserem Kater. Erst schliefen wir lange aus. Anschließend trösteten wir Daniel.

Am Montag standen Behördengänge an. Ich musste mich unter meiner neuen Adresse anmelden. Außerdem bekam ich einen neuen Reisepass sowie Personalausweis, wegen meinem richtigen Namen. Meine richtige Geburtsurkunde forderte Orlovski ebenfalls an. Immerhin machte er es mir unglaublich einfach. Er bereitete alles vor und erledigte seinen Job hervorragend. Nur, dass er auf einen Friseurtermin bestand, wunderte mich. Doch David fand ebenfalls, dass ich dies bräuchte. Ich musste mir eingestehen, dass mein Haar zu lang hinabhing. Außerdem wirkte es dadurch nicht gerade zeitgemäß.

Also fuhren wir nach unserem Termin gleich zu einem edlen Friseur. Schweigend ließ ich alles über mich ergehen. Daniels Liebeskummer dämpfte unsere Stimmung. Meine Haare blieben zwar lang, aber sie brachten einen schönen, leicht stufigen Schnitt rein. Auch eine Kosmetikberatung bekam ich sowie reichlich neuer Schminkutensilien. Bei der Rechnung schnaubte ich entsetzt. Aber daran müsse ich mich wohl oder übel gewöhnen. Meinten zumindest die Zwillinge.

Am Dienstag half mir Daniel bei den Vorstellungsgesprächen. David musste geschäftlich in die Stadt und wollte noch im Schloss vorbeisehen.

Wir fanden drei geeignete Kandidaten und ließen diese einen Schnuppertag bei Walther machen, der ebenfalls an den Gesprächen teilnahm. Ich fand es aufregend, lernte viele neue Dinge dabei. Ich schrieb mir die Fragen auf, welche Daniel gekonnt stellte. Er blieb immer freundlich. Er besaß ein erstaunlich gutes Gefühl für Personal. Auch wenn er im Augenblick eher an sich selbst zweifelte. Doch auch ich täuschte mich in Isabelle, was mich noch immer wunderte. Da ich eigentlich fand, ein gutes Gespür für Menschen zu besitzen.

Am Mittwoch meldete sich Adrian bei uns. Ihm ging es gut. Auch mit seinen Söhnen sprach er, welche ihn über die Geschichte mit der Geburtstagsfeier aufklärten. Adrian offenbarte, dass ich mir für Sonntag nichts vornehmen solle. Aber über diese Wächtersache verlor er am Telefon kein weiteres Wort. Vor allem fand ich es traurig, dass er nicht über Vater sprach. Das kränkte mich ein wenig.

Am Donnerstag brachten mir die beiden viel über Finanzen bei. Sie erklärten mir Anlagemöglichkeiten, die Sache mit den Vermietungen sowie Verpachtungen und auch ein paar Grundlagen des Rechnungswesens. Bei solchen Dingen verstand sich Daniel als wirklich guter Lehrer. Dafür besaß David ein unglaubliches Wissen über Kunst sowie Antiquitäten. Sie brachten mich in die Stadt, dort zeigten sie mir ihre Firma, welche in einem modernisierten Altbau lag. Diese kümmerte sich um deren Verwaltung. Kleinere Abteilungen verteilten sich in dem Gebäude. Da traf es sich gut, dass sich auch die Kanzlei von Orlovski in der Nähe befand. Diesem statteten wir zum Abschluss einen Besuch ab. Vor allem nahmen wir uns noch ein wenig Zeit, um durch die Stadt zu schlendern. Wir besichtigten die Frauenkirche, tranken einen Kaffee und die Kasematten zeigten sie mir auch noch.

Dieses alte, unterirdische Gewölbe faszinierte mich. Es handelte sich um die ursprüngliche Festung der Stadt Dresden. Unterirdisch verlief sie. Darüber befand sich ein Teil der Elbterrassen. Aus einer Luke konnte man direkt auf die Elbe sehen. Wenn diese zu hoch stieg, standen diese Gänge unter Wasser. Auch da spukte es. Doch die alten Soldaten schienen uns nicht zu bemerken. Sie irrten durch die Gänge oder lagen angetrunken in den Ecken. Sie erklärten mir, dass sie die Geister genau wie ich sahen. Wobei sie bisher nur mit Vater sprechen konnten. Das war für sie einmalig. Doch sie glaubten, dass das nur durch Vaters Wächterdasein möglich wurde. Langsam fing ich an diese ganze Sache zu akzeptieren. Es tat gut mit den beiden darüber reden zu können. Im Gegensatz zu mir wuchsen sie mit dem alten Wissen auf. Dennoch mussten sie anderen gegenüber schweigen, da diese Geheimnisse streng gehütet wurden. Nur mit Wächtern oder Jägern durften sie darüber sprechen. Wobei sie über ihre Jägeraktivitäten auch nicht viel ausplaudern durften. Ich erklärte ihnen, dass ich immer glaubte, dass es Tagträume seien. Es fühlte sich gut an mit ihnen über diese Dinge reden zu können. Es half über meine Selbstzweifel hinweg und rückte meine Vergangenheit, meine kleinen Hirngespinste in ein anderes Licht. Ich sorgte mich weniger um meine geistige Gesundheit.

Natürlich vergaßen wir nicht, zu trainieren. Die beiden fanden, dass ich gelenkig und auch sehr fit sei. Aber vom Kämpfen verstand ich rein gar nichts. Ich wollte ihnen nicht wehtun, dabei stand ich mir oft selbst im Weg. Dadurch verfrachteten sie mich ständig auf den Boden. Die beiden waren wirklich schnell und stark. Gegen sie hatte ich absolut keine Chancen. Ich bettelte sogar schon verzweifelt nach einer Pistole, nur leider half die nichts bei Dämonen oder Geistern.

Täglich schmerzten meine Knochen. Nur das Lob der beiden und die ermunternden Worte hinderten mich am Verzweifeln. Wir drei verstanden uns wirklich blind. Es war einfach unglaublich, zwei so gute Freunde zu haben. Das hätte ich mir nie zu träumen gewagt. Dadurch gab ich für sie einfach nicht auf. Ich wollte stark sein, keine Belastung. Auch wenn mein Herz noch immer bei jedem Raunen von David aussetzte und ich ihm immer mehr verfiel, durfte ich mich von meinen Gefühlen nicht ablenken lassen.

Mit der Wächterkammer kam ich einfach nicht weiter. Sie bestanden darauf, dass ich über meine Wächterdinge nichts verriet und viel lernte. Leider brauchte ich so dringend ihre Hilfe, da ich diese alten Handschriften einfach nicht lesen konnte. Das gedruckte Altdeutsch lernte ich schnell, nachdem ich in der Bibliothek ein paar ältere Bücher fand. Die Buchstaben, welche ich nicht erkannte, erklärten mir die beiden. Aber die meisten Wächterbücher wurden handschriftlich verfasst, das bekam ich einfach nicht auf die Reihe. Letzten Endes fand ich doch noch ein paar Dinge heraus.

Die ersten Wächter und Jäger tauchten, den Aufzeichnungen nach, etwa fünfhundert Jahre nach Jesu Geburt auf. Der erste Wächter besaß das Zeichen der Rose von Jericho. Welche eher einem vertrockneten Wurzelballen glich. Dieser schaffte es im Krieg der Burgunder, sich selbst zu erwecken. Damit konnte er diesen Krieg auflösen. Dies geschah im Frühmittelalter und danach bildeten sich die ersten Königshäuser aus. Ich erkannte, dass nicht alle Adeligen solche Fähigkeiten besaßen. Trotzdem schienen sie darüber Bescheid zu wissen und nutzten es in den vergangenen Jahrhunderten.

Ich staunte, da selbst bei den Balkanfeldzügen ein Wächter dabei war. Diese fanden um fünfhundertfünfundneunzig nach Christus statt.

Immer wieder erschienen sie über die Jahrhunderte hinweg. Über die Jäger fand ich nur wenige Informationen. Diese wirkten eher wie die Ritter der Wächter. Einer der stärksten Wächter war August der Starke, aber auch Friedrich der Erste, König Barbarossa, wurde in den Aufzeichnungen erwähnt. Beeindruckt versuchte ich, mehr herauszufinden. Auch wenn ich nur langsam vorankam, zogen mich ihre Geschichten immer mehr in den Bann.

Vor allem als die Hunnen kamen, ließen viele Wächter sowie Jäger ihr Leben. Bei den napoleonischen Kriegen wurden die Wächter fast ausgerottet. Ende des achtzehnten Jahrhunderts gab es kaum noch Wächter. Auch bei den Jägern schien es herbe Verluste gegeben zu haben und sie zogen sich zurück. Im Zeitalter der Industrialisierung versteckten sie ihre Fähigkeiten und fingen an geheime Bündnisse zu schließen.

„Was liest du da?" Ich quiekte erschrocken auf. Da ich alleine in der Kammer saß und Vaters Auftauchen mich unglaublich erschreckte. Ich griff mir an mein Herz. Dabei brauchte ich ein paar Sekunden, um mich wieder zu beruhigen. „Wächtergeschichte. Aber ich kann die anderen Bücher nicht lesen", japste ich. „Erschreck mich nicht immer so!", fügte ich angestrengt hinzu. „Entschuldige … Solltest du dich nicht für die Veranstaltung fertigmachen?", gab er freundlicher ab. „Ich will da nicht hin. Aber leider warte ich noch immer auf eine schwere Virusinfektion." Vater schmunzelte ein wenig. Er wirkte etwas freundlicher als bei unserem Abschied. Trotzdem blieb ich ihm gegenüber besser vorsichtig.

„Wie war deine Woche?", erkundigte er sich nett. Ich zuckte mit meinen Schultern. „Habe viel gelernt. Wir haben einen neuen Gärtner, ich musste mich um unglaublich viel Papierkram kümmern und die Jungs brachten mir viel bei." Ich schlug das große alte Buch zu. Vorher markierte ich die letzte Seite mit einem leeren Blatt und trug es zurück ins Regal. „Du hast Noah gesehen?" Ich nickte. Noch immer lief mir ein eisiger Schauer über den Rücken, sobald ich an ihn dachte. „Ja, es war seltsam. Irgendwie kann er nett sein, dann aber auch wieder unglaublich böse." Ich schüttelte bei meinen Erinnerungen meinen Kopf. „Das hat er bei uns auch gemacht." Ich spürte meinen Vater direkt hinter mir. „Nadja, ich möchte mich entschuldigen." Ich runzelte meine Stirn, drehte mich um, sah in seine Augen. „Ich war wirklich gemein zu dir." „Vater, kennst du sein Zeichen?" Ich bekam die Sache mit der Lilie nicht aus dem Kopf. „Nein, warum?" „Eine Lilie. Ich glaube, ihr habt so einiges gemein. Du warst am ersten Abend auch lieb und dann wolltest du mich fast umbringen." Er sah mich an, als hätte ich ihn geschlagen. Sein Gesichtsausdruck wirkte leicht gequält, doch ich rutschte an ihm vorbei, rannte nach oben, ohne noch einmal nach ihm zu sehen. Es bereitete mir Sorgen, dass die beiden das gleiche Symbol trugen. Schon die ganze Woche über grübelte ich darüber nach. Vor allem waren ihre Gefühlsausbrüche ähnlich und ich beschloss, meinem Vater gegenüber vorsichtig zu sein.

Oben fand ich Adrian vor. „Hallo!" Sein Lächeln zauberte mir ebenfalls eins ins Gesicht. Ich lief auf ihn zu, beugte mich nach unten und umarmte ihn herzlich. Er freute sich wirklich, mich zu sehen. Selbst seine Umarmung fühlte sich einfach toll an. Solch einen leichten Umgang wünschte ich mir mit meinem Vater. Auch wenn er als Geist wandelte.

Erst danach fielen mir die beiden älteren Herren auf. Welche bei ihm standen. „Nadja. Du bist so hübsch geworden", gab einer freundlich von sich. Ich kannte ihn, das war der mit der Blume an meinem Bett gewesen. „Akelei", fiel mir wieder ein. Er nickte traurig. „Wir mussten dich beschützen." Dabei griff er nach meiner Hand, hauchte mir elegant einen Kuss darauf. „Dann sind Sie Balthasar und der andere Herr ist Matthäus?" Dieser nickte mir grimmig zu. Aber auch er begrüßte mich mit einem Kuss auf die Hand. „Habt ihr auch diese Irmingard gefunden?", erkundigte ich mich höflich bei Adrian. „Schon, aber die ist dement. Das brachte nichts", seufzte Adrian. Ich musterte sie fragend. „Es müssen doch drei sein?" „Dein Vater", knurrte Balthasar. Ich gab ein Schnauben ab. „Aber der ist doch ein Geist!" „Das Ritual können wir dennoch durchführen", kam von Balthasar. Ich schüttelte genervt meinen Kopf und entschuldigte mich freundlicher bei den dreien, da ich mich umziehen musste. Immerhin mussten wir pünktlich bei dieser seltsamen Veranstaltung erscheinen.

Nachdem ich mich in ein hübsches Kleid gezwängt hatte und über die hohen Schuhe fluchte, schritt ich nach unten. Wieder hielt der Stift mein Haar zusammen. Nur, dass ich einen lockeren Knoten band und feine Strähnen mein Gesicht umschmeichelten. Die Zwillinge warteten bereits auf mich. Sie strahlten mich glücklich an. Die Woche mit den beiden war einfach schön gewesen. Ich selbst grinste übers ganze Gesicht. Auch wenn ich mich so gar nicht auf die Veranstaltung freute. Vater stand neben Adrian und staunte, als ich die Treppe hinab kam.

„Du bist so schön wie deine Mutter", raunte er leise. „Das ist sie", sprach Balthasar. Ich lächelte den alten Mann an. Er erinnerte ein wenig an den Weihnachtsmann. Sein dichter weißer Bart, sein etwas zu langes Haar sowie seine glänzenden, alten Augen ließen ihn so wirken. Sein gepflegtes Erscheinungsbild beeindruckte mich. Matthäus huschte ein Lächeln über seine Augen, doch schnell erlosch dieses wieder. Sein Haar war einer gepflegten Glatze gewichen und auch sonst sah er eher rundlich aus.

Irgendwie konnte ich ihn mir nicht als kämpfenden Wächter vorstellen.

„Wir müssen los." David unterbrach meine Beobachtungen. Die Zwillinge stellten sich zu mir. Ich hakte mich bei beiden ein. „Viel Spaß", lächelte Adrian. „Ich mag da gar nicht hin", jammerte ich noch immer. „Wir sind ja da." David küsste mich auf meine Wange. „Ohne euch würde ich krankmachen." „Das würdest du bereuen", lachte Daniel. Gemeinsam gingen wir hinunter und stiegen in meinen BMW ein. Ich erfuhr bei der Fahrt, dass Steve frei hatte. Nachdem er uns bereits die ganze Woche herumfuhr und sich um uns kümmerte, konnte ich das nachvollziehen. Mir machte es nichts aus. Ich berichtete den beiden, was Vater mir für einen Schrecken eingejagt hatte. Was die beiden kopfschüttelnd zur Kenntnis nahmen.

Wir erreichten die Stadt bei Anbruch der Dunkelheit. David fuhr meinen Wagen in eine Tiefgarage. Gemeinsam schritten wir über die Elbterrasse, bis wir hinab zu einem Hotel gelangten. Eigentlich hätte ich lieber die kleinen, funkelnden Wellen der Elbe beobachtet. Zumal eines der alten Dampfschiffe gerade laut pfeifend darüber glitt. Leider führten mich die Jungs zu unserer Pflichtveranstaltung. Beeindruckt betrachtete ich das Hotel. Doch die vielen Menschen davor hielten mich von einer genaueren Musterung ab. Die Zwillinge sagten mir während der Fahrt, dass einige Journalisten da seien und auch Fans, welche mal einen Prinzen oder eine Prinzessin sehen wollten. Eigentlich konnte ich mir kaum vorstellen, dass Leute Interesse an Adeligen haben konnten. Immerhin handelte es sich ja nicht um Musiker oder Schauspieler.

Doch nun blickte ich entsetzt auf die Masse an Menschen vor diesem Hotel. Ich verkrampfte mich, hielt mich an den Zwillingen fest. Da befanden sich einfach zu viele Leute. Blitzlichter leuchteten auf. Julius badete bereits in der Menge. Er genoss sichtlich die Aufmerksamkeit, welche man ihm entgegenbrachte. Ich fand es einfach nur schrecklich. Sogar Zuschauer musste man abtrennen, damit sie den Adeligen nicht zu nahe kamen. Dennoch versuchten sie, Blicke auf Julius zu erhaschen. Sie konnten uns nur aus zwanzig Metern Entfernung sehen. Die Journalisten befanden sich dafür umso näher. Sie alle drängten sich, um einen zu sehen oder ein Foto machen zu können. Ich fand es merkwürdig. Nie käme ich auf den Gedanken, mir so etwas anzutun. Zwischen den Menschen standen immer wieder Sicherheitsleute, die für unsere Sicherheit sorgten.

„Augen zu und durch", raunten die beiden gleichzeitig. Daniel trauerte noch immer ein wenig wegen Isabelle. Aber er kam langsam darüber hinweg. Wir sprachen die Woche über viel und auch die viele Arbeit half ihm dabei. Ich atmete tief durch und war wirklich dankbar, dass die beiden bei mir blieben.

Wir gingen über den roten Teppich. Daniel und David lösten sich von mir, da wir nicht unnötig für Schlagzeilen sorgen wollten. Darüber sprachen wir bereits in den letzten Tagen. Auch wenn die Freundschaft zwischen unseren Vätern kein Geheimnis war, mussten wir der Presse gegenüber vorsichtig sein. Nicht damit man mir am Ende nachsagte, dass ich etwas mit den beiden hätte. Die Fotografen konzentrierten sich noch immer auf Julius. Ein

Sicherheitsmann deutete uns, einen Moment zu warten. „Ich schleich mich auch vorbei", flüsterte ich leise. David schmunzelte. Ich ließ meinen Blick schweifen, beobachtete neugierig die Schaulustigen. Unter ihnen entdeckte ich ein kleines, süßes, blondes Mädchen, welches ganz alleine zwischen den Neugierigen stand und weinte. Hilfesuchend sah ich mich um. Niemand schien sie zu bemerken. Doch als ich weiter hinten die verzweifelten Augen einer Mutter sah, konnte ich einfach nicht anders. Ich lief los, drängte mich an den Sicherheitsleuten vorbei, hockte mich zu dem Mädchen. Sie befand sich eingequetscht zwischen den Zuschauern und der Absperrung. Sie weinte bittere Tränen. Verzweifelt, ängstlich, fast schon panisch erschien sie mir. Sie musste unter furchtbarer Angst leiden. „Gehen Sie da mal weg!" Ich griff umständlich nach ihr, tastete nach dem kleinen Körper und zog das Mädchen hoch in meine Arme. „Hey Süße." Ich strich ihr übers Gesicht. Sie brauchte ein paar Momente, um sich zu beruhigen. Ich zog ein Taschentuch aus meiner kleinen Tasche, tupfte ihr sanft die Tränen weg. Rosi gab mir immer eines aus Stoff mit, welches mit feiner Spitze besetzt war. Die Kleine betrachtete das Taschentuch. Sie blinzelte und sah mich mit ihren Kulleraugen an. „Bist du eine Prinzessin?" „Wenn du das für dich behältst?" Dabei lächelte ich sie an. Sie nickte und schon strahlte sie. Ich machte ein paar Schritte zurück. „Wie heißt du?" „Jewa." „Wie alt bist du?" Sie zeigte mit ihren kleinen Fingern eine Vier. Wie konnten die Eltern nur so etwas zulassen? Aber ich schaute in die Menschenmenge hinein. „Hier ist sie!" Ich entdeckte ihre Mutter in der Menge. Doch plötzlich blitzte es um mich herum. Ich brauchte ein paar Sekunden, um mich an dieses grelle Licht zu gewöhnen. Trotzdem musste ich mich erst um die Kleine kümmern. „Jetzt machen Sie doch bitte Platz, damit die Mama zu ihrem Kind kann!", schimpfte ich laut. Schon ließen sie die Mutter durch. Sie nahm weinend ihre Tochter in ihre Arme. „Das Taschentuch kannst du behalten … Bitte, ich glaube nicht, dass dies der richtige Ort für ein kleines Mädchen ist." „Sie hat es sich so sehr gewünscht. Unser Jahr war sehr schwer", weinte die Mutter. „Prinzessin!", quiekte die Kleine und zeigte stolz auf mich. Ich konnte ihr nicht böse sein. Für sie machte ich sogar einen tiefen Knicks.

Auf einmal klatschten, jubelten alle los. Verwirrt drehte ich mich um, schaute in viele Gesichter, welche mich rührselig ansahen. Soweit dazu, dass ich keine Aufmerksamkeit auf mich ziehen wollte.

Ich machte mich gerade auf den Rückweg, als die Ersten sich nach meinem Namen erkundigten. Julius nutzte seine Chance. „Darf ich Ihnen die Letzte von Hoym vorstellen? Nadja Christine Annabelle Schmied von Hoym!", rief dieser laut aus. Aber anstatt ihn abzulichten, prasselten noch mehr Lichter auf mich ein. Die Sicherheitsleute umzingelten mich, halfen mir zurück zum roten Teppich. Ich schaute an meinem Kleid hinab. Wenigstens hatte ich mich nicht schmutzig gemacht.

Das kleine Mädchen winkte noch mit meinem weißen Taschentuch. Ich lächelte in ihre Richtung. Man bombardierte mich mit hundert Fragen. „Entschuldigen Sie bitte. Aber ich würde mich gern frisch machen", versuchte ich. David und Daniel standen wieder bei mir. „Das war großartig, aber auch gefährlich." Ich nickte den Journalisten freundlich zu und ließ mich in das Hotel führen. Auch wenn diese unfassbar viele Fragen stellten, brauchte ich Ruhe. Das war noch immer zu viel für mich. Ich wollte nicht auf irgendwelchen Titelseiten erscheinen.

In der Lobby schüttelte ich entsetzt meinen Kopf. Doch die Nähe der Zwillinge half mir, mich wieder zu sammeln.

Ich entschuldigte mich bei den beiden und verschwand auf der Damentoilette. Noch einmal überprüfte ich mein Make-up sowie mein Kleid. Schnell schlüpfte ich zurück. Wir betraten als Letzte den großen Saal. Helle Farben dominierten, moderne Leuchter erhellten den Raum, auch sonst wirkte alles sehr stilvoll. Wir saßen mit Katharina und ihrer Familie an einem Tisch. Bei ihr saßen zwei wesentlich jüngere Geschwister, welche gelangweilte Gesichter zogen. Eine Dame stellte sich auf die Bühne und berichtete von den vielen Artikeln der letzten Monate. Sie sprach von gesellschaftlichen Ereignissen, Wohltätigkeitsveranstaltungen und auch über ein paar unwichtigere politische Themen. Wobei es eher um das britische Königshaus ging. Aber auch von den thailändischen und niederländischen Häusern berichtete sie. Sie dankte allen für unser Erscheinen und eröffnete damit das Abendessen.

Ich wimmerte leise, als das Essen wieder mit einer kleinen Suppe begann. Die Geschwister von Katharina kicherten über mich. Nur sie warf mir böse Blicke zu. Ich ignorierte diese lieber gekonnt.

Dafür sprach ihr Vater freundlich mit mir. „Das mit Ihren Eltern tut mir sehr leid. Wir waren befreundet." Ich schaute ihn prüfend an. Sein Blick verriet mir, dass er die Wahrheit sprach. Aber auch ich zweifelte seit Isabelle ein wenig an meiner Menschenkenntnis. „Woher kannten Sie sich?", erkundigte ich mich höflich. „Wir gingen auf ein Internat. Ihr Vater, Adrian und ich. Da waren auch noch andere …" Er verstummte, schüttelte traurig seinen Kopf. „Vater, das

Schicksal meint es nicht gut. Denn sie hat keine Begabungen", unterbrach ihn Katharina. Er warf ihr einen scharfen Blick zu. „Trotzdem ist sie seine Tochter und du weißt, dass ihr Vater unserer Familie sehr geholfen hat!" Katharina verdrehte ihre Augen. „Darf ich fragen, wobei er half?", versuchte ich zurückhaltend. „Das ist unwichtig!", zischte sie mich an. Ich atmete tief durch und spürte Davids Hand auf meinem Bein. Wieder einmal schenkte er mir mit einer leichten Geste unglaublich viel Kraft.

Der Hauptgang kam, doch plötzlich piepten mehrere Handys los. Ich sah mich um. Auch die Zwillinge schauten auf ihre Telefone. „Mist!", fluchten sie. Zwei Mädchen und sechs junge Männer erhoben sich. Vor allem befanden sich auch Julius und Katharina darunter. David griff nach meiner Hand. „Wir nehmen sie mit!", knurrte er in Daniels Richtung. „Das könnt ihr nicht bringen!", wetterte Katharina. Die beiden ignorierten sie. „Fährst du bei uns mit?", bot Daniel ihr an. Sie nickte und warf mir einen tödlichen Blick zu. Wir alle rannten raus. Hinunter in die Tiefgarage zu meinem Wagen. „Warum muss sie mit?", fegte Katharina, als David den Wagen startete. Er schoss mit überhöhter Geschwindigkeit aus der Stadt raus. „Weil wir für sie zuständig sind und es geschworen haben", erklärte Daniel angespannt. Er zog eine kleine aufrollbare Tasche aus seinem Sakko. Ich schaute ihm neugierig über die Schulter. Katharina rollte ein Strumpfband an ihrem Bein hinab und auch da erschienen winzige Utensilien. „Nadja, du bleibst im Wagen!", kam von David. Ich schmollte. Weil ich doch eigentlich auch gern mal einen Dämon oder bösen Geist sehen wollte. Aber sein Tonfall ließ leider keine Widerworte zu. Ich drehte mich im Wagen um. Zwei Motorräder und ein weiterer Wagen kamen hinter uns her. Die Motorräder überholten uns bereits. Ich staunte nicht schlecht.

Ich könnte bestimmt nicht so fahren. Katharina zerriss ihr schönes Kleid. Sie kürzte es und bei ihren Schuhen konnte man die Absätze entfernen. Beeindruckt schaute ich ihr zu. „Ihr solltet anschließend ihr Gedächtnis löschen!", schimpfte sie. Daniel schaute zu mir. Ich schüttelte meinen Kopf. Besser ich antwortete nicht weiter darauf.

Wir fuhren einen Berg steil hinauf, landeten vor einer gruseligen, teilweise verfallenen Burg. Im Mondschein streckte sich diese gespenstisch empor. „Bleib im Wagen!", fauchte David noch einmal. Ich blieb brav sitzen. Auch wenn ich viel lieber zusehen würde. Aber ich wusste, dass er sich sonst nicht konzentrieren konnte. Die drei stiegen aus. Ich sah, wie vor ihnen etwas aufblitzte und im nächsten Moment hielten sie Waffen in ihren Händen. Katharina trug einen Stab, die Zwillinge richtige Schwerter, welche im Mondschein weiß glänzten. Auch die anderen folgten ihnen. Nur die Fahrer der Motorräder befanden sich bereits im Inneren der Anlage.

Ich betrachtete meine Finger. Wieder einmal kam ich mir unnütz vor, auch wenn ich wusste, dass es eigentlich nicht stimmte. Ich zog meine Schuhe aus, da sie drückten, schaute auf meine Absätze. Die konnte man nicht abmachen. Nur weil ich zwei Sprüche geschrieben hatte und einmal etwas Blut vergoss, war ich noch lange nichts Besonderes. Ich seufzte leise vor mir her.

Ich runzelte meine Stirn, Gänsehaut bildete sich an meinen Armen, ein seltsames Kribbeln lief mir den Rücken hinauf. Ich sah mich um, hörte nur noch meinen eigenen Atem.

Doch da im Licht einer einzelnen Laterne entdeckte ich wieder diese dunkle Gestalt. Irgendetwas aber war anders an ihr. Ich stieg aus, da der Wagen eher zu einem Gefängnis werden konnte. Nein, da stand nicht dieses Wesen in Kapuze. Da stand eine Frau, welche auf die Burg zeigte. „Rette sie!" Ich kniff meine Augen zusammen. „Das kann ich nicht." Zögernd ging ich auf die Frau zu. Sie trug ein sehr altes, edles schwarzes Kleid. Sogar den Spitzenbesatz konnte man erkennen. Nur leider schien sie etwas durchsichtig zu sein. Über ihren Kopf hing eine Art dunkler Schleier, als würde sie um etwas trauern. „Versuche es!" Ihre Stimme gab einen gespenstischen Hall ab. Entsetzt schaute ich zur Burg hinauf, lauschte in die Ferne, bis ein lauter Schrei die Nacht durchbrach.

Ich rannte barfuß los, lief hinauf, zwischen den alten Mauern entlang. Ein junger Mann lag am Wegesrand. Ich schaute nach ihm. „Lauf weg!", zischte er mich an. Ich drehte mich um. Ein unangenehmer Duft wehte mir entgegen. Es roch nach faulen Eiern. Schwefel. Kam mir in den Sinn.

Ich entdeckte einen riesigen dunklen Schatten, welcher sich gerade in zwei Teile spaltete. „Ein Ferrum", keuchte der Junge neben mir. Ich starrte entsetzt auf diesen Schatten. Seine Augen glühten in einem tiefen Rot. Doch im nächsten Moment schien dieser Schatten zu zerreißen, ein weiteres Augenpaar leuchtete auf. „Krass!" Vollkommen erstarrt blickte ich auf dieses Ungetüm. Der Junge rappelte sich auf. Er warf sein kurzes Schwert in Richtung des Dämons und sackte wieder zusammen. Das Schwert bohrte sich in diesen, schien aber dem Dämon nicht viel auszumachen. Katharina rannte auf einen der beiden zu. Sie sprang hoch, stieß fest mit ihrem Stab zu. Der Dämon ergriff sie, schleuderte sie gegen eine Mauer.

Mein Schock ließ nach, ich sprintete auf sie zu, entdeckte aus den Augenwinkeln die kämpfenden Zwillinge. Aber die anderen konnte ich schon nicht mehr sehen. Ich zog meinen Stift aus meinem Haar. Katharina lag bewusstlos auf dem Boden. Ihr Körper wirkte seltsam verdreht. Ich überlegte panisch, dabei setzte ich meinen Stift bereits an ihrem Arm an. Ich spürte, wie ihre Atmung flacher wurde. Nur ein Röcheln erklang aus ihrer Kehle. Hastig versuchte ich, meine Gedanken zu ordnen und schrieb:

Heile schnell und heile genau.

Damit gesund wird diese Frau.

Ich überlegte, was ich noch machen könnte, doch da leuchtete die Schrift schon grün auf. Langsam ergriff das Leuchten ihren Körper. Nur still wurde es auf einmal. Ich drehte mich um. Der Dämon war wieder eins und kam direkt auf mich zu. Ich kreischte auf, rannte los. Nur weg von Katharina, da sie sicherlich noch Zeit brauchte. Ich stolperte über mein Kleid, landete auf meinen Händen, das Brennen ignorierte ich. Ich erreichte die Brüstung. „Scheiße!" Da kam ich nicht runter, dahinter ging es verdammt tief hinunter. Ich hielt mich an einer Querstange der Brüstung fest. FERRUM – EISEN! Super, Chemie half da bestimmt nicht. Ich schaute auf meine Hand. „Eisenstange." Ich stemmte mich mit aller Kraft dagegen. Aber die hielt dort seit vielen hundert Jahren, da würde sie für mich nicht aufgeben. „NADJA!", kreischte David. Ich drehte mich. Der Dämon tauchte bereits über mir auf. „Lös dich, sonst fress' ich dich!" Ich fiel mit der Stange in der Hand hin. Der Dämon senkte sich zu mir herab. Ich rammte ihm die Stange entgegen. Ein lautes, unheimliches Fauchen entrang der Kehle des Dämons. Ich kniff ängstlich meine Augen zusammen. Doch dieses Ungetüm sackte über mir zusammen und begrub mich unter sich, sogar mein Schrei erstickte er. Verdammt schwer so ein Schatten. Ich bekam kaum Luft. Aber dieses Monster bewegte sich einfach nicht mehr.

Ich spürte, wie mein Herz heftig schlug. Ich versuchte, es von mir runter zu schieben, aber er lag leblos auf mir. Ich bemerkte ein Brennen an meinem Arm. Es tat höllisch weh, erinnerte mich an das längst vergangene Brennen meiner Haare, meiner Haut.

„Holt sie da raus!", hörte ich dumpf aus der Ferne. Mir wurde langsam schwindelig. Meine Lungen rangen nach Luft, welche sie nicht bekamen. Ich spürte, wie ich langsam ohnmächtig wurde. Mein Herzschlag verlangsamte sich, alles verschwand in weite Ferne. Mein erbärmliches Leben lief vor meinem inneren Auge ab. All die vielen einsamen Stunden. Die Hoffnung etwas Neues zu erleben, geliebt zu werden. Aber wollte ich diese Kämpfe? Mein Körper spannte sich an, krampfte, weil der Sauerstoff fehlte. Plötzlich nahm der Druck ab, die schwere Last wich von mir. Dennoch fiel ich in eine tiefe Finsternis. „Nadja!" Nur unterbewusst hörte ich jemanden schreien.

Ich hustete. Jemand blies mir Luft in meine Nase. Nur schwer kam ich wieder zu mir. „Oh mein Gott. Sie lebt!", vernahm ich eine besorgte Katharina. Hastig schlug ich meine Augen auf und sah direkt in Davids Augen. Was mich sofort wieder beruhigte. Ich atmete tief ein. Die frische, kühle Luft fühlte sich wirklich herrlich an. Ich spürte noch immer ein höllisches Brennen. „Arm", keuchte ich. „Stift!", fügte ich hastiger hinzu. „Hier ist er." Katharina legte mir diesen in meine gesunde Hand. Ich umschloss ihn wie ein Heiligtum. Vorsichtig drehte ich mich auf die Seite. Mein Arm sah aus, als hätte ich mich mit einer Säure verätzt. Er schimmerte rot, glänzte leicht wegen der wässrigen Flüssigkeit. Etwas schwarze Masse klebte daran und schien sich weiter einzubrennen. „Aua." Es tat wirklich weh. „Das wird wieder." David zog mich in seine Arme, er hielt mich fest an sich gedrückt. „Daniel?" „Hier!" Ich schaute auf. Er lächelte mich an. „Warum bist du aus dem Wagen gekommen?", schimpfte David mit gebrochener Stimme. Ich zog seinen Duft ein. „Weil da was war … Sie wollte, dass ich euch rette", nuschelte ich erschöpft an seiner Brust. Bei ihm fühlte ich mich sicher, vor allem beschützt. „Du hast mein Leben gerettet", seufzte Katharina ehrfürchtig. Ich drehte mich zu ihr, setzte mich ein wenig in Davids Armen auf. „Verrate es niemandem", flüsterte ich ihr flehend zu. Sie riss ihre Augen weit auf. In dem Moment erkannte sie, was ich wohl sein sollte. „Wächterin." Sie verneigte sich tief vor mir. „Hör auf mit dem Mist. Sonst müssen wir dich alles vergessen lassen", zischte ich leise. Da sie so etwas im Wagen sagte. Nur hatte ich keinen blassen Schimmer, wie das gehen sollte. Hoffentlich verriet sie mich nicht, das blieb meine größte Sorge. David schaute sich entsetzt meinen Arm an. „Tut weh", schmollte ich. Er küsste mich sanft auf meinen Mund.

„Die anderen denken, du hättest mehr Glück als Verstand", murmelte Daniel, der bei uns hockte. „Gut so." Dabei schaute ich bittend Katharina an. Ich durfte nicht als Wächterin auffliegen. Sie musterte mich verstehend. „Blöde Schnepfe!", rief sie aus und stapfte zu Julius.

„Selber!", rief ich ihr nach. „Die sollte im Wagen bleiben!", schimpfte sie zickig. David hob mich hoch. Ich warf ihr einen dankbaren Blick zu. Ein Lächeln huschte über ihre Augen und schon lief sie den anderen nach. Der Dämon war spurlos verschwunden. Zu gerne hätte ich gewusst, wie sie das anstellten. Wobei meine Sorge vor weiteren Kämpfen überwog, aus dem Grund fragte ich besser nicht nach. Die anderen kümmerten sich um ihre Verletzungen.

„Kümmert euch um sie! Außerdem möchte ich sie so schnell nicht wiedersehen!", fauchte Julius die Zwillinge an. „Geht klar", schnaubten die beiden und setzten mich in den Wagen. „Schaut!" Da stand wieder diese gespenstische Frau. „Das ist die Gräfin Cosel. Sie sucht ihr Kind", informierte mich Daniel leise. Ich rutschte vor, schaute mir die Brüder an. „Geht es euch gut?" David keuchte ein wenig. „Wird schon wieder." Daniel sah vollkommen zerschunden und zerkratzt aus. David hatte einige Schnitte und Blessuren abbekommen. Ihre Hemden hingen nur in Fetzen an ihnen herab.

Ich lehnte mich im Wagen zurück, spürte auf einen Schlag, wie sehr mich dies alles ermüdete. Vor allem war ich nur knapp dem Tod entronnen. Während der Fahrt schlief ich ein. Schreiend wachte ich auf, da ich von diesem Monster träumte. David hielt mich in seinen Armen, trug mich gerade zur Burg zurück. „Ich wäre fast gestorben vor Sorge", murmelte er. „Lass mich runter. Du bist verletzt." Mein Arm tat noch immer schrecklich weh. „Sie hat uns allen den Hintern gerettet", kam angestrengt von Daniel. Erst jetzt fiel mir auf, dass er humpelte und David trug eine ordentliche Platzwunde am Kopf. „Ich kann laufen! Du blutest!" Panik kroch in mir hoch. Ich zappelte, doch er ließ mich nicht los. Ich streckte meine gesunde Hand aus, griff nach seiner Verletzung. Er zischte leise. „Du hast Schmerzen", wimmerte ich entsetzt. Er schaute zu mir herab. „Glaubst du, dass Dämonen einfach zu erledigen sind?" Er klang unglaublich eisig. „Nein." „Du hattest mehr Glück als Verstand! Du hättest im Wagen bleiben sollen!" Seine Worte klangen unfassbar streng. Tränen traten mir in die Augen.

Die Tür öffnete sich. Vater, Adrian und die anderen beiden Herren standen dahinter. „Von Blutenburg rief mich an." Adrian musterte uns voller Sorge. David drängte sich vorbei, brachte mich in das Wohnzimmer. Auf dem Sofa legte er mich vorsichtig ab. „Dämonenblut hat sie erwischt." Vater löste sich sofort auf. Ich schaute meinen Arm an. „David, sei nicht sauer", flehte ich ihn an. Daniel legte seine Hand auf dessen Schulter. „Noch mal, sie hat uns gerettet", versuchte er seinen Bruder zu beruhigen. „Sie hat nicht mehr geatmet und sie wurde fast erdrückt!", schrie David ihn an. Ich zuckte zusammen. So wütend hatte ich ihn nur einmal erlebt. Bei unserem ersten Treffen, da schrie er ebenfalls so laut. „Sie hat noch keinen Schutz!", fügte er zornig hinzu.

Vater tauchte vor mir auf. Adrian half ihm, mich mit einer Salbe zu verarzten und einen Verband anzulegen. David lief aufgeregt im Raum hin und her. „Normalerweise sind die einfacher zu besiegen." Ich wimmerte, da die Salbe brannte. „Wie hast du ihn erledigt?", flüsterte Vater. Balthasar und Matthäus setzten sich zu mir. „Ferrum, Eisen. Ich hielt mich an der Brüstung fest ... da kam er auf mich zu. Die anderen waren verschwunden ... Autsch!", fing ich an zu erzählen. Doch Adrian legte den Verband etwas zu fest an. „Sie hat Katharina gerettet. Ich hörte, wie ihr Rücken brach!", seufzte Daniel. Ich verdrehte meine Augen. „Welcher Spruch?", kam neugierig von Balthasar.

„Heile schnell und heile genau, damit gesund wird, diese Frau." Matthäus prustete belustigt los. „Gott, ist der einfallslos", schmunzelte Vater. „Der andere war literarisch noch schlechter." Ich selbst musste kichern. „OK, wie lautete der?", freute sich Balthasar. „Der ist echt peinlich ... Lös dich, sonst fress' ich dich!" Die Herren lachten sich schlapp. Nur David sah mich noch immer wütend an. Daniel zog ihn mit sich mit. Ich hörte, wie die beiden vor der Tür leise murmelten. Doch verstehen konnte ich sie aus dieser Entfernung nicht.

Adrian prüfte meinen Verband. „Alles gut. Wir drei werden uns jetzt verabschieden. Da wir hier im Augenblick als Jäger nichts zu suchen haben. Ihr braucht die Zeit für euch." Ich schaute entsetzt zu Adrian. „Nein ..." Ich stand auf, lief zu David, fiel ihm direkt in seine Arme. „Geh nicht, solange du wütend bist." Er runzelte seine Stirn und blickte fragend zu seinem Vater. „Ich bin nicht wütend. Ich hab mir nur so unglaubliche Sorgen gemacht", versuchte er sanfter. Ich küsste ihn auf sein Kinn. „Es tut mir leid." Er zog mich an sich heran. „Ich liebe dich." Ich schaute ihn an. Tränen standen in seinen Augen. Ich schenkte ihm ein Lächeln. „Mein Herz und meine Seele gehören dir." Liebevoll senkte er seine Lippen auf meine. „Gott, ist das kitschig", schnaubte Daniel und erntete von seinem Vater einen Schlag gegen seinen Arm.

Ich runzelte meine Stirn. „Vater, wenn Adrian geht, bist du auch weg." „Nein, Balthasar hat deinen Zauber erweitert. Ich kann zwischen Adrian und der Burg springen." Staunend schaute ich zu Balthasar. Noch einmal drückte ich mich an meinen Liebsten ran. „Mmmhhh ... Pass gut auf dich auf." Der Abschied fiel uns beiden sehr schwer und nur durch die Überredungskünste der anderen konnten wir uns schließlich voneinander lösen.

Ich ließ mir noch ein heißes Bad ein und verzog mich danach ins Bett. Vater tauchte auf, als ich bereits am Einschlafen war. Er gab mir einen Kuss auf meine Stirn und blieb die ganze Nacht über an meiner Seite.

Kapitel 18

Vater saß beim Aufwachen noch immer an meinem Bett. Besorgt musterte er mich. „Können wir uns unterhalten?" Ich gähnte erst einmal und nickte. „Wir wollen mit dem Ritual anfangen. Normalerweise wäre eine Frau bei dir. Eine Priesterin oder Wächterin, wie auch immer … Die wäscht dich und … Na ja, rasiert deinen Körper." Ich sah ihn entsetzt an, zog meine Decke fest um mich herum. Der Gedanke, dass einer der Herren dies übernehmen würde, erschreckte mich fast so sehr wie der Dämon. „Nein … das sollst du selbst übernehmen", kam erschrocken von Vater. Ich atmete erleichtert aus. „Du trägst keine Kleidung …" „Was?!", keifte ich. Nun war ich wirklich wach. „Hör mir zu … Also … du bekommst breite Bandagen. Die wickelst du um die wichtigen Körperstellen." Erneut atmete ich tief durch. Vater musterte mich besorgt. „Das Reinigungsritual dauert fast einen Tag. Aber du kannst dir Zeit nehmen, so viel du willst." „Einen Tag für Baden, Rasieren und Einwickeln?" Er nickte. „Das schaffe ich in einer Stunde." „Wir sind unten. Die Bandagen und der Mantel liegen vor deiner Tür. Stecke bitte deine Haare hoch und den Stift lass hier oben liegen! Den brauchen wir nicht." „Was passiert dann?", erkundigte ich mich ein wenig besorgt. Er strich mir eine Strähne hinters Ohr. „Das wirst du schon sehen", seufzte er und löste sich auf. „Was ist mit Frühstück?", rief ich ihm nach. Er wurde wieder sichtbar. „Darauf wirst du heute verzichten müssen." Ich schob meine Unterlippe vor, aber er löste sich erneut auf. Ich schlich zu meiner Tür, holte die Sachen rein. Ein weißer Mantel sowie weiße breite Bandagen aus Stoff lagen davor.

Nachdem ich noch einmal badete, mein Körper frei von Härchen war, kämpfte ich mit diesen verflixten Bandagen. Die Brust einzuwickeln bekam ich hin. Aber an meiner Mitte stellte sich dies als riesige Herausforderung dar. Nach anderthalb Stunden war ich fertig. Ich schlüpfte in den Mantel, machte mich auf den Weg nach unten.

Die drei Herren saßen schweigend im Esszimmer. Meinen Angestellten hatte man frei gegeben, damit Ruhe in die Burg einkehrte. Sie deuteten auf einen Stuhl. Brav nahm ich Platz. Balthasar fing leise an zu erklären. „Du wählst aus, welcher von uns dich führt, dich begleitet und wer wacht. Derjenige, der führt, darf als Einziger sprechen. Dir sagen was passiert. Du wirst die ganze Zeit über schweigen ... Der Begleiter sieht, was du siehst und der Wächter führt die Riten durch. Davon wirst du nicht viel mitbekommen. Wenn du Fragen hast, darfst du sie jetzt stellen, später darfst du nicht mehr sprechen." Ich schluckte. Die Anspannung der drei konnte man fast greifen. „Was wird der Begleiter sehen?", hauchte ich kaum hörbar. „Deine Vergangenheit, alles", antwortete Balthasar erstaunlich lieb. „Wer hat die stärksten Nerven?" Matthäus und er runzelten ihre Stirn. Balthasar nickte mir zu. Einen Moment lang dachte ich darüber nach. „OK. Papas Stimme wird mir helfen. Balthasar, dir vertraue ich ein wenig, du wirst mein Begleiter und Matthäus führt die Riten durch." Sie lächelten mich zufrieden an, als hätten sie es bereits so erwartet. „Hast du Angst?", kam besorgt von Vater. „Ein bisschen", gab ich zu.

„Können wir?", erkundigte sich Matthäus sanft. Ich nickte und nun hieß es für mich schweigen. Darin war ich wenigstens geübt. Auch wenn ich in den letzten Tagen mehr gesprochen hatte, als in meinem gesamten Leben.

Die drei trugen ebenfalls weiße Mäntel. Nur, dass auf ihren Rücken die jeweiligen Blumen auftauchten. Vater blieb an meiner Seite. Er sah mich mit gemischten Gefühlen an. Sogar ein wenig Stolz entdeckte ich bei ihm. Was mir Trost spendete.

Wir gingen hinunter in den Wächterraum. Dort schritt Vater hindurch und drückte seine Hand gegen einen alten Stein. Ich bemerkte, dass es ihm immer leichter fiel, sich zu materialisieren. Mit einem leisen Beben löste sich ein Regal. Balthasar half Vater dabei, dieses zu öffnen. Wir begaben uns in ein dunkles Gewölbe. Matthäus zündete eine alte Fackel an und lief in dem runden Raum herum. In regelmäßigen Abständen loderten nach und nach weitere Fackeln auf. In der Mitte stand ein großer Esstisch, nur die Beine hatte man diesem abgesägt. Zumindest wirkte es so, weil er so niedrig dastand.

Balthasar kniete sich auf eines der Enden des Tisches. Ich folgte ihm und hockte mich wie vorher besprochen an das andere Ende. Wir sahen uns direkt an. „Wir holen jetzt ein paar Dinge. Wir bereiten einen Trank vor. Diesen nehmt ihr gemeinsam ein und wir werden euch festbinden", sprach Vater zurückhaltend. Ich nickte verstehend und schaute Balthasar in die Augen. Sie schimmerten grau, wirkten grenzenlos freundlich. Er schenkte mir ein beruhigendes Lächeln. Ich spürte, wie mein Herz vor Aufregung schlug. Es war neben dem leichten, unregelmäßigen Zischen der Fackeln, das Einzige, was ich hörte.

Matthäus stellte eine Schale zwischen Balthasar und mir hin. Vater zog vorsichtig meinen Mantel aus. Anschließend legte er auch den von Balthasar ab. Ich fand seinen Körper für sein hohes Alter wirklich krass. Er war vollkommen durchtrainiert und das, obwohl er bestimmt über Siebzig sein musste. Wenigstens durfte Balthasar seine Hose anbehalten.

Matthäus rieb Kräuter in die Schale. Anmutig goss er Wasser hinein. Vater setzte sich neben mir auf den Boden. Der Duft der Kräuter versetzte mich in einen leichten Rausch. Alles wirkte dumpfer, angenehmer. Alles schien ein wenig unscharf zu werden, als würde es mich leicht betäuben. Matthäus griff nach meiner Hand. Ich spürte einen leichten Druck an meinem Zeigefinger. Schon fielen drei Tropfen meines Blutes in die Schale. Balthasar musste nur einen abgeben. Ich fand es nicht einmal ekelig, als Vater mir die Schale reichte. Brav trank ich einen tiefen Schluck. Ich glaubte, dass er dies zu mir sagte. Doch ich nahm alles nur noch verschwommen wahr. Ich spürte, wie sie mich festbanden. Durch einen Schleier sah ich, wie sie dies auch bei Balthasar taten, nachdem er ebenfalls aus der Schale getrunken hatte. „Du erlebst jetzt alles noch einmal. Deine Ängste werden wiederkommen. Mein Zauber wird verschwinden … Ich mache ihn neu, solltest du ihn brauchen", hörte ich Vaters sanfte Stimme. Ein Wirbel tauchte auf, wie bei meiner Traumreise in die Vergangenheit. Doch dieser fühlte sich stärker an und zog mich auf eine merkwürdige Reise.

Ich lag in den Armen meiner Mutter, sah zum ersten Mal meine Eltern und obwohl ich gestresst war, fühlten sie sich tröstend an. War das meine Geburt? Mutter wirkte abgekämpft, Vater strahlte mich liebevoll an. Sie hielten mich in ihren Armen.

Mutter summte in einem Schaukelstuhl eine Melodie für mich. Vater warf mich in die Luft und fing mich wieder auf. Ich sah die Sonne, spürte, wie sehr die beiden mich vergötterten. Noah lachte mich glücklich an. Dann kamen die Zwillinge hinzu und schon damals raubte mir David den Atem. Aber auch er schloss mich sofort in sein Herz. Sie schoben mich abwechselnd im Kinderwagen, waren da, wenn ich hinfiel. Ich spürte diese unendliche Liebe. Doch dann wachte ich auf. Noah hielt ein Kissen in der Hand. Ich bekam keine Luft mehr, bekam unglaubliche Angst. Das Kissen verschwand und ich lag in Vaters Armen.

Wieder spürte ich diese Liebe. Kaum verschwand meine Angst, tauchte Noah wieder auf, der mich in den Kinderwagen legte und losließ. Es holperte. Ich fürchtete mich nicht. Aber Mutter hielt ihn plötzlich fest. Ihre Augen waren vor Schreck geweitet und ich verstand es nicht.

Die Zwillinge kamen. Sie spielten mit mir, ich wollte unbedingt David heiraten. Er war einfach toll. Daniel und David wurden zu meinen Helden. Neben Papa natürlich, denn der konnte einfach alles. Mama war die schönste Frau der Welt für mich und dann kam der Unfall. Balthasar ließ mich alles vergessen. Die Pflegefamilien, die Heime, wie ich abstumpfte und alles erlebte, überlebte aber aufhörte zu fühlen. Wie ich nur noch lernte, existierte, keinen Sinn in meinem Dasein sah. In der Ferne hörte ich jemanden schreien, als die Misshandlungen und der

Schmerz folgten. Aber ich spürte es genauso stumpf, wie ich es einst fühlte. Ich brannte, ich fiel, ich litt, ich hungerte, all das erlebte ich noch einmal. Aber dann kamen Adrian, Daniel und David. Ich fing an zu heilen. Sie taten mir gut und ich wusste, dass ich David liebte. Selbst, als er mich vor Sorgen außer sich anschrie, liebte ich ihn noch immer. Ich sah den Geist meines Vaters, mochte ihn, fühlte mich beschützt. Aber er tat mir weh, weil er litt. Wir stritten uns. Er verhielt sich so gemein. Ich hörte ein Keuchen in der Ferne. Doch Vater trieb mich den Turm hinauf. Nicht mein Körper schmerzte, sondern mein Herz. Ich litt mit, wegen ihm. Aber da erschienen wieder die Zwillinge, welche mich liebten und auffingen. Isabelle folgte, doch nach all dem tat sie mir nicht mehr weh und auch Noah sah ich. Aber es war mir gleich. Da ich nur David liebte und bei ihm meine Familie fand.

Ich öffnete meine Augen. Wieder befand ich mich in dem Gewölbe. Ich zitterte vor Kälte. Meine Haut schien von Schweiß bedeckt zu sein. Matthäus murmelte leise vor sich hin. Vater stand wie unter Schock dabei. Balthasar hing noch in der Traumwelt fest. Ich schaute Vater an. Dieser strich mir liebevoll übers Gesicht. „Halt sie!", hörte ich Balthasar. Ich spürte noch Vaters Arme, seinen Körper, bevor es mich wegriss. Ich schrie auf, als ich verbrannte. Mein ganzer Körper zersplitterte in tausend kleine Teile. Ich löste mich auf. Es tat wahnsinnig weh. Auch Schreien half da nicht. Es fühlte sich an, als würde man von innen heraus oder von außen verbrennen. Dieser Schmerz war unbeschreiblich grausam. Nur meine Seele schien noch zu existieren. Ich schwebte in dem Gewölbe, sah auf mich hinab, wie Vater meinen Körper hielt. Ich wunderte mich, doch da riss es mich wieder zurück. Ich wünschte mir irgendwie, dass mein Vater noch am Leben sei. Zumindest war das mein letzter Gedanke und mit der gleichen Gewalt an Schmerzen holten sie mich zurück. Ich hörte, wie Balthasar und Vater schrien. Ein grelles weißes Licht ergriff diesen Raum. Was aber auch an den Schmerzen liegen konnte.

Erneut schrie ich auf, da auch dies wehtat. Bis dieses Licht grün wurde. Eigentlich musste ich ohnmächtig sein, aber trotzdem hüllte mich ein grünes Licht ein. Ich schlug benebelt meine Augen auf. Ein Kleeblatt segelte sanft zu Boden. Es glitzerte, wie umhüllt von Feenstaub. Ich beobachtete dieses hübsche Blatt. Besser gesagt diese drei Blätter. Langsam fiel dieses zwischen mir und Balthasar hinab. Es erreichte den Tisch und um mich herum wurde es dunkel. Entweder war ich ohnmächtig oder ich schlief. In der Ferne hörte ich sie sprechen, aber das ging auch schnell vorbei. Ich vermutete, dass ich tief und fest schlief.

Seltsamerweise ging es mir wirklich gut, als ich wach wurde. Nur auf meiner Schulter brannte es ein wenig. Ich schlüpfte ins Bad und drehte mich vor dem Spiegel umständlich umher. Da leuchtete wirklich ein Tattoo in Form eines Kleeblatts. Mist, ich wollte nie eins haben und hatte mir nie wirklich Gedanken darübergemacht, wie ich damit aussehen würde. Aber bei genauem Hinsehen fand ich es doch recht hübsch.

Eifrig löste ich die Bänder. Sie hatten erstaunlich gut gehalten. Anschließend duschte ich, zog mich vorsichtig an und lief guter Laune nach unten. Wo lag mein Handy? Ich musste David sofort schreiben, dass es mir gut ging.

Ich lief an Balthasar vorbei, hinüber zu meinem Arbeitszimmer. „Guten Morgen!", rief ich ihm noch schnell zu. „Eher guten Abend." Verwirrt suchte ich nach meinem Handy, welches bereits ein Blinken abgab.

David: Ich liebe und vermisse dich.

David: Melde dich, sobald du wach bist.

Nadja: Bin wach. Liebe und vermisse dich ebenfalls. Es geht mir gut.

Ich schob es in meine Hosentasche und lief hinüber zu Balthasar. Irgendwie sah er durchsichtig aus. Ich setzte mich zu ihm, rieb mir meine Augen. Vor ihm lag ein Brief. „Was ist passiert?", wunderte ich mich. Essen stand auf dem Tisch. Beherzt griff ich zu. „Du hast eine unglaubliche Energie freigesetzt, deshalb konnte ich mit deinem Vater tauschen. Ich musste die Gelegenheit ergreifen", verwirrt schaute ich ihn an. „Wie getauscht?" Nachdenklich biss ich in mein Brot hinein. Mir machte es nicht einmal etwas aus, dass es leicht angetrocknet war. Ich hatte richtig schlimmen Hunger. „Meine Frau wartet schon seit Jahren auf mich und ich werde ihr folgen." Ich nahm mir den Krug und schüttete Wasser in mein Glas. „Ich kapier' es gerade nicht." „Dein Vater lebt. Gib ihm bitte den Brief und ... Nadja, es tut mir leid." Ich verschluckte mich. Laut hustend starrte ich Balthasar an. Ich wollte nach seiner Hand greifen, aber er war wirklich zu einem Geist geworden.

Schockiert sah ich Balthasar an. „Das gibt es nicht." Er lächelte sanft. „Danke Nadja, danke für alles. Aber ich gehe jetzt ..." Er stand auf und schwebte zur Tür. Noch einmal drehte er sich zu mir um. „Dein Vater liebt dich und er wird mich dafür hassen. Aber sag ihm, dass er wie ein Sohn für mich war." Bevor ich etwas erwidern konnte, löste er sich auf. Fassungslos starrte ich eine gefühlte Ewigkeit auf die Stelle, an der er verschwand.

Matthäus kam aus dem Wohnzimmer geschlichen. Man sah ihm an, wie sehr ihn die Sache zugesetzt hatte. Ich biss nun langsamer von meinem Brot ab. „Es ist Sonntagabend. Dein Vater liegt noch unten. Er war einfach zu schwer." „Danke für alles", murmelte ich kauend. Wenigstens lebte er noch. Er nahm sich ebenfalls etwas von dem Essen. Immer wieder schaute ich auf mein Handy, doch dieses gab keinen Ton ab. Vermutlich antwortete David nicht, weil er auch schon schlief oder etwas mit Daniel und seinem Vater unternahm. Auch wenn mich ein seltsames Gefühl beschlich.

„Ich mache mich morgen früh gleich auf den Weg. Ich werde mal sehen, was meine anderen alten Freunde so treiben. Aber wirklich helfen kann ich nicht mehr." Ich schaute traurig zu Matthäus. „Schade ... Trotzdem danke ich dir. Sind wir wirklich die letzten Wächter?" Er lehnte sich zurück, musterte mich besorgt. „Es sieht ganz so aus. Aber ich habe Gerüchte gehört, dass man die richtig guten nicht töten oder beeinflussen kann. Die müssen wir finden." Ich sah ihn dankbar an. Zögernd griff ich nach seiner Hand. „Ich kann nur Danke sagen und für eure Sache kämpfen." „Du wirst Geschichte schreiben. Ich war bei einigen Erwachungen dabei. Aber deine ..." Er verstummte und schüttelte seinen Kopf. Man konnte ihm sein hohes Alter jetzt richtig ansehen. Bevor ich aber weitere Fragen stellen konnte, durchbrach ein lauter Schrei die Stille. Vater schrie so, wie ich mich fühlte, als es mich auseinanderriss. Ich rannte ohne ein weiteres Wort nach unten.

Vater lag unten. Noch immer trug er den Mantel. Von den Resten Balthasars war nichts mehr zu sehen. Vater gab ein Keuchen ab. „Hey, ich bin da", versuchte ich sanft. Er streckte seine Arme aus, betrachtete sich selbst. Ich hockte mich vor ihn hin. Seine Haut glänzte, sein Haar klebte verschwitzt an ihm. Vater schaute mich an, legte eine Hand an mein Gesicht. Ich versuchte ein Lächeln. „Ich lebe", stellte er fest. „Balthasar hat getauscht. Er gab dir sein Leben." Ich stand vollkommen neben mir. Mein Vater war wieder zum Leben erwacht. Es fühlte sich fantastisch an. Trotzdem fürchtete ich, dass er es nicht wollen würde. Ich unterdrückte meine Furcht und half ihm auf, da er Anstalten machte aufzustehen. Er hielt sich an mir fest, langsam machten wir uns auf den Weg nach oben.

Zusammen schafften wir es in sein Schlafzimmer. Schnell huschte ich ins Bad, ließ ihm ein Bad ein. Da er Schmerzen zu haben schien und ich keine Wunden sehen konnte. „Ich glaube, Hunger und Durst zu haben", murmelte Vater leise. Ich lief eilig nach unten, belegte ihm ein paar Brote, schnappte mir den Krug und klemmte den Brief unter meinen Arm. „Vater?", rief ich aus. Er saß nicht mehr auf dem Bett. „Badezimmer. Kannst rein kommen." Vorsichtig schaute ich rein. Er lag in der Badewanne. Vollkommen bedeckt mit Schaum. Ich zog einen Hocker ran, legte das Essen darauf. „Danke, Naddi", seufzte er und ließ sich weiter in das Wasser gleiten. Ich wollte gerade wieder raus. „Bleib!" Ich drehte mich um. Irgendwie war die Situation gerade echt merkwürdig. Hilflos stand ich im

Badezimmer. „Setz dich bitte." Ich schaute mich um, klappte den Klodeckel runter und setzte mich darauf. „Adrian hat letzte Woche viel auf mich eingeredet ..." Noch immer betrachtete er seine Arme, als könnte er es nicht glauben. Er biss in eines der Brote hinein, seufzte zufrieden auf. „Das hab ich vermisst ... Köstlich." Schweigend wartete ich ab, betrachtete ihn. Irgendwie befürchtete ich, dass er gleich wieder etwas Gemeines sagen würde. „Naddi, ich war nicht fair zu dir. Ich liebe dich doch ...", setzte er an. Erstaunt schaute ich auf. „Ich würde das hier als Chance ansehen wollen. Deine Mutter ist bestimmt im Himmel und ich hatte genug Zeit abzuschließen. Zumindest wünsche ich es mir. Dafür bekomme ich eine Chance mit dir. Du bist meine Tochter ... Ich bin unglaublich stolz auf dich." Tränen standen mir in den Augen. Vor allem das Wort Stolz tat so unfassbar gut. Er sah mich liebevoll an. „Du hast so viel Schlechtes erlebt und trotzdem sitzt du hier. Du hast die Erwachung besser durchgestanden als jeder Mann, welchen ich bisher dabei erlebt habe. Naddi, bitte gebe uns beiden eine Chance. Auch wenn ich sie nicht verdiene." Ich nickte schluchzend bei seinen Worten. Vater gab mir ein paar Minuten. „Wartest du draußen auf mich? Ich würde dich gerne umarmen?" Erneut nickte ich. Ich wischte mir meine Tränen weg, schlüpfte sprachlos aus der Tür raus. Mein Herz schlug aufgeregt. Erfüllte er mir meinen Traum, einen Vater zu haben? Oder stand er nur unter einem merkwürdigen Schock?

Vater kam heraus. Er trug eine schlichte Stoffhose. Er stellte sich direkt vor mich hin und zog mich in seine Arme. Ich kam mir vollkommen hilflos vor. Seine starken Arme umschlossen mich schützend. Er legte sein Kinn auf meinen Kopf. „Das ist es. Die Liebe zu seinem Kind." Er klang glücklich, küsste mich auf meinen Haaransatz.

Neue Tränen liefen über mein Gesicht. Er aber hielt mich fest, als mein Körper leicht bebte. All meine Anspannungen schienen von mir abzufallen. „Alles wird gut." Tröstend strich er mir über meinen Rücken. Ich zischte leise, als er über mein Kleeblatt strich. „Oh, entschuldige ... Darf ich es sehen?" Ich nickte an seiner Brust. Er zog ein wenig an meinem Shirt. „Hübsch. Deine Narben sind weg." Ich riss meine Augen auf, löste mich von ihm. Ich lief ins Bad, zog mein Shirt aus und betrachtete meinen Rücken. Alle Narben waren verschwunden. Auch die kleinen Löcher auf meinem Bauch, auf der Brust, waren weg. Nur eine winzige Narbe schimmerte noch auf meiner Haut. Der Einstich von Noah. Zögernd strich ich darüber. „Schau mal." Ich trug wenigstens meinen BH. Vater sah sich die kleine Narbe an. Sie besaß etwa nur einen Zentimeter Länge. „Was ist das?", wunderte er sich. „Das war der Einstich von Noah." „Kannst du dich an irgendetwas erinnern, mit was er da zugestochen hat?" Ich zog mich wieder an, er nahm mich erneut in seine Arme. Er setzte sich mit mir aufs Bett. „Ich hielt es für einen funkelnden Zauberstab", fiel mir ein. Vater strich mir über meinen Rücken. Ich gähnte leise, da ich wieder müde wurde. „Das könnte ein Stift gewesen sein. Wie dein Zauberfüller", überlegte Vater leise. „Mmmhhh ... Glasröhrchen", schlug ich vor. Vater sah mich an. „Das machen wir morgen ... Stört es dich, wenn ich dich berühre?" Ich schüttelte meinen Kopf. Vater schob mich auf das Bett. Er kuschelte mich in die Decke ein. Dabei erklärte er, dass die bestehenden Zauber verschwinden würden. Wenn ich wieder Probleme hätte, dann könnte er diesen neu machen. Ich mochte seine

Stimme. Sie hüllte mich ein wie in eine warme Decke. Es fühlte sich anders als bei David an. Wenn er sprach, reagierte mein ganzer Körper auf ihn, Vater dagegen schien meine Seele zu streicheln. Er erzählte von seiner Reise mit Adrian, dass er ihm viel von meiner Vorgeschichte berichtete und dass er ihm zeigte, wie egoistisch er sich verhalten hatte. Er musste mit dem Tod seiner Frau klarkommen, aber seine Tochter - sein eigen Fleisch und Blut - lebte. Immer wieder küsste er mich auf meine Stirn und es fühlte sich einfach traumhaft schön an. Nur eben anders als bei David, aber auch irgendwie richtig.

Kapitel 19

Mein Telefon klingelte am Morgen und riss uns aus dem Schlaf. Vater lag neben mir, ich suchte mein Handy in meinen Hosentaschen. Verschwommen sah ich, dass Orlovski anrief. Ich ging verschlafen ran. „Sie sind auf allen Titelseiten!", fegte er. „Mmmhhh ... Guten Morgen Herr Orlovski." „Sie werden als die neue Prinzessin der Herzen gehandelt. Das Mädchen aus dem Waisenhaus, die traumhafte Geschichte mit dem Erbe und dann retten Sie noch ein Kind ... Meine Nerven!" Ich schaute zu Vater, der sich gerade streckte. „Wir haben ein viel größeres Problem." „Was haben Sie noch angestellt?", schnaubte er atemlos. „Sie sollten vielleicht herkommen. Ich befürchte, dass Sie es sonst nicht glauben." „Haben Sie die Burg angezündet?" Ich hörte, wie er loslief. Das Geräusch von Straßenverkehr erklang im Hintergrund. „Nein habe ich nicht. Aber bitte kommen Sie her ... Hatten Sie schon Frühstück?" „Ich nehme einen Kaffee. Wenn die Burg noch steht." „Tee wäre besser", schlug ich vor, da ich befürchtete, dass er sonst noch einen Infarkt bekommen würde. Doch er wollte unbedingt Kaffee. Ich verabschiedete mich freundlich. Liebevoll küsste ich die Schulter meines Vaters und verschwand in meinem Bereich. Ich musste dringend den schalen Geschmack in meinem Mund loswerden.

Nachdem ich duschte, Zähne putzte und mich anzog, hörte ich einen lauten Schrei. Im Laufschritt zog ich mein Shirt über, rannte nach unten. Hilde und die anderen beiden starrten Vater an. Sie standen kreidebleich im Esszimmer. Vater sprach vorsichtig auf die drei ein. Ich stellte mich zu ihm, zupfte noch meine Sachen zurecht. „Guten Morgen", strahlte ich sie an. „Geht es Ihnen gut?" Walther fand seine Stimme zuerst wieder. Ich nickte glücklich. Vater murmelte noch immer etwas über Zauberei und Wunder. Ich zuckte mit meinen Schultern, begab mich schmunzelnd zum Esstisch. Die Damen hatten schon das Frühstück für mich vorbereitet. Da zwei Teller dalagen, dachten sie bestimmt, dass David da sein würde. Ich schaute noch einmal auf mein Handy. Der meldete sich noch immer nicht. Ich trug es ins Arbeitszimmer, steckte es erst einmal an die Ladestation. Bestimmt würde er schreiben. Hoffte ich zumindest. Ansonsten würde ich bei Adrian mal anrufen müssen. Der sorgte sich sicherlich um Vater und um mich.

Ein wenig enttäuscht ging ich zurück in das Esszimmer. Vater diskutierte noch angeregt mit Walther. Dieser schien noch immer nicht verkraftet zu haben, dass er wieder lebte.

Ich überlegte angestrengt, wie wir diese Geschichte der Öffentlichkeit verkaufen könnten. Verschollen im

Himalaja? Oder auf einer Insel gestrandet? Walther verschwand, da es an der Eingangstür klopfte. Ich griff beherzt nach meinem Frühstück. Vor allem duftete der Kaffee köstlich. Vater setzte sich strahlend zu mir. „Herr Orlovski", kündigte Walther unseren Besucher an. Noch immer starrte Walther fassungslos in Vaters Richtung. „Lassen Sie ihn reinkommen", murmelten wir gleichzeitig und lachten uns an. „Was haben Sie schon wieder anger…!" Orlovski blieb mitten im Gehen stehen, sah schockiert in Vaters Richtung. Er blinzelte, wischte sich über seine Augen, kniff sich in seinen Arm, griff an seinen Puls. „OK … Ich bin nicht tot. Werde ich verrückt?", keuchte er und torkelte zu einem Stuhl. Schnaufend setzte er sich hin. Er stupste Vater an. „Der ist echt", staunte er. „Ach du Scheiße!", fügte er hinzu. „Schnaps?", bot Vater an. Orlovski nickte. Vater stand auf, verschwand in Richtung Wohnzimmer. Orlovski fiel fast vom Stuhl, als er ihm nachsah. „Wie ist das möglich?", presste er leise hervor. „So ganz weiß ich das auch nicht. Na ja, zumindest bin ich jetzt eine Wächterin, dabei ist er lebendig geworden." „Das mit den Wächtern und Jägern weiß ich … Aber verdammt … Mist … Wie erklären wir das der Presse? Oder … Am besten wir sperren ihn hier ein!" Orlovski schlug verzweifelt seine Hände über seinen Kopf. „Darüber habe ich mir auch schon Gedanken gemacht. Verschollen?" Orlovski schüttelte seinen Kopf. „Bruder?", fing er an. Ich zuckte zustimmend mit meinen Schultern. „Da wäre mir die abgebrannte Burg lieber gewesen", jammerte unser Anwalt. Vater stellte ihm eine Flasche Hochprozentigen sowie ein kleines Glas hin. Orlovski schüttete sich selbst etwas ins Glas und nahm einen tiefen Schluck. „Drogen, Alkohol, Partys … Aber das?", schnaubte er entsetzt. Er schob mir ein paar Zeitungen hin. Ich warf einen Blick darauf. Überall erschien mein Bild mit dem Mädchen auf den Arm. Vater sah sie sich ebenfalls an. Er lächelte zufrieden in meine Richtung. Alle Journalisten lobten mich wegen meines Umgangs mit der Situation.

Nur Orlovski rieb sich verzweifelt seine Stirn. „Sie schaffen mich noch." „Wir müssen Sie wirklich als Bruder von sich selbst verkaufen ... Neue Ausweise, Führerschein und so weiter ... Das ist echt Mist ... Ein hartes Stück Arbeit", beklagte er sich noch immer. Vater griff wie selbstverständlich nach meiner Hand. „Der bekommt das hin. Er ist der Beste." Ich nickte bestätigend. Orlovski schenkte sich nach, kippte den Schnaps in einem Zug hinunter. „Ihr Vater trieb mich schon mit Adrian an den Rand der Verzweiflung. Jetzt habe ich Sie auch noch." „Ach kommen Sie. Sie macht das großartig." Ich freute mich sehr über das Lob meines Vaters. „Sie müssen keinen Toten wieder auferstehen lassen!", zischte unser Anwalt. „Dafür bin ich derjenige, der auferstanden ist", konterte Vater nun strenger. Ich belegte ihm ein Brötchen, schob es meinem Vater zu. „Sollte ich das nicht machen?", murmelte er und biss herzhaft hinein. „Mmmhhh. Dass ich je wieder etwas essen würde", seufzte er glücklich. Orlovski wechselte von Schnaps zu Kaffee. Er schüttelte noch immer seinen Kopf. Dafür konnte man ihm regelrecht ansehen, dass er bereits an einer Strategie arbeitete.

Walther kam erneut rein. „Herr Bernstorff mit Herrn von Blutenburg stehen vor der Tür." Wir nickten ihm kauend zu. Was wollte denn Katharinas Vater hier? Sicherlich ging es um ihre Rettung.

„Hallo Christian", sprach Adrian gelassen, als er hereinrollte. Adrian begrüßte mich herzlicher. Ich umarmte ihn und staunte, dass es mir nichts ausmachte. „Setzen Sie sich. Mögen Sie beide auch etwas essen?" Die zwei schüttelten ihre Köpfe. Herr Blutenburg musterte Vater verwirrt. „Für einen Geist sehen Sie gut aus." „Er ist kein Geist", knurrte Orlovski. Adrian riss seine Augen weit auf. Die beiden stupsten Vater an. „Hey, das nervt!", lachte dieser.

Vater erzählte schnell, wie das geschehen konnte. Die genauen Details ließ er aber aus. Orlovski stand auf, verabschiedete sich gestresst, da er meinte, dass er nun wirklich sehr viel Arbeit vor sich hätte. Freundlich reichte ich ihm meine Hand, schon ließ er uns mit den beiden Neuankömmlingen zurück.

„Was können wir für euch tun?", fragten Vater und ich erneut gleichzeitig. Wieder strahlten wir uns an. „Unsere Kinder wurden Samstagabend gerufen und sind seit dem nicht wiederaufgetaucht. Wir vermuten eine Falle dahinter", kam beunruhigt von Herrn Blutenburg. Ich sah ihn entsetzt an. „David und Daniel?" Adrian nickte mir besorgt zu. „Wo sind sie hin?", erkundigte sich Vater. Er behielt die Nerven, denn meine schwanden bei dem Gedanken, dass meinem David etwas zugestoßen sein könnte.

„Festung Königstein. Wir haben erst jetzt erfahren, dass sich Manteuffel da breitmacht." Adrian machte sich wirklich Sorgen um seine Söhne. „OK. Wie viele sind verschwunden und wo bekommen wir Unterstützung her?", erkundigte sich Vater sachlich. „Sechs sind verschwunden. Die anderen zwei sind kampfunfähig. Ansonsten haben wir niemanden mehr." Vater starrte von Blutenburg an. Er schaute zu mir rüber. „Scheiße." Ich schluckte angespannt. Trotzdem lief ich in das

Arbeitszimmer und holte meinen Rechner. Eilig gab ich Festung Königstein im Suchfenster ein.

Die Festung war eine der größten Bergfestungen Europas. Vater stand auf, rief nach Walther. Dieser sollte schnellstmöglich ein Bund Lilien organisieren. Ich recherchierte weiter. Die Festung wurde aus dem Berg hinaus gehauen, noch nie in ihrer Vergangenheit hatte diese jemand einnehmen können. Ich schaute mir die Bilder an. Ah, man baute nachträglich einen Lift ein. „Papa, können wir uns unsichtbar machen?" Ich suchte nach Kerkern. Ein alter Komplex sowie die Außentürme wurden als Zellen deklariert. Einen Klick weiter gab es eine umfangreiche Kartenansicht. „Ah, da …", auf der Festung sperrte man für lange Zeit Gefangene ein. Nur, dass es bereits viele Jahre zurücklag. Ich suchte die Räumlichkeiten raus. „Ja, können wir. Was meinst du?" Ich zeigte ihm die Bilder. „Schau, wir gehen rein. Am besten in der Nacht. Entweder sind sie dort oder … Hier." Ich zeigte auf die Türme. „Wir holen sie raus, zaubern eine Aufstiegsmöglichkeit nach oben und riegeln anschließend die Burg ab." Vater küsste mich auf meinen Kopf. „Eine kluge, mutige Tochter, was will ich mehr." Vater wirkte wirklich wie ausgewechselt. Adrian schaffte immerhin ein zufriedenes Schmunzeln. „Ihr könnt da nicht zu zweit rein!", gab von Blutenburg entsetzt ab. „Alternativen?", knurrte Vater. „Wenn ich die anderen Jäger anrufe, kommen sie in den nächsten zwei bis drei Tagen", antwortete er. „Das überleben sie bis dahin bestimmt nicht." Adrian sorgte sich wirklich um seine Söhne. Ich nickte ihm verstehend zu. „OK. Wir holen sie da raus. Trotzdem sollten wir überlegen, alle anderen zusammenzurufen. Das geht hier wirklich zu weit", kam eisig von Vater. Kein Wunder, dass ich mich in David verliebt habe. Vater und er waren sich wirklich sehr ähnlich. Vater scheuchte mich nach unten. Gemeinsam betraten wir den Wächterraum.

Vater suchte eine Steinschale raus, reichte mir etwas zum Zerstoßen. „Wir brauchen etwas sehr Altes … Ich hab hier noch Tonscherben von einem Ausgrabungsort. Die zerreibst du." Er hielt mir drei kleine braune Teile hin. Sie sahen aus, als wären sie einmal ein Krug gewesen. Ich fing an, diese zu zerreiben. „Reiner Alkohol", erklärte er und schüttete ihn in einen Topf. Diesen fing er an zu erhitzen. „Der verdampft doch?", wunderte ich mich. „Deswegen müssen wir schnell machen." Er holte eine kleine Flasche. „Weihwasser. Wir brauchen neues." Dieses schüttete er zu dem Alkohol. Ich reichte ihm den Staub, welchen ich fabriziert hatte. Diesen gab er ebenfalls dazu. Ich staunte, als sich das Zeug lila verfärbte. „Nimmst du von deinem Klee etwas und zerreibst auch diesen?" Ich tat, worum er mich bat. Ich erkannte, dass ich erneut Klee pflücken müsste. Er schüttete einen schwarzen Staub in die Brühe. „Was ist das?" „Lavagestein. Es symbolisiert die Hölle. Dämonenblut wäre besser, aber da habe ich keines mehr." Ich erinnerte mich an meinen Arm und beschloss, ihm welches zu sammeln, sollte ich mal wieder einem begegnen. Ich fand meine Gedanken situationsbedingt zwar richtig, aber immer noch verdammt seltsam. Allmählich gewöhnte ich mich wohl daran.

Vater lief nach draußen. Es dauerte, bis er zurückkam. Er hielt eine Pusteblume in der Hand. „Sie versinnbildlicht die Ausbreitung der Lehren Christi", erklärte er geduldig und blies die Samen der Blume in das Gefäß. Ich staunte, da es ein Zischen abgab und auf einmal weiß wurde. Ich schüttete meinen Klee hinein. Dadurch leuchtete es grün auf. „So, nun etwas Blut von uns beiden", schmunzelte Vater. Er pikte sich selbst in den Finger. Mir reichte er eine sterile Nadel. Ich machte es ihm gleich. Gemeinsam tropften wir unser Blut hinein. „Wäre die Situation nicht so mies, würde ich zugeben, dass es Spaß macht." Vater lächelte mich erfreut an. „Mir auch. Ich finde es schön, dies mit dir teilen zu können. Auch wenn ich nachher bestimmt vor lauter Sorgen umkommen werde." „Papa, wir schaffen das. Rein, raus, fertig." Ich schaute mir die Flüssigkeit an. Vater nahm sie vom Gaskocher runter, suchte ein paar kleine Sprühflaschen heraus. „Das Zeug hier funktioniert wie Schlafgas für Dämonen. Du brauchst ihn nur anspritzen, dann kippt er schlafend um … Hält aber nur ein paar Minuten an. Je nach Dämonenart." Vorsichtig füllte er die Flüssigkeit in die Röhrchen, schraubte den Sprühsatz darauf.

„Gehst du rauf und holst frischen Klee?" Ich lächelte Vater an, sprintete nach oben. Schnell zupfte ich reichlich Klee ab. Auf dem Rückweg kam Walther mit einem Strauß Lilien. Ich nahm ihm diese umständlich ab. „Geht das wieder los", stöhnte er und verdrehte seine Augen. Ich warf ihm einen fragenden Blick zu, machte mich jedoch wieder auf den Weg nach unten. „Oh! Meine Blumen", freute sich Vater. Er setzte einen weiteren Topf an. Er holte die Flüssigkeit, mit der er die Farbe für den Füller machte. „Das ist Acryllack", erklärte er und hielt eine Dose nach oben. Ich brachte die schmutzigen Sachen zu einem alten Becken. Eine Pumpe stand davor. Eifrig wusch ich alles sauber, reinigte noch den Tisch. Zufrieden betrachtete Vater mein Treiben. „Ich war nicht so ein braver Schüler. Ich sprach zu viel und hatte viel Unfug im Sinn", erzählte er konzentriert. Dabei zupfte er die Blütenblätter seiner Lilien ab, verteilte sie auf der Flüssigkeit. Wieder tropfte er etwas Blut hinein. „Wann ging dein Unterricht los?", traute ich mich zu fragen. „Da war ich zwölf. Auch bei den Jägern ging es in diesem Alter los. Adrian und ich trainierten oft heimlich zusammen. Es wurde nicht gern gesehen, wenn Jäger und Wächter zu Freunden wurden." Ich schaute Vater besorgt an. „Darf ich denn mit David zusammen sein?" Vater strich mir mit dem Handrücken über meine Wange. „Wer hindert euch daran? Ich habe kein Problem damit und Adrian auch nicht. Früher hätten die anderen versucht, es zu verhindern. Aber die scheint es alle nicht mehr zu geben." Er zog mich vorsichtig in seine Arme. „Ich will nur, dass du glücklich bist." Ich schaute auf und lächelte. „Danke, das bin ich, seitdem ich die drei kennenlernen durfte." Vater gab mir einen zarten Kuss auf meine Stirn. Er löste sich von mir, füllte die Flüssigkeit in einen anderen Füller, den Rest in ein Glasröhrchen. „Wo ist deiner?" Ich zog ihn aus meinem Haar. Er holte mein Röhrchen, füllte ihn ebenfalls auf. Auch wenn sich noch reichlich darin befand. Scheinbar hielten sie eine Weile vor.

Vater holte zwei schwarze Umhänge aus einem der Regale. „Dann machen wir sie mal unsichtbar." „Warum schreiben wir es nicht auf unsere Haut?" „Weil man uns dann irgendwie zurückverwandeln muss. Das ist zu gefährlich." Er strich mir sanft über mein Haar. „Außerdem war ich lange genug ein Geist." Ich kaute auf meiner Unterlippe herum.

„Damit ich in Freiheit kann gehen, soll mich niemand sehen", schlug ich leise vor. „Sehr gut. Dann schreib es auf den Umhang." Ich schrieb den Spruch drauf, schon leuchtete dieser. Der Umhang löste sich vor meinen Augen

auf. Vaters leuchtete weiß auf und verschwand ebenfalls. Ich fühlte den Stoff. „Das ist toll", juchzte ich begeistert. Vater reichte mir eine Umhängetasche, er selbst legte ebenfalls eine an. „So jetzt noch deine Waffe." Er gab mir ein kleines weißes Röhrchen. „Das sieht so aus, wie das, womit Noah dich tötete." Da es genauso funkelte. Vater schaute finster. „Dann hat er mich mit meiner eigenen Waffe ermordet." Er hielt ein anderes Röhrchen in der Hand. „Erwache!", gab er entschlossen ab. Ein Licht umschloss seine Hand, schon entstand ein langer fester Stab. „Ich kann nicht mit einem Stab kämpfen." Vater atmete tief durch. „Na ja, besser als nichts." Er musterte mich besorgt. Ich stopfte den Mantel in meine Tasche. Der Stift hielt wieder mein Haar zusammen und die Sprühflasche kam in meine Hosentasche. „Dann los." Vater nickte mir zu. Zusammen gingen wir nach oben.

Ich staunte nicht schlecht, nachdem ich feststellen musste, dass wir einen ganzen Nachmittag zusammen unten waren. Die Sonne ging bereits unter. Die anderen warteten noch immer angespannt auf uns. Sie musterten uns neugierig. „Dann mal los! Ihr müsst mit. Ein Wagen wird nicht reichen." Vater scheuchte die anderen streng herum. „Soll ich Sie fahren?", erkundigte sich Walther hinter uns. Vater nickte ihm zu.

Blutenburg und Adrian begaben sich nach draußen. Verwirrt folgte ich Vater, der hinunter in den Keller ging. Wir liefen durch ein paar Gänge und erreichten eine weitläufige Tiefgarage. „Warum habe ich davon nichts gewusst?" Überrascht betrachtete ich das riesige, unterirdische Gewölbe. Drei Fahrzeuge standen darin und es gab genug Platz für ein paar weitere. Auch zwei

Motorräder entdeckte ich. „Sie haben nie gefragt." Walther setzte sich hinter das Steuer eines Hummers. Ich kletterte in den hohen Wagen hinein. Vater nahm auf der Beifahrerseite Platz. Wie bei Batman öffnete sich ein riesiges Tor und Walther schoss mit dem Wagen hinaus. Wir kamen direkt unterhalb des Parkplatzes raus. Die anderen beiden stiegen gerade in ihren Wagen ein. Auch Steve folgte uns in einem Fahrzeug.

Nach einer Stunde erreichten wir die riesige Festung. Ich staunte mit offenem Mund, als wir vor ihr hielten. Die Mauern standen wirklich sehr hoch. Das untere Ende in Stein gehauen, oben wirkte sie unglaublich massiv gemauert. Erhaben und gewaltig ragte sie in den Himmel empor - man kam sich dadurch noch winziger vor. Vater legte seine Hand auf meine Schulter. „Rein und gleich wieder raus", wiederholte er meine Worte. Ich sah ihn an. Erkannte, dass er sich mehr um mich sorgte als um sich selbst. „Das machen wir jetzt." Noch einmal drückte er mich. „Ihr wartet hier!", befahl er in Adrians Richtung. Die beiden nickten uns zu. Wobei Herr Blutenburg auch nach oben wollte, um seine Tochter zu retten. Doch Vater ließ ihn nicht. „Keine Ausrüstung, keine Übung. Nadja und ich können schneller agieren. Wir fallen weniger auf", erklärte er ihm.

„Ach … fast hätte ich was vergessen." Vater öffnete den Kofferraum und holte einen alten Koffer raus. Er reichte mir ein kleines Fläschchen mit einer Pipette dran. „Knackt jedes Schloss." Er schob sich ebenfalls eines ein. Ich musterte das Fläschchen, legte es in meine Tasche und zog den Mantel raus. „Pantomime?", wunderte sich Adrian. Ich schüttelte meinen Kopf, hängte meine Tasche um und schwang den Mantel um mich. „Krass!", keuchte von Blutenburg. Ich zog die Kapuze über. Vater machte das Gleiche und reichte mir seine Hand, damit wir uns nicht verloren. Er war, wie ich, vollkommen verschwunden.

Er ging mit mir zu der Mauer. *„Festung Königstein, lass die Wächter ein, die um Einlass bitten, um ihre Freunde zu retten."* Er stach sich in den Finger und hielt seine Hand an die Mauer. Ich tat es ihm gleich. Grünes und weißes Licht trat aus unseren Händen. Beeindruckt verfolgte ich das Schauspiel. Ein Vibrieren zog durch den dicken Stein. Vor uns erschien eine leuchtende Treppe aus Licht, welche an der Mauer nach oben lief. Leider war diese nur fünfzig Zentimeter breit. „Ich folge dir", flüsterte Vater. Ich ging vorne weg, stützte mich an der Wand ab.

Ich atmete schwer, als ich oben ankam. Vorsichtig schaute ich über die Brüstung, kletterte hinauf. Die Luft war rein, ich sprang herunter und landete auf einem schmalen Schotterweg. Vater kam ebenfalls schwer atmend an. „Ganz schön steil", murmelte er leise. Ich schnupperte. Die Luft bestand nur noch aus Schwefel. Es stank höllisch nach Dämonen. „Denk an das Spray. Wir teilen uns auf. Ich gehe zu den Gebäuden, du zu den Türmen. Du musst nur diesen Weg hier entlanglaufen." Er deutete auf einen Weg, der direkt innerhalb der Außenmauern herumlief. „Viel Glück", flüsterte ich. „Nadja, ich liebe dich! Pass gut auf dich auf!" Ich schluckte bei seinen Worten. Bevor ich wieder losweinen würde, rannte ich lieber los.

Es dauerte, doch irgendwann sah ich eine alte Kanone, welche vor einem kleinen Außenturm stand. Ich versteckte mich, wartete ein paar Sekunden, lauschte in die Ferne, doch da war nichts zu hören. Vorsichtig schlich ich an der

Wand entlang, schaute in den Turm. Ein Junge befand sich darin. „Hey!", zischte ich. Verwirrt schaute dieser auf. Ich lüftete meine Kapuze, zog dabei das Fläschchen und tropfte mit der Pipette etwas auf das Schloss. Schon löste sich dieses auf, als wäre das Zeug in der Flasche eine scharfe Säure. „Wer bist du?" Er klang vollkommen entkräftet. „Egal … Du gehst jetzt etwa zweihundert Meter in diese Richtung. Da ist eine Treppe. Schaffst du das?" Er runzelte seine Stirn. „Da ist keine …" „Mach einfach! Unten warten Fahrzeuge. Wir holen euch raus", fauchte ich und öffnete die Tür. „Wie viele seid ihr?" „Zwei und jetzt los!" Verwirrt humpelte der Junge los. Er befand sich wirklich in einem schlimmen Zustand. Aber er hielt sich auf seinen Beinen. Ich rannte weiter. Der Weg wurde schmaler. Ich entdeckte bereits den nächsten Turm, als ich ein Knacken zwischen den Bäumen vernahm. Ich stoppte, wartete, das Knacken erklang nicht noch einmal. Auf leisen Sohlen schlich ich zu dem nächsten Türmchen. Ein Mädchen hockte darin. Sie wirkte vollkommen verstört. „Hallo!", sagte ich ganz leise, öffnete erneut das Gittertor. Sie schaute auf. Ihr Blick wirkte vollkommen leer. Ich wollte lieber nicht wissen, was sie diesen Leuten antaten. „Kannst du gehen?" Sie nickte. Auch ihr erklärte ich den Fluchtweg. Doch plötzlich erklang ein Schnaufen hinter mir. „Dämon?" Sie nickte erneut. Ich zog das Spray aus meiner Tasche, drehte mich um. Brennende Augen leuchteten mich an. Mein Herz schlug mir panisch bis zum Hals. Doch ich hatte ein Ziel und das stand an erster Stelle. Ich drückte ohne zu zögern ab und der Dämon kippte zu meiner Überraschung um. Mein Körper zitterte vor Anspannung. Ich musste mich zwingen, Luft zu holen. „Lauf!" Das Mädchen drängte sich an mir vorbei, rannte los. Ich brauchte einen Augenblick, bevor ich weiter konnte. Meine Knie zitterten. Ich zwang mich durchzuhalten, rief mir Davids schönes Gesicht in Erinnerung. Zu allem Übel stolperte ich noch über den Umhang und schürfte mir beim Fallen die Knie auf. Trotzdem musste ich weiter, betete, dass die beiden wenigstens heil unten ankommen würden.

Ich rannte, machte ein größeres Gebilde an der Festungsmauer aus. Ein Schild wies Touristen auf ein kleines Schlösschen hin. Leise schlich ich hinauf, schaute durch die Fenster hinein. Noah stand darin und telefonierte wohl mit seinem Vater. Scheinbar musste ein Fenster offen stehen, da ich ihn gut hören konnte. Ich zog meinen Stift und schrieb an die Tür.

Damit ich kann die anderen retten,

leg' ich dieses Gebäude in Ketten.

An der Tür leuchteten hell grüne Stahlketten auf, welche sofort verblassten. Noah gab ein Zischen ab, kam auf die Tür zu. Er drückte dagegen. „Jemand hat mich eingesperrt!" Ich stand auf, im Schutze meines Umhangs fühlte ich mich sicherer. Doch er sah mich an. Ich schreckte zusammen. „Wer bist du?!", schrie er hasserfüllt. Ich zog meine Kapuze weiter ins Gesicht, rannte erneut los. Direkt dahinter kam gleich ein weiteres Türmchen. Hinter mir hörte ich das Brechen von Glas. „HIERHER!", kreischte Noah laut.

Katharina saß in dem Türmchen. Schnell tropfte ich das Zeug auf das Schloss. „Kannst du gehen?" Katharina schaute auf. „Sie haben Julius umgedreht", weinte sie bitter. „Egal. Jetzt komm!"

Hinter mir erklangen Geräusche. Ich drehte mich um. Zog mein Spray. „Das sind drei, die schaffen wir nicht", wimmerte Katharina ängstlich. „Lass mich mal machen", schnaubte ich, sprühte schon den Ersten an. Ich zog Katharina unter meinen Mantel, führte sie von der Mauer weg. Ein kleiner Platz erschien vor uns. Ich sah, wie ein Dämon uns witterte. Ich ließ sie stehen, stürzte auf ihn zu. Ich sprühte diesen an, er ging prompt zu Boden. Eigentlich war das gar nicht so schwierig. Schnell zog ich sie wieder unter meinen Mantel. Ich schaute das Gebäude an, vor welchem wir standen. „Das war einmal ein Gefängnis. Da sind noch mehr von uns drin", informierte sie mich leise. Ich zog meine Kapuze runter. In der Ferne hörte ich noch immer Noah schreien, welcher versuchte, einem Dämon zu erklären, dass er mich finden solle. Scheinbar wollte dieser ihn nicht verstehen.

Ich tropfte die Essenz auf das Schloss, schob die Tür leise auf. Katharina sprang los, und ehe ich mich versah, ging ein Mann K.O. Sie war unglaublich schnell gewesen, dass ich es kaum mitbekommen hatte. Ich folgte ihr in einen weiteren Raum. Eine große Zelle befand sich darin. Wieder tropfte ich etwas Flüssigkeit darauf und musste feststellen, dass sie fast leer war. Ich sah auf, entdeckte vier junge Männer, welche in dem Verlies saßen. Daniel befand sich darunter. „Daniel?", hauchte ich. Er sah vollkommen zerschunden aus. Blut glänzte an seinem ganzen Körper. Kleine Risse übersäten seinen Körper, Schnitte und andere Wunden konnte man ebenfalls erkennen. Seine Kleidung hing nur noch in Fetzen an ihm herab. „Nadja?", kam kraftlos von ihm. Ich nickte, erkannte, dass sein Arm gebrochen sein musste. „Kannst du gehen?" Er schüttelte seinen Kopf. Ich huschte in die Zelle rein, legte seinen halbwegs gesunden Arm auf meinen Schoß. Mit meinem Stift schrieb ich.

Heile diesen jungen Mann,

damit er wieder kämpfen kann.

Daniel wurde von einem hellen Licht ergriffen. Die anderen starrten mich an. „Bist du eine Wächterin?" Erst jetzt nahm ich die anderen drei wieder wahr. Sie alle schienen kurz vor dem Verhungern zu stehen. „Raus hier! Ich glaube, ich bin fertig." Daniel zog mich in seine Arme. „David. Er ist in einem der Keller. Sie waren richtig grausam zu ihm." Ich strich ihm sanft übers Gesicht. Den aufkeimenden Schmerz in mir ließ ich nicht zu. „Ich habe Hilfe. Kommt, wir gehen jetzt lieber." Nacheinander rannten wir nach draußen. Katharina zeigte uns den Weg. Ich hatte ein wenig die Orientierung verloren. Ich sah bereits das Leuchten der Treppe. „Runter mit euch!", zischte ich. „LAUFT!", schrie Vater hinter uns. Er hielt jemanden. Andere liefen ihm nach. Hinter ihm kamen schreiend Männer angerannt. Angespannt überlegte ich, was ich tun konnte.

Ich zog intuitiv meinen Stab. „Erwache." Schon leuchtete dieser auf. Ich drehte mich um. Nacheinander kletterten die anderen nach unten. Ich atmete tief durch.

„*Der Geist, der in mir ruht,*

der in mir schlafen tut,

er soll schützen diese Nacht,

was in mir wacht.

Die Dämonen schlafen legen,

damit sie keinen Groll hegen.

Die bösen Jäger sollen ruhn,

damit sie keine Schande tun."

Ich stieß den Stab fest in den Boden. Eine sichtbare Welle von Energie zog sich über die Erde, ich spürte, wie diese mir die Kraft nahm. Aber ich hielt durch.

Der Stab schien all meine Lebensenergie auszusaugen. Doch da geschah mein kleines Wunder, die Angreifer fielen allesamt schlafend um. „Daniel! Ihr Stab!", schrie Vater im Laufschritt. Daniel baute sich vor mir auf. Meine Knie gaben nach. Er stieß den Stab mit seinem Fuß weg, unterbrach damit den Energiefluss. „Scheiße Nadja, das bringt dich um!", fauchte Vater mich an. Auf wackeligen Beinen stand ich auf. „Schaffst du es nach unten?", erkundigte sich Daniel. Vater hielt einen sterbenden David in seinen Armen. „Den bekommen wir hin." Um uns herum war alles gespenstisch still geworden. Daniel ging vor mir die Treppe hinab. Ich wankte leicht, rutschte aus. „Warte." Er deutete, dass er mich auf seinen Rücken tragen könnte. Ich nahm das Angebot nur zu gerne an und hielt mich an ihm fest.

Unten angekommen, rutschte ich kraftlos von seinem Rücken runter. Vater schob David auf die Rücksitzbank von unserem Hummer. Ich konnte mich nicht mehr auf meinen Beinen halten. „Nadja, du hast deine eigene Lebensenergie angezapft, du wirst jetzt gleich lange schlafen", hörte ich meinen Vater. Er sprach mit mir wie bei meinem Ritual. Sanft legte er seine Hand auf meine Stirn. „Jetzt schlaf, Kleines. Wir passen auf euch auf." Er küsste meine Stirn und ich sackte ohnmächtig weg.

Kapitel 20

„Was können wir tun?" „Sie schläft schon drei Tage." „Christian bitte. Sie verdurstet doch", erklangen leise die Stimmen der Zwillinge. Sie sprachen ungeduldig auf meinen Vater ein. Ich gab ein Seufzen ab, spürte wie sich jemand neben mir bewegte. „Liebes, wach auf. Bitte öffne deine Augen." Liebevoll küsste mein David mein Gesicht ab. Ich lächelte glücklich. Allen schien es gut zu gehen. Vorsichtig versuchte ich, meine Augen zu öffnen. „Lasst mal den Papa ran." Vater rutschte zu mir. „Meine Naddi." Auf meiner anderen Seite bewegte sich das Bett. Das Licht blendete mich grell, mein Kopf dröhnte wie bei einem schlimmen Kater. „Komm Süße. Wach auf. Es war zwar ein Fehler, aber diese Magie rufst du nicht noch einmal herbei." Vater küsste mich auf meine Stirn. „Warum? Sie hat uns alle gerettet?", vernahm ich Katharina. Ich riss meine Augen auf, stöhnte, weil mein Hirn zu explodieren drohte. „Das, was sie da gemacht hat, war dunkelste Magie. Entweder sie stirbt daran oder wird zu Luzifers Braut." Vater strich mir sorgenvoll übers Gesicht. „Ich fühle mich schrecklich", krächzte ich, da sich meine Kehle staubtrocken anfühlte.

„Ich weiß. Es ist furchtbar. Man fühlt sich wie nach einer Alkoholvergiftung. Eine heiße Dusche, etwas Essen und Trinken, dann geht es weg." Die gute Laune meines Vaters ging mir fast schon auf die Nerven. Ich versuchte, noch einmal meine Augen zu öffnen. Dieses Mal gelang es mir. „David." Ich drehte meinen Kopf in seine Richtung. Noch immer sah man leichte Verletzungen in seinem Gesicht. Doch seine grünen Augen strahlten mich glücklich an. Ich schenkte ihm ein müdes Lächeln. „Meine Liebe", raunte er. „Mein Herz." Ein Lächeln huschte über seine müden Augen. „Dann steh mal auf." Vater schob Daniel und Katharina aus meinem Zimmer raus. Ich versuchte, mich hinzusetzen, was wirklich schwieriger als gedacht war.

Mein Kopf dröhnte, alles um mich herum drehte sich und nur mühsam konnte ich mich auf meinen Beinen halten. David stützte mich, hielt mich und half mir in das Badezimmer.

„Willst du mein cooles Tattoo sehen?" „Damit warten wir lieber noch." Er küsste mich und ging aus dem Badezimmer.

David saß wartend auf meinem Bett. Er wirkte noch immer ein wenig niedergeschlagen. „Was ist los?", erkundigte ich mich bei ihm. Mein Magen gab ein lautes Knurren ab. „Noah hat mich ordentlich in die Mangel nehmen lassen. Er will dich." Dabei sah er mich besorgt an. „Ich gehöre nur mir und dir. Da kann er lange drauf warten." David zog mich in seine Arme. „Ich liebe dich so sehr. Ich war sauer wegen meinem Verhalten, nachdem du uns geholfen hattest … Ich dachte, dass ich dich nie wiedersehe." Er klang wirklich gebrochen. Was hatten sie ihm nur angetan? Liebevoll küsste ich sein Kinn. „Es ist alles gut. Ich wunderte mich, warum du dich nicht gemeldet hattest ... Nach meinem Ritual." David hob mich hoch, machte sich mit mir im Arm auf den Weg nach unten. „Darf ich fragen, wie es war?" „Sehr schmerzhaft. Das glaubst du nicht. Ich dachte, ich sterbe." „So schlimm?" „Wie ist es denn bei euch Jägern?" David überlegte einen Augenblick lang. „Eher wie ein Gebetsritual, gemischt mit Kampf." „Nein, definitiv nein." Dabei schüttelte ich meinen Kopf. „War dein Vater lieb?" „Oh ja. Er war unglaublich. Vor allem wurde er dabei lebendig." David riss seine Augen erstaunt auf. „Warst du das?" „Nicht ganz. Balthasar hat es beschlossen und den Platz mit ihm getauscht." „Erzählst du Wächtergeheimnisse?" Vater stand im Eingangsbereich. David ließ mich wieder runter. „Ähm … nö … also … Weiß nicht", stammelte ich verlegen. Vater schmunzelte. „Alles, was wir brauen, was wir erschaffen, hältst du geheim. Die Formeln und Rituale ebenfalls. Ein bisschen was bekommen sie natürlich mit. Versuche einfach, so viel wie möglich für dich zu behalten." „Das Tattoo darf er schon sehen?" Vater lachte und nickte. Die beiden schoben mich ins Esszimmer. „Was ist heute für ein Tag?" „Donnerstag", kam von Katharina, welche gerade aus dem Esszimmer kam.

Ich schmollte. Erneut hatte ich eine Ewigkeit geschlafen. Erst bei dem Ritual und nun schon wieder. „Wie viele haben wir retten können?" Ich rechnete nach, bei mir mussten es sieben gewesen sein. „Ich fand fünf und du sieben", erklärte mir Vater. Rosi kam, brachte mir eine große Schüssel Suppe. Sie roch einfach köstlich. Adrian rollte herein und freute sich riesig, mich zu sehen.

Ich verputzte brav meine Suppe und bekam sogar noch eine zweite dazu. „Besser als in jedem Krankenhaus", seufzte ich zufrieden. „Will ich doch hoffen. Wer mag schon Krankenhäuser", gab Vater verwundert ab. „Ich!" „Wieso das denn?", fragte Katharina. Ich zuckte mit meinen Schultern. „Keiner nimmt einem das Essen weg, keiner tut einem weh und freundlich waren sie auch immer zu mir", erklärte ich und schlürfte meine neue Suppe. Katharina runzelte ihre Stirn. „Sie ist echt seltsam." „Und ich fing an, dich zu mögen", grinste ich. „Vergiss es!" Sie lachte herzlich auf.

„Ihr beiden kommt heute Abend mit", beschloss Herr von Blutenburg. Dieser kam gerade aus meinem Arbeitszimmer. „Ähm ... wohnen jetzt alle hier?", wunderte ich mich. Langsam wurde selbst meine Burg zu klein. Herr von Blutenburg versuchte, sich gerade eine Pfeife anzuzünden. „Das hier ist eine Nichtraucherburg. Sie können auf dem Hof die Luft verpesten!", schimpfte ich. Vater und die anderen prusteten laut los, wegen dem Begriff Nichtraucherburg. Herr von Blutenburg schüttelte seinen Kopf und wickelte seine Pfeife in ein Tuch ein. „Heute Abend ist eine Versammlung im Völkerschlachtdenkmal. Acht Uhr." Ich runzelte meine Stirn. „Ehrlich, ich glaube nicht, dass ich dazu schon bereit bin." Auch wenn ich furchtbar neugierig war, ein paar mehr Jäger treffen zu dürfen. Vater musterte mich. Ich schaute in dessen Augen. Irgendetwas stimmte da nicht. Herr Blutenburg wirkte etwas nervös. „Herr von Blutenburg, ich glaube, niemand von uns sollte dahingehen." Irgendwie überkam mich ein merkwürdiges Gefühl bei der Sache. Katharina schaute nervös zwischen ihrem Vater und mir hin und her. Vater setzte sich zu mir. „Sie wollen uns ausliefern. Damit man die restlichen Jäger in Ruhe lässt", entsetzt starrte ich die anderen an. Sogar David schaute nicht in meine Richtung. Mich wunderte das, nicht einmal bedankt hatte er sich. Immerhin fand ich ein winziges Wort des Dankes als angebracht. Ich trank meine Suppe leer. Eine bedrückende Stille legte sich auf uns nieder. Immer wieder musterte ich David. Fragen kreisten in meinem Kopf. Kaum stand ich wieder auf zwei Beinen, sollte das Chaos erneut losgehen? Nein, das brauchte ich nicht.

Ich musste dringend nachdenken, benötigte ein paar Augenblicke für mich. Langsam stand ich auf, blieb vor David stehen. „Willst du das auch? Soll ich wirklich dahingehen?" Er schaute mir nicht in die Augen. „Nadja, es ist wichtig. Es kommen Jäger aus ganz Europa." „Ich bin fünf Minuten wach und soll mich schon wieder in Gefahr begeben?" Nein, das konnte niemand von mir verlangen, nicht mal er, nicht wenn er mich wirklich von ganzem Herzen liebte. David blickte seinen Bruder an. „Wir wurden geschaffen, um zu schützen. Es ist unsere Aufgabe. Natürlich werde ich dich ebenfalls beschützen." Traurig musterte ich ihn. In meinem Herzen riss es. „David, denke nach! Ihr seid nur noch eine Handvoll an netten Jägern. Wie willst du mich beschützen?" Meine Stimme klang erstaunlich gelassen. Dennoch fühlte ich mich unglaublich verletzt. „Wir müssen ihr Vertrauen zurückgewinnen. Die Jäger sind unser Leben!" Ich strich ihm sanft über seinen Arm, löste mich von ihm und begab mich hinab in den Wächterraum.

Ich öffnete die Kammer mit dem gekürzten Tisch, suchte etwas, damit ich die Fackeln anzünden konnte. Beschloss jedoch dann im Dunkeln sitzen zu bleiben. Ich erinnerte mich an die Worte von Balthasar, dass es zu wenig Gute gab. Damit müssten wir die Dinge anders angehen. Ich wollte nicht ausgeliefert werden. Von David war ich mehr als nur enttäuscht. Es tat unglaublich weh, wie leichtsinnig er mit meinem Leben spielte. Er stellte seine Aufgabe über alles. Doch wollte ich das?

Leise klopfte es gegen den Türrahmen. „Sprich mit mir", flüsterte Vater leise. Ich atmete tief durch. Vater setzte sich an die Stelle, an der einst Balthasar saß. Dabei sah er mich an.

„Wir haben doch die Jäger befreit ...", fing ich nachdenklich an. Vater nickte mir zu. „Warum wollen sie uns dann übergeben?" Vater zog einen Brief aus seiner Tasche. „Matthäus schrieb mir ... Es gibt nur noch ganz Alte von uns. Die meinen, wir sterben aus." „Dann bleiben nur die bösen Wächter?" Vater nickte. „Was denkst du?", fragte ich ihn. Vater schien darüber nachzudenken. Ich schloss meine Augen. So richtig konnte ich keinen klaren Gedanken fassen. „Auch wenn Adrian und die Zwillinge es nicht verstehen werden. Aber wir sollten das tun, wozu wir bestimmt sind. Nicht Krieg führen. Dazu waren wir nie gedacht. Wir schützen die Menschen vor den Geistern, vor den Dämonen. Wir lösen Flüche und alte Rätsel. Aber das hier, das geht zu weit." Ich kaute nachdenklich auf meiner Unterlippe herum. „An was hast du vor deinem Tod gearbeitet? Was war dein Lebensinhalt?" „Adrian und ich holten unsere Familienschätze zurück. Wir suchten diese, recherchierten und fanden sie dann. Zum Beispiel das Haus in Budapest. Ich kaufte es für ganz wenig Geld, bei einer anschließenden Schatzjagd fanden wir einigen Schmuck in den Gemäuern." Ich sah Vater staunend an. „Haben wir noch mehr solcher Immobilien?" Vater lächelte. „Ich fand drei, an der tschechischen und polnischen Grenze. Die sollten meine nächsten Projekte werden." Ja, das konnte ich mir eher vorstellen, als Krieg zu spielen. Ich wollte nicht gefangen oder gejagt werden.

Vor allem gab es auch eine Welt ohne Jäger und Wächter. Wenn wir schon ausstarben, warum nutzte ich dann nicht einfach die normale Welt? „Vater? Ich will das Kämpfen nicht!" Vater runzelte seine Stirn. „Was ist, wenn Noah dich angreift?" „Dann erzähle ich, dass er scharf aufs Erbe ist und er nicht mein Bruder sei. Wir bleiben bei der offensichtlichen Wahrheit. Die Öffentlichkeit scheint auch ein Schutz zu sein. Sie wollen Bilder von mir und das könnte ich doch nutzen?" Vater nickte mir verstehend zu.

Ich wünschte mir die Chance, die Möglichkeit ein eigenes Leben führen zu können. Nun kannte ich beide Welten. Die der Schatten und die Welt der Lebenden. Beide waren nicht schön, nicht perfekt und vor allem schienen beide Welten mich nicht zu wollen. Also musste ich für mich eine Entscheidung treffen. „Was ist mit David? Er wird dich nicht unterstützen." Vater unterbrach meine Gedanken. „Wirst du es?" „Natürlich. Ich finde es richtig, was du denkst. Aber er ist zu sehr mit den Jägern verbunden. Selbst bei Adrian zweifle ich." Ich schaute in Vaters gutmütige Augen. „Ich habe nicht gelebt, nur existiert. Ich möchte aber ein Leben. Ich mag die Menschen nicht besonders und die Jäger scheinen mich auf einmal nur benutzen zu wollen … Mal abgesehen davon, dass es absolut nichts bringt. Dieser Krieg, diese Machtsache. David muss seine eigene Entscheidung treffen. Aber ich werde damit klarkommen müssen." Vater griff nach meiner Hand, strich sanft mit seiner darüber. „OK. Wir ziehen uns zurück und sehen was passiert." Ich nickte ihm verstehend zu. Irgendwie fand ich es erstaunlich, dass wir auf der gleichen Wellenlänge lagen. Aber vielleicht stimmte auch einfach nur dieser Spruch: Blut ist dicker als Wasser.

Vater ließ mich noch ein wenig alleine zurück. Ich benötigte noch ein paar Minuten für mich. Der Gedanke, mich von David trennen zu müssen, tat mir richtig weh. Dennoch brauchte ich weder Schmerz, Krieg, noch

Gefangenschaft. Nachdem was ich alles wusste, wie Noah entstand, was man Adrian, meiner Familie und all den anderen antat, wollte ich daran definitiv nicht teilhaben.

Als ich wieder oben ankam, saßen die drei Bernstorffs in meinem Esszimmer. David blickte verzweifelt auf. „Alles in Ordnung?", erkundigte er sich. Ich schüttelte meinen Kopf. In dieser Welt schien nichts mehr in Ordnung zu sein. „Wirst du kämpfen?", kam strenger von Daniel. Erneut schüttelte ich meinen Kopf. David musterte mich verwirrt. Ich setzte mich zu den dreien. „Es bringt nichts. Bisher treiben sie im Schatten ihr Unwesen und versuchen mit allen Mitteln ihren Machtbereich zu vergrößern. Wenn wir jetzt kämpfen oder sogar ausgeliefert werden, dann ist alles verloren. Ich möchte warten und sehen was passiert", erklärte ich entschieden. Die Zwillinge gaben ein Schnauben ab. „Ich muss an der Seite der Jäger stehen!", schimpfte David. Ich zuckte gelassen mit meinen Schultern, auch wenn mein Herz anfing zu stechen. „Nadja, bitte", fügte er flehend hinzu. Ich lächelte ihn erschöpft an. Noch immer fühlte ich mich ein wenig kraftlos. „Ihr drei kennt meine Vergangenheit. Ich liebe euch, aber das bedeutet nicht, dass ich für euresgleichen sterben will. Auch für die Menschen kann ich es nicht. Denkt doch einmal darüber nach, was passieren würde, wenn sie uns ausliefern. Was würde es bringen?", bittend betrachtete ich die beiden. „Das lassen wir nicht zu!", fauchten sie durcheinander. „Das müsstet ihr aber. Sie würden unsere Beziehung nicht dulden." Dabei sah ich zu Adrian, welcher mich verstehend betrachtete. „Sie hat vollkommen Recht." Die Zwillinge warfen ihrem Vater finstere Blicke zu. „Dann trennen wir uns?", keuchte David. „Das liegt bei dir", gab ich traurig ab. Ja, ich liebte ihn wirklich. Aber die Zeiten standen schlecht für uns. Das Einzige, was ich wirklich besaß, war mein Leben und auch er würde mir dieses nicht nehmen können. Diese Erkenntnis traf mich wie ein Schlag. Ich entschied mich überraschend schnell, mich von David, für mich selbst zu lösen. Mein Herz und mein Verstand waren noch nie so mit sich im Einklang gewesen, wie zu diesem Zeitpunkt.

David sprang auf. Er zog mich hoch, schloss seine Arme um mich herum. „Das möchtest du aufgeben? Für was?" Ich sog noch einmal seinen Duft tief ein, speicherte ihn ab. „Für mich", gab ich bekümmert zu. „Findest du das nicht egoistisch?" Daniel klang unglaublich enttäuscht. „Hört auf, sie hat vollkommen Recht", kam erneut von Adrian. „Kommt Jungs, wir müssen los!", fügte er hinzu. „Nein!", schrie David laut. Er hielt seine Arme noch immer um mich geschlossen. Ich legte mein Gesicht an seine Brust. „Ich liebe dich. Aber dein Weg ist nicht meiner." Ich verdrängte die Tränen, welche sich ihren Weg bahnen wollten. „Lass sie los", erklang Vaters sanfte Stimme. David löste sich nur widerwillig von mir. „Das war es dann?" Er klang so unglaublich verzweifelt. „Ich glaube es nicht." Erneut schenkte ich ihm ein Lächeln. David schnaubte, drehte sich um und ging nach draußen. Daniel warf mir einen fragenden Blick zu, doch ich drehte mich zu meinem Vater um. Dieser zog mich in seine Arme.

„Wir sehen uns", versprach Adrian und rollte seinen Söhnen hinterher. Ich schluchzte kräftig auf. Vater hob mich hoch, trug mich zum Sofa. „Das wird wieder." Aber ich weinte an seiner Brust wie ein kleines Mädchen. Es tat weh, aber tief in mir wusste ich, dass diese Entscheidung richtig war.

Vater tröstete mich und unsere Angestellten brachten mir Schokoladeneis. Sie meinten, dass dies helfen würde. Nur schwer bekam ich es hinunter, aber die Zuneigung dieser Leute machte meinen Trennungsschmerz erträglicher.

Am Freitag fuhr Vater mit mir in die Stadt. Er zeigte mir das Grüne Gewölbe. Dort lernte ich viel über alte Kunstschätze. Es gab unzählige beeindruckende Ausstellungsstücke. Das Meißner Porzellan gefiel mir. Dieser winzige Kirschkern, mit hunderten Gesichtern drauf, faszinierte mich vollkommen. Wie kam ein Mensch auf die Idee so etwas zu tun? Vor allem wie lange musste er daran gesessen haben und warum verdammt nahm er einen Kirschkern?

Vater lachte über meine Gesichtsausdrücke. Es tat gut mit ihm etwas zu unternehmen. Auch wenn sich alles noch immer wie ein Traum anfühlte. Die Sache mit David schmerzte, obwohl Vater sich wirklich viel Mühe gab. Anschließend zeigte er mir den Fürstenzug. Dort musste ich herzlichst über die Namen Lachen. Der Erlauchte, der Gebissene, der Bedrängte ... Ich bekam mich nicht mehr ein. Obwohl mir Vater ein paar wichtige Details erklären wollte. Trotz meines nicht ganz ernsthaften Verhaltens lud er mich anschließend zum Shoppen ein. Vater machte sich auf einmal richtig gut. Niemals hätte ich es für möglich erachtet, dass wir es so weit zusammen bringen konnten.

Langsam fand ich sogar ein wenig Gefallen daran, einkaufen zu gehen. Ich fand Schuhe und eine unglaublich schöne Tasche.

Wir besuchten Orlovski und dabei lernte ich unser neues Projekt kennen. Drei Immobilien, welche dringend viel

Liebe und Pflege brauchen würden. Diese Dinge lenkten mich ein wenig von meiner Trauer ab. Es handelte sich um ein heruntergekommenes Schloss, ein altes Bauerngut, sowie ein schönes, weitläufiges Herrenhaus. Wobei man viel Fantasie brauchte, um es als schön zu bezeichnen, weil es total verwahrlost war. Orlovski informierte mich, dass ich am selben Abend noch auf eine Veranstaltung musste. Er würde mich persönlich begleiten, da es sich um eine offizielle Geschichte handeln würde. Die Einladung erklärte mir, dass es um Kunsthändler und vor allem reiche Interessenten ging, welche Bilder kaufen wollten. Manche Bildbesitzer planten, an diesem Abend Bilder zu verkaufen. Vater erklärte, dass wir derzeit keine kaufen oder verkaufen sollten, da wir selbst neue entdecken würden. Vielleicht fänden wir in den neuen Häusern ein paar Schätze. Außerdem hatte ich von all den Dingen noch keine Ahnung. Deshalb wollte ich mich nicht zu sehr einbringen. Zumal ich ohne Vater hinmusste. Orlovski bestand noch darauf, dass Vater sich vorerst zurückhalten sollte. Da wir für ihn noch immer keine richtig passende Geschichte hatten.

Wir fuhren zurück in unsere Burg, da wir auch noch unsere Abreise planen mussten. Wir wollten schon am Samstag anfangen, das erste Haus zu begutachten. Vater informierte sich bereits vor achtzehn Jahren über diese Objekte und damals waren auch schon Vorverträge ausgehandelt worden. Deshalb konnten wir recht schnell aktiv werden. Nachdem die Besitzer meinen Namen erfuhren, schienen sie schnell verkaufen zu wollen. Besser gesagt, es gab für diese toten Immobilien keine weiteren Interessenten und keiner würde halbwegs vernünftige Preise zahlen wollen.

Wobei mein romantisches Ich meinte, dass sie nur auf uns gewartet hätten.

Vater freute sich sehr auf unser gemeinsames Projekt. Auch ich fand es schön, aber David fehlte mir und das würde wohl immer so bleiben. Ich musste damit klarkommen, dass mein Leben irgendwie seltsame Bahnen einschlug. Am späten Nachmittag machte ich mich hübsch. Ich entschied mich für ein dunkelrotes Kleid und wieder steckte ich den Stift in mein Haar. Orlovski ließ einen Fahrer kommen, der mich abholte. Vater seufzte, da er sich ungern von mir trennte. Ich drückte ihn fest und machte mich allein auf den Weg zu diesem Kunstabend. Auch wenn es nur ein paar Stunden waren, so fehlte er mir entsetzlich. Ich schaute aus dem Fenster, sah die Lichter der Stadt an mir vorbeiziehen und fand es schön, einen richtigen Vater haben zu dürfen. Etwas Familie und das war immerhin so viel mehr, als ich je zu träumen gewagt hätte. Der Wagen hielt vor einem sehr edlen Hotel. Alles wirkte wieder einmal sehr exklusiv und die Presse stand vor dem roten Teppich. Orlovski empfing mich freundlich, führte mich über den Teppich. „Christine!", riefen die Journalisten durcheinander. Ich lächelte höflich in die Kameras.

Ich schluckte, da ich Noahs Anwesenheit spürte. Obwohl mich mein Anwalt im Vorfeld vorwarnte, traf es mich noch immer unvorbereitet. Der Veranstalter plante mit Absicht, dass wir uns auf dem Teppich trafen. Immerhin gab das angeblich reichlich Aufmerksamkeit. „Ihr Bruder!", freuten sich die Journalisten. Ich drehte mich zu Noah, knickste so elegant wie nur möglich. Die Fotografen warteten ab. Noah löste sich von seinem Vater, kam direkt auf mich zu. „Was sollte das!", zischte er leise. Ich lächelte unentwegt weiter. „Kennen Sie ihren Bruder schon?", hörte ich eine Dame rufen. „Er ist nicht mein Bruder", erklärte ich mit erstaunlich gefasster Stimme. Ein Raunen ging durch die Menge. Viele zogen Notizblöcke oder Handys, um das Gesagte aufzunehmen. Ich machte einen Schritt auf die Anwesenden zu. Noah griff nach meinem Arm, doch ich wich ihm mit einer unauffälligen Bewegung aus. „Ich fand Dokumente, welche belegen, dass er mein Cousin ist. Außerdem glaubte ich immer, dass er tot sei. Ich frage mich, wie er überhaupt noch leben kann? Weil in meinen Heimunterlagen, in meinen Akten, sein Tod sowie der meiner Eltern dokumentiert ist." Wobei die Namen nicht einmal richtig in meinen Unterlagen miteinander übereinstimmten. Aber diese Information verschwieg ich lieber. Die Reporter machten Fotos. Noah stand wütend neben mir. „Wie kann das sein?", rief jemand aus. Ich schaute zu Herrn Manteuffel. „Das frage ich mich ebenfalls. Ich werde für Gerechtigkeit sorgen und das Verfahren wieder aufleben lassen. Ich möchte eine genaue polizeiliche Ermittlung führen lassen, damit meinen Eltern endlich Gerechtigkeit widerfährt!" „Herr Manteuffel hält hohe politische Ämter, Sie könnten ihm schwer schaden!", kam von einem Herrn. „Ich habe bisher niemandem etwas unterstellt. Nur so viel: Wie kann es sein, dass sein einziger Sohn bei meinen Eltern aufwuchs und diese nun alle tot sind? Ich verschwand spurlos … Möchten Sie so jemanden in der Politik? Sollte so jemand ein hohes Amt halten, Verantwortung für Menschen tragen?" Erneut ging ein Raunen durch die Menge. Ich warf Noah einen leeren Blick zu. Ich verneigte mich vor den Journalisten und ließ mich von Herrn Orlovski in das Hotel führen. Wir hörten, wie die Journalisten die beiden nun unter Beschuss nahmen. „Sie sollten Jura studieren", murmelte er neben mir. „Ich denke darüber nach", seufzte ich und begab mich in ein etwas ruhigeres Eck.

Man reichte uns Champagner, ein paar Häppchen. Nachdem ich mich wieder gesammelt hatte, ließ ich mich herumführen. Einige Kataloge sowie Bilder wurden ausgestellt. Überall sprachen die Gäste miteinander, bildeten kleinere Gruppen oder betrachteten einfach nur die Kunstwerke.

„Was sollte das?! Willst du unsere Sache verraten?", fauchte Noah hinter mir. „Welche Sache?" Eigentlich hatte ich keine Lust auf ein solches Gespräch. „Du hast gesehen, wie es sein kann. Auf der Geburtstagsfeier … Hat es dir denn nicht gefallen?", zischte er verstört. „Noah, da waren nur aufgeblasene Idioten. Davon ist keiner in der Lage ein Amt zu halten oder Menschen zu führen." Meine Stimme klang erstaunlich gelassen. Noah funkelte mich an. „Du gehörst mir!" Ich schüttelte meinen Kopf. „Ich gehöre ausschließlich mir. Wir haben uns nichts mehr zu sagen." Noah riss seine Augen weit auf. „Du warst es! Wer war der andere Wächter?" Seine Stimme überschlug sich. Die anderen sahen sich bereits nach uns um, selbst Orlovski versteifte sich neben mir. „Ich glaube, du solltest dir dringend Hilfe suchen. Deine Hirngespinste nehmen wirklich schlimme Ausmaße an … Wie dein Vater schon sagte, ich bin wertlos." Damit drehte ich mich um, wollte gehen. Doch Noah zog an meinem Arm. „Du warst es!", kreischte er. Ich verdrehte meine Augen. Ein paar Herren sahen in meine Richtung. Ich gab ein Keuchen ab und ließ mich zu Boden fallen. Schon kamen diese herbeigeeilt. „Lassen Sie die Dame los!", schimpfte einer mit amerikanischem Akzent. Noah ließ los und verschwand spurlos. Der junge Mann hielt mir seine Hand hin, half mir auf. „Hat er Ihnen wehgetan?" Ich überprüfte meinen Arm. Man konnte seinen Handabdruck auf meiner Haut erkennen. „Geht schon." „Was war denn mit dem los?", fragte ein weiterer. „Erbschaftsstreitigkeiten." Prüfend sah ich an meinem Kleid hinab.

Die beiden Herren musterten mich besorgt. „Danke, aber es geht mir gut", gab ich entschuldigend ab. „Möchten Sie sich mit uns die Bilder ansehen?" Dabei lächelte mich mein Retter charmant an. Ich schaute zu Orlovski, welcher mir zuzwinkerte. Ich nickte den beiden zu. Ian und Markus hießen die beiden Amerikaner. Sie besaßen einige Nachtclubs in den Staaten und suchten nach alten Kunstwerken für ihre Veranstaltungen. Ich fand die Idee seltsam, dass alte Jagdbilder in einer Disko hingen. Jedoch empfand ich die beiden als die angenehmeren Begleiter. Sie sahen sich Kataloge an. Auch von meinem Erbe lag einer aus. Ich schaute neugierig zu, als sie sich die alten Bilder ansahen. Ich kannte auch nicht all unsere Gemälde und blickte neugierig mit hinein. „Wow!" Markus staunte über ein Bild. Ich sah wieder auf dieses schreckliche Folterbild, welches in der Gemäldegalerie hing. Es erregte seine Aufmerksamkeit. „Das hängt in der Galerie. Die ist nicht weit", informierte ich die beiden. Wir unterhielten uns auf Englisch, was mir Spaß machte. Zum ersten Mal seit längerer Zeit konnte ich diese Sprache wieder richtig nutzen. „Das Bild gehört der Familie von Hoym. Was meinen Sie, ob sie es verkaufen würden?", seufzte Ian und betrachtete verliebt dieses Bild. „Nein, Familie von Hoym verkauft keine Bilder." Ich musste mir ein Schmunzeln verkneifen. „Aber wenn man ganz freundlich fragt?", grinste Markus frech. Die beiden waren mir wirklich sympathisch. „Ich weiß nicht." „Kennen Sie die Familie?", erkundigte sich Ian. Ich biss mir verlegen auf meiner Unterlippe herum und nickte. „OK ... Was müssen wir tun, damit Sie uns miteinander bekannt machen?", kam unglaublich aufgeregt von Ian. „Nichts ..." „Christine?", unterbrach mich eine mir bekannte Stimme. Ich drehte mich um. Da standen die Zwillinge.

Die beiden funkelten mich wütend an. Ich runzelte meine Stirn, ging auf sie zu. „Hallo", versuchte ich. David drehte sich zu einer Dame. „Das können Sie verkaufen", knurrte er eisig. Dabei erkannte ich, dass er das Blumenbild, welches sich einst gegenüber von dem Folterbild befand, verkaufen wollte. Verletzt sah ich ihn an. Schweigend drehte ich mich um und ging zurück zu den anderen beiden. „Das war aber nicht gerade herzlich", murmelte Markus. Ich zuckte mit meinen Schultern. „Frau von Hoym, kann man Ihnen helfen?" Eine der Veranstalterinnen stellte sich zu uns. Ian sah mich beeindruckt an. „Aha, erwischt. Jetzt können wir Sie den ganzen Abend wegen des Bildes nerven", witzelte er und versuchte, meine Stimmung anzuheben. „Sind Sie denn an einem interessiert?", erkundigte sich die Dame. Ian zeigte ihr das Folterbild.

„Dieses Bild stammt aus dem siebzehnten Jahrhundert und hat etwa einen Wert von hundertfünfzigtausend. Es zeigt die Folterung einer Dame auf einer Streckbank", erklärte diese sehr professionell. Bei dem Preis schluckte selbst ich. Die Dame schaute mich an. „Wir können es uns gerne ansehen. Wenn Sie möchten." „Oh ja, das würden wir gerne", schwärmte Markus. Ich schaute zu David auf, welcher mich mit seinen Blicken förmlich erstach. „Ich werde es nicht verkaufen."

Nur aus einer Laune heraus, würde ich bestimmt nicht eine solche Entscheidung treffen. Ian schien mich zu beobachten. „Warum nicht?", fragte er sanfter. „Ich kann Frau von Hoym durchaus verstehen. Sie hat von ihrem Erbe erst vor kurzem erfahren und muss sich noch zurechtfinden." Ich sah die Dame dankbar an. Sie schenkte mir ein freundliches Lächeln. Trotzdem wurde mir die Situation gerade wieder einmal zu viel. „Können wir uns einen Augenblick unterhalten?", erkundigte ich mich bei der Dame. Die beiden Herren ließen uns allein. „Zeigen Sie ihnen das Bild und notieren Sie ihre Kontaktdaten. Sollte ich mich für einen Verkauf entscheiden, werden Sie davon erfahren." Die Dame jubelte verhalten auf. Vermutlich bekam sie Provisionen oder Anteile bei einem Verkauf, aber darüber benötigte ich mehr Informationen von meinem Vater. Ich verabschiedete mich liebenswert von den Herren und ließ mich nach Hause fahren. Den bohrenden Blicken der Zwillinge war ich an diesem Abend nicht länger gewachsen.

Kapitel 21

Ich kam gerade zur Tür rein, da empfing Vater mich bereits. „Wie war dein Abend?" Es war schön, dass jemand auf mich wartete, auch wenn ich mich niedergeschlagen fühlte. „Erst Noah, dann David." „Du und die Männer", versuchte Vater zu scherzen. Ich schüttelte meinen Kopf. „Kennst du dieses Folterbild?" Vater runzelte seine Stirn. Ich beschrieb es ihm und schon nickte er. Ich erzählte von den beiden Interessenten. Er hatte gegen einen Verkauf nichts einzuwenden. Trotzdem beschloss ich, einfach zu warten. Für ein solches Projekt brauchte ich mehr Fachwissen und vor allen Dingen Zeit.

Am Samstag standen unsere Koffer bereits unten. Ich zog mir eine bequeme Jeans und ein Sweatshirt an. Irgendwie fror es mich, da es regnete und ein starker Wind um unsere Burg wehte. Im Esszimmer wärmte ich mich an dem Kamin. „Ist dir kalt?" Vater kam herein. Er hielt die Unterlagen in der Hand und wedelte mit ein paar Schlüsseln herum. „Schon ... Die Burg kühlt zu schnell aus." „Dann fangen wir mit dem Bauerngut an. Das sieht am bewohnbarsten aus", lächelte Vater zufrieden. Ich konnte es kaum erwarten, dieses Gut zu sehen. Vor allem musste ich dringend auf andere Gedanken kommen. „Putzsachen?", fing ich an. „Im Wagen." „Ich glaube es nicht, dass ich dich mit einem Wischmopp sehen werde." Nun musste selbst ich kichern. „Wer sich die Hände nicht schmutzig machen kann, wird es nie zu etwas bringen." Wir verputzten eifrig unser Frühstück und packten noch reichlich Proviant ein.

Wir nahmen meinen BMW, verluden mit Walther alles in dem Wagen. Bis er zum Bersten vollgestopft war. Selbst an Schlafsäcke dachten wir. Diese hatte Vater noch irgendwo in der Burg aufgetrieben. Wir fuhren auf die Autobahn Richtung Prag. Auf halber Strecke bogen wir ab. Wir erreichten ein hübsches Fleckchen Erde. Wobei wir nicht weit sehen konnten, da es in Strömen regnete.

Nur schwer fanden wir das alte Bauerngut. Das Haupthaus sah noch in Ordnung aus, die Nebengebäude waren vollkommen zerfallen. Bei der alten Stallung kam das Dach herunter. Vater erklärte mir, dass es zuletzt in den

Siebzigern bewohnt wurde und fast zweihundert Jahre alt sei.

Bei dem Haupthaus bröselte der Putz von den Wänden, aber das Mauerwerk schien noch in Ordnung zu sein. Das Gebäude für die Bediensteten sah auch nicht mehr sonderlich gut aus. Da sah man die nackten Ziegel und auch einige morsche Balken konnte man erkennen. Aber mit ein bisschen Fantasie sah es vor meinem geistigen Auge wunderschön aus. Vor allem die zehntausend Quadratmeter Grund waren überwiegend bewaldet und boten unglaublich viel Ruhe. „Ich will einen Pool." Vater lächelte mich liebevoll an. Er ließ den Schirm aufgehen, zusammen schlichen wir zu dem Gebäude.

Nur schwer ging die Tür auf. Es erinnerte mich ein wenig an meinen ersten Ausflug zu unserer Burg. Ich erzählte Vater, wie sehr ich gegen die Tür drücken musste, bevor diese nachgab. Wir lauschten in das Haupthaus hinein. Da war nichts zu hören, nur der Wind, welcher um das Haus blies und das Prasseln des Regens. Wir schlossen die Tür. Mit einer Taschenlampe leuchteten wir in den Flur hinein. „Wow", hauchte ich. Die alten Holzdielen knarzten, irgendwie liebte ich dieses Geräusch noch immer. Wir fanden ein großes Wohnzimmer. Ein alter Schrank und ein Kronleuchter befanden sich darin. Mal abgesehen von den vielen Spinnenweben und dem ganzen Schmutz. Die Tapeten hingen hinunter. Ich fand den Kamin, welcher klein und gemütlich wirkte. Die Stuckarbeit musste erneuert werden, aber irgendwann würde er einfach prächtig aussehen. „Du siehst genau das, was ich sehe", raunte Vater stolz an meiner Seite. „Schau dir den Schrank an. Der bringt etwas um die Dreitausend. Wenn wir ihn verkaufen würden." Er zeigte mir die wunderschönen Schnitzereien. „Aber da es unser erstes gemeinsames Fundstück ist, behalten wir ihn. Damit hat er einen unbezahlbaren Wert", lächelte er voller Freude und drückte mich an sich. Ich strahlte meinen Vater glücklich an. Wir gingen hinüber in die Bauernküche. Bis auf den alten Ofen war alles kaputt. Ich staunte über den alten Kamin in der Küche. Man konnte darauf kochen. Der Ofen musste ebenfalls mit Holz beheizt werden. Ich öffnete die Tür zur Speisekammer, schaute in zwei leuchtende Augen und kreischte laut auf. „Bei den Dämonen und Geistern hast du nicht so geschrien", lachte Vater. Ich ließ die kleine Maus laufen, schüttelte mich. Vater leuchtete in die Speisekammer. „Schau mal. Früher gab es keine Kühlschränke." Er schob mich zur Seite, öffnete eine Klappe im Boden. Das war der Zugang zu einem Kriechkeller. Vater freute sich, kletterte vorsichtig hinunter. „Komm mal runter!" Ich folgte ihm behutsam, staunte, da dort noch Weine gelagert wurden. Vater nahm eine Flasche raus und strich den Staub sorgfältig ab. „Na ja, der ist aus den Siebzigern." Er reichte mir die Flasche. „Was bedeutet das?", wunderte ich mich. „Die bringen nicht viel. Dafür können wir ihn trinken", schmunzelte er und leuchtete weiter. „Ah da." Er zog weiter hinten eine Kiste heraus. Alte Fotografien lagen darin. Die waren, wenn man die Kleidung der Abgebildeten ansah, bestimmt über hundert Jahre alt. Teilweise befanden sie sich in einem schrecklichen Zustand. „Schau, so sah es hier einmal aus." Vater zeigte das Bild von einer Familie, welche vor dem Haupthaus stand. „Wert ist es nicht viel. Aber die Bilder sind schön." Er nahm die Kiste mit nach oben. Ich huschte mit der Weinflasche hinterher. Die Kiste stellte er in unserem Wohnzimmer ab. Wir fanden das alte Arbeitszimmer. Noch immer stand ein antiker, hölzerner

Schreibtisch in diesem. Auch eine eingebaute Schrankwand war vorhanden. Vereinzelt lagen noch Bücher darin. Diese waren aber durch die Jahreszeiten vollkommen verklebt und kaum lesbar. „Flohmarktware", erklärte Vater. Dafür nahm er den Schreibtisch in Augenschein. Auch dieser besaß sagenhaft feine Schnitzereien, welche auf ein wenig Pflege warteten. Wir suchten weiter, entdeckten ein furchtbares Badezimmer. Die Fliesen fielen von den Wänden. Die Badewanne sowie die Toilette waren zum Davonlaufen, vollkommen verdreckt und nicht benutzbar. Zumindest bis man sich überwinden konnte, das Problem zu beheben.

Wir gingen vorsichtig nach oben, die fünf Schlafzimmer würden richtig hübsch werden können. Vor allem fanden wir eines, welches noch komplett mit einem alten Bett und Schrankwand ausgestattet war. „Allein ein solches Schlafzimmer kann bis zu achtzigtausend einbringen." Vater prüfte erneut die Möbel. „Das ist so viel wie der Kaufpreis", freute ich mich. Er nickte nachdenklich. Dabei öffnete er die Tür des Schrankes. Eine alte Porzellanpuppe befand sich darin. „Gruselig." Vater schmunzelte. „Das sind nur die Geister in unseren Köpfen. Schau, sie ist hübsch." Er strich über den Kopf der Puppe. „Na ja, ihr fehlt ein Auge." Das machte sie wirklich etwas furchterregend. Vater lachte leise auf. „Das kann man anmalen lassen." Ich schüttelte mich trotzdem. „Bis gerade eben hätte ich hier gerne gewohnt." Wir gingen in das oberste Geschoss. Dort befanden sich noch einmal fünf Zimmer. Nur, dass die Dachschrägen diese etwas verkleinerten. Vater leuchtete nach oben. Er fand einen alten Stuhl. Ich schimpfte, als er drauf stieg und eine Klappe öffnete. Mit einem Knall kam diese herunter gerauscht. Ich schrie erneut auf. „Naddi, du bist unglaublich schreckhaft", gab er gelassen ab. Ich hustete, da mir eine unglaubliche Menge an Staub entgegenkam.

Vater kletterte nach oben. „Volltreffer!" Seine Hand kam mir helfend entgegen. Auf dem Dachboden standen zwei Kommoden, passend zu den Möbeln unten. Außerdem fanden wir unter drei Planen alte Bilder und Holztruhen, welche mit lauter alten Sachen und Dokumenten gefüllt waren. Vater freute sich riesig darüber. Er schaute sich die Bilder an. „Schau mal. Das sind Drucke. Die bringen nicht viel. Dafür werden sie das Haus hier einmal verschönern." Er suchte weiter. „Das da und dieses hier." Er zeigte mir zwei detailgetreue Landschaftsbilder. Er blies den Staub weg.

Ein neues Folterbild tauchte auf. Dabei runzelte ich meine Stirn. „Ich mag die nicht." Aber dieses Bild zog mich in seinen Bann. Die meisten, die ich gesehen hatte, waren in Schwarz-Weiß, dieses jedoch war in Farbe. „Das ist keine Folterung, das ist eine erotische Zeichnung", überlegte ich. Vater schaute drauf, hob seine Augenbrauen. „Nicht übel. Du kannst es deinen neuen Freunden schicken", lachte er. Ich schmunzelte. „Na ja, die glauben dann noch, dass ich Absichten hätte." „Warum nicht?" Ich zuckte mit meinen Schultern. „Du solltest wirklich mehr Spaß haben", kam besorgt von meinem Vater. „Du auch." Er nickte mir verlegen zu. Wir machten uns auf den Weg nach unten. „Wir sind schon zwei seltsame Gestalten", seufzte er an meiner Seite. Zusammen kontrollierten wir den Kamin, machten ihn an und schlugen unser Lager im Wohnzimmer auf. Vorher putzte ich es noch notdürftig. Wir freuten uns, dass aus der alten Pumpe sauberes Wasser kam. Auch den Ofen in der Küche brachten wir in Gang.

„Ein Vorschlag - Vater", fing ich an. Wir lagen bereits in unseren Schlafsäcken. Ich starrte die Decke an und stellte sie mir frisch restauriert vor. „Ich höre", gähnte er. „Ein Jahr. Wir nehmen uns ein Jahr nur für uns. Wir kümmern uns um die Immobilien, machen das hier zu unserem Haus. Danach sehen wir weiter." „Mmmhhh, das klingt gut." Gemeinsam tranken wir auf diese Abmachung den Wein aus. Wir schworen uns, ein Jahr nur für uns beide zu nehmen. Damit wir wenigstens für uns einen Teil der verlorenen Zeit aufholen konnten.

ENDE

Zeitfracht Medien GmbH
Ferdinand-Jühlke-Straße 7
99095 Erfurt, Deutschland
produktsicherheit@kolibri360.de